OUT of BOUNDS

Klappentext

Als Aria Coleman von Vancouver nach Toronto zieht, möchte sie vor allem eins: Neu anfangen und vergessen, was ihr zugestoßen ist. Bereits kurz nach ihrer Ankunft trifft die junge Frau jedoch auf Riley Kane.

Der attraktive Cage-Fighter steht mit seiner beeindruckenden körperlichen Präsenz grundsätzlich für alles, wovor Aria sich fürchtet. Trotzdem fühlt sie sich immer wieder auch zu ihm hingezogen und hat in seiner Gegenwart Schmetterlinge im Bauch.

Riley hingegen hält die Studentin zunächst für eine verwöhnte Prinzessin, von der er lieber die Finger lassen sollte. Doch er kann nicht leugnen, dass Aria gleichzeitig sein Interesse weckt.

Als er anfängt, sie in Selbstverteidigung zu trainieren, blicken beide hinter die Fassade des jeweils anderen und erkennen, dass der erste Eindruck manchmal täuscht.

Behutsam und mit viel Einfühlungsvermögen knackt Riley Arias Schutzpanzer und sie beginnt, Vertrauen in ihn zu fassen.

Dann allerdings offenbart Riley ihr etwas über sich, das alles verändert und plötzlich stehen sie vor der Frage, ob ihre Liebe dem gewachsen ist.

OUT of BOUNDS

Riley & Aria

Isabelle Richter
Out of Bounds: Riley & Aria

Herzogweg 21
31275 Lehrte
kontakt@writtendreams-verlag.de

ISBN: 978-3-96204-187-8

Kapitel 1

Aria

Als ich den Toronto Pearson International Airport verlasse, liegen knapp fünf Flugstunden und mehrere tausend Kilometer zwischen meinem bisherigen Leben und mir. Die Entscheidung, das Studium hier und nicht wie geplant in Vancouver fortzuführen, war spontan. Okay, so spontan, wie man eine solche Entscheidung angesichts eines Universitätswechsels mitsamt entsprechender Exmatrikulations- und Immatrikulationsfristen eben treffen kann.

Doch jetzt habe ich alle Hürden überwunden und freue mich auf den mit einem derartigen Tapetenwechsel verbundenen Neuanfang. Meine Eltern waren anfangs nicht begeistert von dem Umstand, dass ich so weit wegziehe. Letztlich hat sie jedoch beruhigt, dass meine beste Freundin Dawn und ihr Großvater Iwan hier sein werden. Darüber hinaus haben wir uns darauf geeinigt, dass ich in einem von meinen Eltern angemieteten kleinen Appartement wohnen werde. Bereits vor zwei Wochen bin ich über ein verlängertes Wochenende mit Mom hier gewesen, um die Eineinhalb-Zimmer-Wohnung einzurichten.

»Aria!«, reißt mich Dawns Stimme aus meinen Gedanken. »Ich freue mich so, dass du hier bist, ich kann es noch gar nicht richtig glauben, dass wir uns nun wieder sehen können, wann auch immer wir wollen!« Hektisch plappernd stürzt sie auf mich zu, nimmt mich mit einem freudestrahlenden Lächeln in die Arme und zieht mich dann energisch hinter sich her. Ihre überschwängliche Fröhlichkeit überfordert mich im ersten Moment völlig. Meine eigene Stimmung ist die vergangenen Monate nahezu permanent so gedrückt gewesen, dass ich Schwierigkeiten habe, mich nun auf Dawns einzustellen. »Cage steht im Halteverbot«, erklärt sie mir, während wir auf seinen Mustang zusteuern.

Lässig lächelnd lehnt ihr Freund an seinem Fahrzeug und schnappt sich mein Gepäck, kaum, dass wir bei ihm angekommen sind. Erst, nachdem er es im Kofferraum verstaut hat, fokussiert er seinen Blick erneut auf mich. Zu meiner Erleichterung startet er keinen Versuch, mich zu umarmen, denn das wäre seltsam geworden. »Willkommen in Toronto«, murmelt er und ich nicke bloß.

»Möchtest du zuerst in deine Wohnung, oder wollen wir gleich was essen gehen?« Dawn mustert mich fragend.

»Wenn ich ehrlich sein soll, bin ich vom Flug total erschossen. Eigentlich will ich nur noch eine heiße Dusche, meinen Lieblingspyjama anziehen und ab ins Bett.« Es ist saukalt in Toronto, der Winter scheint die Stadt fest in seinen Klauen zu haben. Die festgefrorene Schneedecke unter meinen Stiefeln knirscht und wie aufs Kommando fängt es erneut zu schneien an.

Cage schmunzelt, während er mir die Beifahrertür aufhält, damit ich auf den Rücksitz klettern kann. »Honey, ich hab’s dir gleich gesagt.«

Dawn nimmt auf dem Beifahrersitz Platz und dreht sich zu mir um. »Ist das der Code für *ich will allein sein*? Oder soll ich dir Gesellschaft leisten? Wir könnten uns was vom Lieferdienst kommen lassen und quatschen«, schlägt sie hoffnungsvoll vor. Obwohl sie keine Ahnung hat … keine Ahnung haben *kann*, was mit mir los ist, hat sie wie früher auch jetzt ein Gespür für mich. Anders kann ich mir ihre Code-Frage nicht erklären. Was mir in Vancouver zugestoßen ist, wissen lediglich meine Eltern, ansonsten habe ich mich niemandem anvertraut.

»Ersteres«, gestehe ich und habe prompt ein schlechtes Gewissen. Die beiden sind extra hergefahren, damit ich nicht mit einem Taxi zu meinem Appartement fahren muss, und so danke ich es ihnen. Doch mein Drang, allein zu sein, ist nicht immer planbar, gerade an einem Tag wie heute. »Aber wir könnten das morgen nachholen.«

»Ich helfe nachmittags im Jugendzentrum, mache allerdings gegen fünf Uhr Schluss.« Dawn schnallt sich auf Cages Bitte hin an und ich tue es ihr gleich. Während er den Motor startet und wir den Flughafen verlassen, wendet sie sich mir erneut zu. »Was hältst du davon, wenn wir uns dort treffen und anschließend was essen gehen?«

Ich nicke. »Klingt gut. Bei der Gelegenheit kannst du mir Cages Lebenswerk zeigen.«

Er gibt ein protestierendes Schnauben von sich. »Das hört sich an, als wäre ich ein alter Tattergreis, der mit einem Bein bereits im Grab steht.«

Dawn und ich lachen herzhaft.

»Gegen uns zwei bist du das auch«, neckt sie ihn und ich muss in mich hineinlächeln, weil man unter dem Spott deutlich heraushört, wie sehr sie ihn liebt. Die beiden haben zu Beginn ihrer Beziehung ein ziemliches Tief überstehen müssen und es freut mich, sie nun so glücklich und unbeschwert zu erleben. »Hast du dir das mit dem Tattoo eigentlich überlegt beziehungsweise bist du mit der Motivsuche weiter?«, wechselt sie dann so abrupt das Thema, dass ich einen Moment brauche.

»Ähm, nein, noch nicht«, gebe ich ein wenig wortkarg zurück, weil mir auf die Schnelle keine bessere Antwort einfällt. Dass ich Cage gebeten habe, mich zu tätowieren, ist eine gefühlte Ewigkeit her und war bis eben komplett raus aus meinem Kopf.

Er stoppt an einer roten Ampel und wendet sich mir zu. »Wann auch immer du soweit bist, sag Bescheid. Dich als Dawns beste Freundin schiebe ich natürlich dazwischen.« Cage arbeitet im *Walker Ink* und seine Arbeiten sind fantastisch, was mit ein Grund war, warum ich mich vor ein paar Monaten dazu entschieden habe, mich von ihm tätowieren zu lassen. In einem anderen Leben, zumindest fühlt es sich jetzt so an. Und irgendwie ist es das auch gewesen.

»Danke, das mache ich.«

Den Rest der Fahrt verbringe ich damit, aus dem Fenster zu starren und den Schneeflocken beim Herunterfallen zuzusehen. Die zwei hingegen unterhalten sich zuerst über einen anstehenden

Käfigkampf nächsten Freitag und danach geht es um ein Rockkonzert, das sie am Tag darauf besuchen wollen. Ich bin froh, dass sie nicht versuchen, mich in ihr Gespräch mit einzubeziehen, mir meine Schweigsamkeit aber auch nicht übel zu nehmen scheinen.

Vor dem Wohnkomplex angekommen, in dem sich mein Appartement befindet, parkt Cage am Straßenrand. Wir steigen aus und er holt meinen Koffer aus dem Kofferraum. Als er Anstalten macht, sich auf die Eingangstür zuzubewegen, stoppe ich ihn.

»Ihr müsst mich nicht noch hochbringen, das bekomme ich allein hin.«

»Quatsch, das Ding ist schwer, du wohnst im zweiten Stock, natürlich trage ich dir den hoch«, widerspricht Dawns Freund und nach einem Blick in ihre Richtung gebe ich mich geschlagen.

»Bist du kommendes Wochenende mit dabei?«, fragt Dawn mich, während wir auf das etwas zurückgesetzt liegende Gebäude zuhalten, und ich hebe verwirrt eine Augenbraue. »Na, bei dem Käfigkampf und dem Konzert«, hilft sie mir auf die Sprünge.

Bei jedem Besuch habe ich ihr damit in den Ohren gelegen, dass wir es beim Mal darauf hinbekommen müssen, unser Treffen so zu takten, dass eine Fightnight stattfindet. Letztlich hat das jedoch nie geklappt.

»Klar«, antworte ich. »Sowohl als auch, ich will Cage doch endlich mal bei einem Kampf zusehen.«

»Um was sollen wir wetten, dass sie sich ebenso wie Claire und du die meiste Zeit die Hände vors Gesicht hält?« Er schenkt mir ein amüsiertes Lächeln. »Ich sehe euch schon zu dritt vorm Käfig stehen und durch eure Finger linsen, damit ihr zumindest einen Bruchteil des Fights, aber bloß nicht zu viel davon mitbekommt.«

Dawn boxt ihm entrüstet auf den Oberarm. »Blödmann. Mittlerweile bin ich gar nicht mehr so schlimm, und Claire ebenfalls nicht.«

»Alles klar, dann kannst du mir sicher erzählen, mit welchem Kick ich Riley das letzte Mal um ein Haar auf die Bretter geschickt hätte, hm?«

»Hat dir schon mal jemand gesagt, dass du allmählich zu einem elendigen Klugscheißer mutierst?«, kontert Dawn und kreischt wenig später empört auf, weil Cage sich eine Handvoll Schnee von einem der Fensterrahmen im Erdgeschoss geschnappt und ihn ihr in den Kragen ihrer Jacke gedrückt hat. »Du mieser kleiner Scheißkerl, das wirst du mir nachher büßen!«, faucht sie, kichert dabei aber und lässt sich bereitwillig für einen Kuss in seinen freien Arm ziehen.

Mit einem wehmütigen Lächeln beobachte ich die beiden und für einen Augenblick fühle ich mich genauso verloren, wie es zuletzt in Vancouver der Fall war. Doch energisch schiebe ich diesen Melancholieanflug beiseite und erinnere mich daran, dass ich keine negativen Gedanken mehr zulassen wollte.

Toronto ist mein Neubeginn.

Die alte Aria Coleman ist Geschichte, sie hat hier nichts zu suchen.

Das hier *muss* funktionieren. Es muss einfach.

Kapitel 2

Riley

»Achte darauf, dass ihr möglichst festen Stand habt«, ermahne ich die Teilnehmerinnen des Selbstverteidigungskurses. »Holt euer Angreifer euch erst von den Füßen, stehen die Chancen, den Angriff zu euren Gunsten zu wenden, deutlich schlechter.« Ein paar von ihnen wirken entmutigt und ich beeile mich, mit meinen Ausführungen fortzufahren. »Auch dann ist die Lage nicht aussichtslos, ich werde euch in einer der nächsten Stunden Tricks und Kniffe zeigen, wie ihr euch befreien könnt. Doch am besten ist es tatsächlich, ihr entscheidet den Kampf gegen das Arschloch, das es auf euch abgesehen hat, schon vorher zu eurem Vorteil.«

Ein vernehmliches Räuspern hinter mir lässt mich herumfahren, aber als ich Ian und Cage im Türrahmen entdecke, zucke ich bloß mit den Schultern. Die Mädchen benutzen noch ganz andere Ausdrücke, dagegen bin ich fast harmlos. Rasch drehe ich mich wieder zu meinen Schülerinnen um und konzentriere mich auf sie. In Zweiergruppen warten sie darauf, mir zu demonstrieren, dass sie das in den vergangenen sechzig Minuten Erlernte umsetzen können.

»Legt los, zeigt mir, dass ihr einen potentiellen Angreifer fertig machen könnt.« Die Mädchen lassen sich das nicht zweimal sagen, und wenige Augenblicke später befindet sich der Teil des Teams, der in dieser

Trainingseinheit den Täter gibt, auf der Matte. Ich klatsche in die Hände und erkläre die Stunde für beendet. »Wir sehen uns nächste Woche, gleicher Ort, gleiche Zeit.«

Während die Kursteilnehmerinnen in Richtung der Damenumkleiden verschwinden, schnappe ich mir mein Handtuch, wische mir das Gesicht ab und gehe zu Ian und Cage.

»Was denkst du, wann wir die Gruppen mischen können?«, erkundigt Ian, der einen Selbstverteidigungskurs für männliche Jugendliche leitet, sich bei mir. Uns ist es wichtig, dass gerade die Mädchen auch gegen reelle Gegner antreten. Es ist deutlich einfacher, eine Geschlechtsgenossin schachmatt zu setzen, und wir möchten nicht, dass sie bei einem Übergriff eiskalt erwischt werden.

»Ich denke, drei, vier Stunden brauchen sie noch.« Ian und Cage, der sich daraufhin eine Notiz macht, nicken zufrieden.

Als Ian mich im Rahmen eines Kampfes zu einer Wette dergestalt genötigt hat, dass ich im Falle meines Unterliegens einen Selbstverteidigungskurs für sozial benachteiligte Jugendliche gebe, war ich überzeugt davon, dass es dazu nie kommen würde. Darüber hinaus hatte ich auf einen derartigen Kurs keinen Nerv. Doch einen verlorenen Fight und ein paar Wochen später musste ich mir eingestehen, dass es mir Spaß macht, die Kids zu trainieren. Mehr, als ich jemals erwartet habe, sodass ich Cage im Anschluss eine Zusage für weitere Unterrichtseinheiten gegeben habe.

Mittlerweile bin ich genauso engagiert wie Cage und Ian, dies hier ist meine dritte Trainingsgruppe.

Wir verlassen die Turnhalle, und gehen hinüber in das Hauptgebäude, in dem sich unter anderem die Dusch- und Umkleideräume für die Trainer befinden. Cage erläutert mit uns die Trainingspläne für die kommende Woche und hakt darüber hinaus nach, ob es dabei bleibt, dass wir Aufsicht für die nächste geplante Party für die älteren Jugendlichen in einem knappen Monat spielen. Sie dürfen in regelmäßigen Abständen hier feiern, was bei ihnen gut ankommt.

»Ist Dawn auch mit von der Partie?«, frage ich und sehe mich dann suchend um. »Wo ist sie überhaupt?«

»Einen Notfallvorrat einkaufen, die Kids futtern den Kühlschrank schneller leer, als wir ihn wieder befüllen können.«

»Hey ihr Knackärsche, wartet mal!«, ertönt mit einem Mal die Stimme von Ians Freundin Claire und wir halten abrupt inne.

Mit einem Seufzen dreht Ian sich zu ihr um. »Wie oft habe ich dir gesagt, dass du uns nicht so nennen sollst?« Tadelnd betrachtet er sie, doch das stört sie gar nicht. Völlig ungerührt schlingt sie die Arme um seinen Hals und begrüßt ihn mit einem Kuss, der Cage ein Würgen von sich geben und mich wegsehen lässt. Diese Knackarsch-Geschichte hat sich in den vergangenen Wochen eingeschlichen, nachdem uns eine der älteren Jugendlichen in Claires Beisein mal so genannt hat.

»Meine *Keine-Knutscherei-innerhalb-des-Jugendzentrums-*Regel interessiert auch niemanden, oder?«, mosert Cage. »Wir sollen ein Vorbild für die Kids sein.«

Claire löst sich von Ian und stemmt die Hände in die Seiten. »Das sind wir doch. Wir zeigen ihnen, wie schön es ist, eine feste Beziehung zu haben … sich zu verlieben.«

»Fang gar nicht erst an, das mit ihr zu diskutieren. Lass es einfach, ist klüger, vertrau mir«, mischt Ian sich mit einem amüsierten Grinsen auf den Lippen ein.

Ehe Cage darauf etwas erwidern kann, geht die Eingangstür und seine bessere Hälfte Dawn tritt ein, gefolgt von einer mir unbekannten Blondine. Nachdem seine Freundin die Einkaufstüten in ihren Händen abgestellt hat, begrüßt sie ihn ähnlich, wie Claire es eben bei Ian getan hat. Ihre Begleitung hält sich währenddessen im Hintergrund und den Blick auf den Boden gesenkt.

Stirnrunzelnd unterziehe ich sie einer ersten, näheren Betrachtung. Sie ist einen guten Kopf kleiner als ich und zierlich. Ihre blonden Locken quellen unter einer Wollmütze hervor und als sie für einen Moment auf- und in meine Richtung sieht, registriere ich ihre blauen Augen. Ihre Beine sind schlank und werden von der engen Jeans betont, über ihre Brüste kann ich leider nichts sagen, da ihr Oberkörper von einer dicken Winterjacke verhüllt wird. Als sie sich scheinbar nervös mit der Zungenspitze über die Unterlippe leckt, reagiert mein Schwanz unerwartet mit einem leichten Pulsieren.

Unerwartet? *Unerwünscht* wäre wohl das richtige Wort.

Sie ist süß, keine Frage, aber ihr strahlt das Etikett *verwöhntes Töchterchen aus gutem Hause* quasi aus jeder Pore.

Von solchen Frauen lasse ich grundsätzlich besser die Finger, denn die Unterschiede in unserer Herkunft werden früher oder später erfahrungsgemäß zu einem Problem.

Außerdem bin ich es leid, den Fantasy-Bad-Boy ihrer Kleinmädchenträume darzustellen. Das bin ich nicht und das will ich auch nicht sein.

»Aria, komm doch her«, fordert Dawn sie auf und winkt sie mit einer Handbewegung herbei. »Claire und Ian hast du ja bei deinem letzten Besuch schon einmal gesehen«, fährt sie fort und ich beobachte sie dabei, wie sie ihre Handschuhe auszieht und ihnen die Hände schüttelt. Claire lässt es sich nicht nehmen, sie in eine Umarmung zu ziehen, was Dawns Freundin meinem Eindruck nach irgendwie unangenehm ist. Sie hat ihre Mimik jedoch so schnell wieder unter Kontrolle, dass ich mir nicht sicher bin, ob ich mir das nicht bloß eingebildet habe.

»Und das hier ist Riley Kane … er reißt meinem Freund in schöner Regelmäßigkeit im Ring den Arsch auf, aber Cage revanchiert sich dafür ebenso oft«, stellt sie mich vor und ich lächele höflich, als Aria vor mich tritt. »Riley, das ist meine beste Freundin Aria Coleman.«

»Hi«, murmelt sie und ich strecke ihr die Hand entgegen. Sie zögert einen Augenblick, doch dann hebt sie ihren Arm und ergreift meine Finger.

Kaum, dass unsere Hände sich berühren, jagt ein Prickeln über meine Wirbelsäule hinab und dem erschrockenen Ausdruck in Arias Gesicht nach zu urteilen geht es ihr ähnlich. Ihre Stupsnase kräuselt sich und sie entzieht mir ihre Hand so rasch, als hätte sie sich verbrannt.

»Freut mich«, bringt sie leise hervor, weicht dabei ein wenig zurück und ich rolle innerlich leicht genervt mit den Augen. Sie tut gerade so, als hätte ich irgendetwas Unanständiges mit ihr angestellt oder würde jeden Moment über sie herfallen. In diesen Sekunden bestätigt sie mir, warum ich mich von Frauen wie ihr fernhalte.

Aria Coleman riecht nach Problemen und ich habe kein Interesse daran, ihre Schwierigkeiten zu meinen zu machen.

Kontraproduktiv ist nur, dass das meinen Penis nicht zu scheren scheint, denn der reagiert erneut mit einem etwas kräftigeren Pulsieren auf Dawns Freundin.

Aber das ist nichts, was ich nicht mit einer kalten Dusche oder schlimmstenfalls einem One-Night-Stand mit irgendeinem Aria-Lookalike in den Griff bekomme.

Kapitel 3

Aria

»Ich verschwinde dann mal«, verkündet Riley, während ich ihn nach wie vor anstarre.

Er ist ungefähr einen Meter neunzig groß, hat schwarze Haare und faszinierend hellblaue Augen. Seine Gesichtszüge sind markant, mit hohen Wangenknochen, einem ausdrucksstarken Kinn und der leichte Bartschatten macht ihn irgendwie noch interessanter. Darüber hinaus ist er ein ebenso durchtrainierter und muskulöser Schrank wie Claires Freund Ian. Zusammen mit seiner Körpergröße und der eher düsteren Aura, die ihn umgibt, wirkt er furchteinflößend auf mich, aber da ist auch noch ein anderes Gefühl. Eines, mit dem ich bei einem Kerl wie ihm absolut nicht gerechnet habe und welches ich so schnell wie möglich in den hintersten Winkel meines Verstandes verdränge.

»Riley hat Eindruck auf dich gemacht, hm?«, dringt Dawns verschwörerisch klingende Stimme an mein Ohr, nachdem er durch eine Schwingtür gegangen und nicht mehr in meinem Sichtfeld ist.

Mein Kopf fliegt zu ihr herum und ich fühle mich unangenehm ertappt, als ich registriere, dass nicht nur sie, sondern auch Claire mich mit einem wissenden Lächeln betrachtet. Cage und Ian haben sich Gott sei Dank analog zu Riley zurückgezogen, sie befinden sich hinter dem Empfangstresen und unterhalten sich miteinander.

»Was?! Quatsch, nein, das hat er nicht!«, streite ich Dawns Vermutung hektisch ab. »Du weißt, auf welchen Typ Mann ich stehe. Er entspricht so gar nicht meinem Beuteschema. Ich mag meine Kerle nicht so muskelbepackt und eher blond.« Als ich mich das letzte Mal auf jemanden eingelassen habe, der nicht diesen groben Vorgaben entsprach, mich aber trotzdem fasziniert hat, ist es in einer Katastrophe geendet. Einer, unter der ich immer noch leide und wegen der ich extra nach Toronto gezogen bin.

Dass sich mein Magen bei seinem Anblick jedoch aufgeregt zusammengezogen hat, binde ich ihr ebenso wenig auf die Nase. Meine unerwartete Reaktion auf ihn wirft mich auch so schon völlig aus der Bahn, ich brauche jetzt keine Dawn, die sich zur Kuppelmutter aufschwingt und glaubt, sie könne aus uns das nächste Traumpaar machen.

»Aber ihr wärt so ein süßes Pärchen«, schwärmt Claire prompt und fällt mir in den Rücken.

Dawn holt Luft und will lossprechen, vermutlich, um ihr beizupflichten, doch ich grätsche ihr dazwischen.

»Ernsthaft, Riley Kane und ich, das wird nicht passieren. Und wage es ja nicht, mich zu deinem neuesten Kuppelprojekt zu machen. Dass du deinen Grandpa vor einer Weile erfolgreich an die Frau gebracht hast, bedeutet nichts.«

Seit sie ihren Großvater Iwan mit ihrer Professorin verkuppelt hat, liegt sie mir immer mal wieder damit in den Ohren, dass sie Geschmack daran gefunden hätte, anderen Menschen zu ihrem Liebesglück zu verhelfen.

Das ist echt das Letzte, was ich jetzt gebrauchen kann.

»Ich bin nach Toronto gekommen, um mich auf mein Studium zu konzentrieren, nicht, um mir in einem Brennpunktbezirk einen Bad Boy zu angeln, auf dessen Stirn das Wort *Probleme* quasi tätowiert ist!« Da mir allmählich heiß wird, ziehe ich die Jacke aus und nehme die Wollmütze ab. Meine Haare knistern aufgrund der statischen Aufladung und ich kann mir vorstellen, wie ich gerade aussehe.

»Keine Sorge, Prinzessin, ich bin ebenfalls nicht scharf auf dich.«

O Gott.

Das Blut in meinen Adern gefriert zu Eis und ich wünsche mir, dass sich unter mir der Erdboden auftun und mich verschlingen möge.

Wieso zum Teufel ist er denn schon wieder zurück?!

Mit einem zerknirschten Gesichtsausdruck drehe ich mich zu Riley um, der mit verschränkten Armen hinter mir steht und mich so verachtend mustert, dass ich fröstele.

»Es tut mir leid, das war nicht für deine Ohren bestimmt.« Erst, als ich die Worte ausgesprochen habe, wird mir bewusst, dass ich es damit eher schlimmer als besser gemacht habe. »Und es ist nichts Persönliches«, reite ich mich noch weiter hinein. Riley lacht geringschätzig und aus irgendeinem Grund ärgert mich das.

»Zerbrich dir nicht dein hübsches Köpfchen, mir ist klar, dass für ein gehobenes Töchterchen wie dich nur ein Elite-Uni-Absolvent infrage kommt«, gibt er mit einem ätzenden Unterton zurück. »Aber ich kann dich beruhigen, Frauen wie dich würde ich nicht mal mit der Kneifzange anfassen. Größtes Drama eures Daseins ist ein abgebrochener, künstlicher Fingernagel, Spliss in den Haarspitzen oder ein gemeiner Tweet. Ernsthafte Probleme sind für dich und deinesgleichen ein Fremdwort.«

»Riley!«, mischt Dawn sich entrüstet ein, er ignoriert sie allerdings völlig.

Fassungslos klappt mir die Kinnlade hinunter. »Du hast keine Ahnung von meinem Leben«, fauche ich ihn an. Dass er mich für eine verwöhnte Göre zu halten scheint, trifft mich aus irgendeinem Grund mehr, als es sollte. Es kann mir doch eigentlich egal sein, was er von mir denkt. Vielleicht ist es aber auch die Tatsache, dass er mir spiegelt, wie kaputt ich eigentlich bin oder dass mich kaum einer ernst nehmen wird.

»Du aber ebenso wenig von meinem, und trotzdem maßt du dir ein Urteil an«, schießt er mit einem herausfordernden Ausdruck zurück. »Ich habe nur reagiert, Prinzessin.« Sein eindringlicher Blick gleitet einmal an mir hinab und wieder hinauf. Prompt fühle ich mich bloßgestellt, nackt und verletzlich, als würde er sehen, was niemand sehen soll. »Ehrlich, ich verwette meinen Arsch darauf, dass du nie auch nur ansatzweise mit etwas zu kämpfen hattest, dem die Kids hier Tag für Tag ausgesetzt sind.«

Mittlerweile haben Cage und Ian ihre Unterhaltung eingestellt und beobachten unsere Auseinandersetzung ebenfalls.

Ich wünschte, ich hätte auf meinen allerersten Impuls heute Morgen gehört, wäre mit dem Hintern in meinem herrlich warmen Bett geblieben und hätte Dawn abgesagt. Aber da ich mir vorgenommen habe, mich hier nicht zu verkriechen, bin ich aufgestanden, habe mich fertiggemacht und den Vormittag über auf meinen ersten Tag an der Uni am Montag vorbereitet. Nachmittags bin ich in einem in der Nähe meiner Wohnung gelegenen Café etwas trinken gegangen, ehe ich mich auf den Weg zum Jugendzentrum gemacht habe. Die Gegend, in der es liegt, ist heruntergekommen und ehrlich gesagt jagt sie mir Angst ein.

»Wie bereits erwähnt, es war nichts Persönliches«, versuche ich ein weiteres Mal, Schadensbegrenzung zu betreiben.

Riley tritt dichter an mich heran und der Geruch seines maskulinen Duschgels steigt mir in die Nase. Zu meiner Erschütterung löst auch das in meinem Magen erneut ein aufgeregtes Flattern aus. Was ist denn bloß los mit mir? Er ist mir zu viel Mann, schüchtert mich ein und trotzdem weckt er eine Art von Verlangen in mir.

»Falls ich dich gekränkt haben sollte, tut es mir leid.« Ich weiche zurück, als er noch einen Schritt auf mich zu macht. Tief durchatmend zwinge ich mich zur Ruhe und recke das Kinn.

Über Rileys Miene huscht ein Ausdruck, den ich nicht so recht deuten kann. Ein Hauch Überraschung, aber da ist auch noch etwas anderes, mit dem ich mich gar nicht erst weiter befassen möchte. Erleichtert stelle ich fest, dass er seinerseits rückwärts geht und die Distanz zwischen uns wieder vergrößert.

»Entschuldigung angenommen. Mir tut es ebenfalls leid«, sagt er mit einem Tonfall, der mich vermuten lässt, dass er zumindest seinen letzten Satz nicht wirklich ernst meint. Doch ich beschließe, diese absurde Unterhaltung auf sich beruhen zu lassen, und nicke deswegen bloß. Ich habe nicht die Energie, um diesen sinnlosen Streit, der letztlich nirgendwohin führt, fortzusetzen.

Riley wendet sich zum Gehen und ohne, dass ich es will, landet mein Blick auf seinem Hintern in der tiefsitzenden Jeans. Zugegeben, sein Arsch ist knackig, aber ich bleibe dabei, er ist einfach zu viel für mich. Uns trennen mindestens sechs, sieben Jahre und in einem Alter wie meinem reicht das oft für einen völlig unterschiedlichen Lebensabschnitt.

»Und du bist doch scharf auf ihn«, flüstert Dawn mir zu und kichert, als ich zusammenzucke. »Hast du endlich Geschmack an reiferen Männern gefunden, hm? Claire und ich können dich da nur bestärken, ein erfahrener Lover bringt definitiv seine Vorteile mit sich.«

»Sei gefälligst still«, zischele ich und presse die Jacke noch enger an meinen Körper, während ich mich in eine Zeit zurückwünsche, in der es tatsächlich mein größtes Problem war, ob ich auf einen Typen stehe oder nicht.

Die Augen schließend dränge ich die Erinnerungen an mein altes Leben in Vancouver mit aller Macht zurück.

Ich bin nicht hierhergekommen und habe alles einschließlich meiner Familie Tausende von Meilen hinter mir gelassen, damit ich mich schon an Tag zwei wieder von diesem schwarzen Loch in mir verschlingen lasse.

Kapitel 4

Aria

Erst war ich froh, dass Dawn sich von mir hat überreden lassen, in meinem Stadtteil essen zu gehen, einfach, weil ich mich abends nicht mehr in der Nähe des Jugendzentrums herumtreiben wollte. Doch mittlerweile bereue ich das ernsthaft, denn worüber ich nicht nachgedacht habe, war, dass es in meinem Viertel vor Studenten nur so wimmelt.

Das Lokal, das wir uns ausgesucht haben, ist der Inbegriff einer Studentenbar, und ich fühle mich mit jeder verstreichenden Sekunde unwohler. Bereits zweimal haben uns irgendwelche Typen auf einen Drink einladen wollen und auch jetzt hat uns wieder eine Gruppe ins Visier genommen.

Dawn plappert auf mich ein, erzählt mir irgendeine Geschichte über eine unverschämte Studentin in ihrem Kurs, aber ich höre ihr nur mit halbem Ohr zu. Es kostet mich nahezu meine gesamte Kraft, nicht einfach aufzuspringen und aus der Bar zu fliehen. Angestrengt klammere ich mich an meinem Rotweinglas fest und nippe an ihm. Wenn dieser Abend bloß endlich vorbei und ich in meiner Wohnung wäre.

»Aria, was ist denn los?« Als ich zu Dawn sehe, betrachtet sie mich mit so unverhohlener Besorgnis, dass meine Kehle eng wird.

»Gar nichts«, versichere ich ihr. »Ich bin nur müde, scheinbar hängen mir der Flug und der schlechte Schlaf der ersten Nacht noch ein wenig nach.« Skepsis breitet sich auf ihrer Miene aus und ich zwinge mich zu einem Lächeln, das hoffentlich nicht so unecht aussieht, wie es sich anfühlt. »Ehrlich, es ist nichts, ich bin einfach nur kaputt und der Lärmpegel hier verursacht mir Kopfschmerzen.«

Dawn legt eine Hand auf meinen Unterarm und lächelt mich aufmunternd an. »Ist es wirklich bloß das, oder doch deine Begegnung mit Mr. Knackarsch aka Riley Kane?«, zieht sie mich auf. Über ihre Angewohnheit, nahezu jedem Kerl einen Spitznamen zu geben, muss ich schmunzeln. Claires Ian nennt sie Mr. Militär, wenn ich mich noch recht erinnere.

»Nein, und wenn überhaupt, ist er Mr. Vorurteil. Sein Hintern rettet ihn da nicht.« Dass er mich für ein oberflächliches Ding zu halten scheint, beschäftigt mich nach wie vor.

»Na ja, das ist nicht böse gemeint, aber über dich könnte man das auch sagen, Ms. Voreingenommen«, haut sie nun in die gleiche Kerbe wie Riley. Objektiv betrachtet ist mir klar, dass ich mich wie ein Snob benommen habe.

Seufzend stütze ich mein Kinn in meine freie Hand und nicke beschämt. »Ich weiß.« Es ist mir unangenehm, dass ich mich so aufgeführt habe. »Keine Ahnung, was da mit mir los war.« Schon wieder lüge ich sie an.

»Du bist doch sonst nicht so. Das ist das erste Mal, dass ich erlebt habe, wie du jemanden verurteilst, ohne ihm wirklich eine Chance zu geben.« Dawns Augen formen sich zu Schlitzen. »Irgendetwas bedrückt dich, das spüre ich immer deutlicher. So ein Gefühl hatte ich schon bei deinem letzten Besuch wegen der Wohnung, da war ich mir jedoch unsicher, ob ich mir das nicht bloß einbilde. Was ist wirklich mit dir los?«

Zu meinem Entsetzen fühle ich, dass mir Tränen in die Augen steigen. Dawn kennt mich bereits mein gesamtes Leben lang und mir hätte klar sein sollen, dass ich sie nicht würde täuschen können. Dennoch habe ich gehofft, dass sie mir nicht so schnell auf die Schliche kommt. Panik greift nach mir und ich zwinge mich zu ruhigen Atemzügen, damit ich nicht inmitten dieser Studentenbar zu hyperventilieren beginne.

»Das ist kein Thema für einen Ort wie diesen«, presse ich hervor und stürze den Rest meines Rotweins in einem Schluck hinunter.

»Sollen wir zu dir fahren? Wir könnten uns unterwegs noch Nervennahrung holen, und dann reden wir in Ruhe.«

Ich nicke bloß und Dawn wirft ein paar Dollarscheine auf den Tisch, ehe wir uns erheben und das Lokal verlassen wollen. Mit einem Schaudern vernehme ich, wie einer der Studenten aus der Gruppe, die uns zuletzt angegraben hat, sie aufhält und sich erkundigt, ob wir ernsthaft schon loswollen. Wie ein ferngesteuerter Roboter bleibe ich neben ihr stehen. Sie scheint ihn flüchtig von der Uni zu kennen, zumindest klingt das aus ihrem Gespräch heraus. Nachdem sie seine Frage beantwortet hat, drückt er sein Bedauern aus.

»Ich hoffe, wir sehen uns noch einmal«, wendet er sich danach an mich und ich zwinge mich zu einem mechanischen Lächeln.

»Bestimmt.« Zu mehr als dieser Ein-Wort-Antwort bin ich nicht fähig, doch er wirkt zufrieden. Während wir uns wieder in Bewegung setzen, höre ich, wie er seinen Freunden verkündet, dass er mich *klarmachen* wird. Wut schießt so heftig und plötzlich durch meine Adern, dass mir schwindelig wird.

Die alte Aria Coleman wäre nun zurückgegangen, um ihm den Kopf zu waschen und zu verdeutlichen, dass er damit jeglichen Hauch einer Chance, sofern sie existiert hätte, zunichtegemacht hat.

Doch die Aria Coleman, die ich jetzt bin, bleibt stumm.

Erst, als die Wohnungstür hinter uns zufällt, verlässt die Anspannung meinen Körper. Während Dawn ihre Schuhe und die Jacke auszieht, verriegele ich die Tür und die auf meinen Wunsch hin angebrachten zusätzlichen Schlösser. Den prüfenden Blick meiner besten Freundin blende ich aus, stattdessen befreie ich mich von der Winterjacke und den Stiefeln. Danach nehme ich Dawn eine der Tüten ab, ehe wir gemeinsam in die Küche gehen und das Eis zunächst in die oberste Schublade der Kühl- und Gefrierkombination räumen.

»Was möchtest du trinken?«, hake ich nach und hole dabei ein paar Schüsseln aus einem der Schrankfächer, um den diversen Knabberkram, den wir eingekauft haben, auf sie zu verteilen.

»Hast du Wein da?« Ich nicke. »Okay, wenn wir den leermachen, müsste ich allerdings bei dir schlafen. Autofahren kann ich dann nicht mehr.« Wieder nicke ich bloß. »Alles klar, in dem Fall schreibe ich Cage kurz, damit er Bescheid weiß und sich keine Sorgen macht.« Sie zückt ihr Smartphone und ich befülle die Schalen mit den Chips und den Keksen.

Das hier fühlt sich nach einem völlig normalen Freundinnen-Abend an, wie früher.

Wehmut erfasst mich bei der Erinnerung daran, wie viele Nächte wir im Verlauf unserer Highschool-Zeit durchgequatscht haben.

Damals waren Jungs unser wichtigstes Thema.

Gefolgt von dem, was wir nach der Schule machen wollten.

Als Dawn sich zum Studieren gegen Vancouver und für Toronto entschieden hat, hat mich das im ersten Moment geschockt.

Doch dann war ich mir sicher, dass die räumliche Entfernung unserer Freundschaft nichts anhaben können würde.

Als ich plötzlich Finger auf meiner Schulter spüre, fahre ich zusammen und stoße einen Aufschrei aus. Eine der Schüsseln geht zu Boden und zerschellt dort mit einem ohrenbetäubenden Klirren, während ich einen Satz zurückmache. Mein Herz rast in meiner Brust und binnen Sekunden katapultiert mich mein Verstand zurück in die schlimmsten Augenblicke meines Lebens.

»O Gott, Aria, was ist denn los?« Als ich zu Dawn blicke, trägt ihr Gesicht einen Ausdruck von Panik. Die gleiche Art von Panik, die ich gerade verspüre.

Schnell wende ich mich ab, öffne den Schrank unterhalb der Spüle und hole das Kehrblech samt Handfeger heraus. »Nichts, ich habe mich nur erschrocken.« Ich gehe in die Hocke und fange an, die Scherben aufzukehren. Als ich fertig bin und mich wieder aufrichte, um die Reste der Schüssel im Mülleimer zu entsorgen, umfasst sie sanft mein Handgelenk.

»Du machst mir Angst, Süße«, murmelt sie und aus irgendeinem Grund, den ich selbst nicht nachvollziehen kann, sind es diese fünf Worte, die den mühsam errichteten Damm in mir brechen lassen.

Als ich aufschluchze, nimmt sie mir Schaufel und Feger ab, legt sie beiseite und zieht mich in ihre Arme. Weinend klammere ich mich an sie, unfähig, den Tränen noch länger Einhalt zu gebieten. Dawn streichelt mir in kreisenden Bewegungen sacht über den Rücken, was mich nur stärker aus der Fassung bringt. Durch den dichten Tränenschleier registriere ich, wie sie mich in das Wohnzimmer dirigiert und dort auf der Couch platziert. Fürsorglich hüllt sie mich in meine Lieblingswolldecke und setzt sich nah neben mich.

»Was ist mit dir?«, flüstert sie und greift nach meiner Hand.

Ich habe das Gefühl, an den unausgesprochenen Sätzen in mir zu ersticken, und trotzdem habe ich keine Ahnung, wie ich anfangen soll. »Also … ich …«, beginne ich erstickt und muss dann doch wieder abbrechen, weil ein neuer Schwall Tränen in mir emporsteigt. »Ich bin … ich bin vor ein paar Monaten überfallen worden.«

Entsetzen breitet sich auf Dawns Miene aus, als ich zu ihr blicke. Aber auch ich fühle mich mit einem Mal wie gelähmt, da mir klar wird, dass ich nun nicht mehr zurück kann. Dabei ist das, was ich ihr gerade gesagt habe, nicht einmal ansatzweise der Kern des Problems. Ohnmacht steigt in mir empor, hört dieser Horror denn nie auf? Ich hasse diese erdrückende Leere, die ich seitdem ständig verspüre.

»Es war ein Raubüberfall … die Typen wollten letztlich bloß mein Geld, meinen Schmuck, du weißt schon … aber sie haben mir eine Scheißangst gemacht.«

»Das klingt furchtbar, ich weiß gar nicht, was ich sagen soll«, stößt sie sichtlich aufgewühlt hervor. »Ich kann nicht fassen, dass dir das passiert ist.«

Das zynische Schnauben ist schneller über meine Lippen, als ich darüber nachdenken kann. »Da sind wir bereits zwei.«

Dawn verzieht das Gesicht, lässt meine Hand los und schlingt den Arm um meine Schulter. »Es tut mir leid, ich gebe vermutlich bloß Blödsinn von mir, aber das war einfach ein Schock. In Momenten wie diesen gibt keine perfekten Worte, sieh es als Ausdruck meines Mitgefühls, meiner Hilflosigkeit und Liebe zu dir.« Betroffen hält sie kurz inne. »Wieso weiß ich davon nichts? Warum haben weder du noch deine Mom irgendeinen Ton darüber diese Sache verloren, als ihr hier gewesen seid?«, fragt sie mich, während sie mir sanft über den Oberarm streichelt. »Wir haben bisher immer über alles geredet.«

Ich hebe die Schultern. »Keine Ahnung, du hattest zu der Zeit wahnsinnig viel Stress mit deinem Studium. Du hast mitten in der Prüfungsphase gesteckt und ich wollte dich nicht mit etwas belasten, an dem du ohnehin nichts ändern hättest können.«

Dawn seufzt. »Wir kennen uns praktisch unser ganzes Leben lang und plötzlich fängst du an, für mich zu entscheiden, wie belastbar ich bin?« Ihr vorwurfsvoller und in erster Linie enttäuschter Unterton versetzt mir einen Stich. »Was genau ist passiert?«, hakt sie dann einfühlsam nach und schenkt mir ein aufmunterndes Lächeln.

»Wenn ich ehrlich sein soll, möchte ich darüber nicht weiter reden. Wie gesagt, es war ein typischer Raubüberfall und es ist einfach nur die Angst, die mir noch in den Knochen steckt. Die Kerle waren größer und stärker als ich, es war ein Leichtes für sie, mich zu überwältigen und mir meine Wertsachen abzunehmen«, versuche ich, sie zu beruhigen, und hoffe, dass sie sich damit zufriedengibt. Über ihr Gesicht huscht ein Schatten und ich zwinge mich zu einem zuversichtlichen Lächeln. »Ich bin mir sicher, dass ich das durch den Tapetenwechsel bald weggesteckt habe.« Rasch nehme ich sie in die Arme und verdränge das schlechte Gewissen, weil ich ihr lediglich eine Halbwahrheit erzählt habe und sie nun abwürge. »Ehrlich, jetzt, wo wir drüber gesprochen haben, fühle ich mich schon besser.«

Zweifelnd hebt sie eine Augenbraue, nachdem ich mich von ihr gelöst und ihren Blick gesucht habe. »Glaubst du nicht, dass es dazu etwas mehr benötigt?«

Ich erhebe mich schnell und die Wolldecke gleitet mir von den Schultern. »Genug davon, okay? Wir wollten uns einen gemütlichen Mädelsabend machen, und das *werden* wir jetzt auch«, bestimme ich. »Ich kümmere mich um den Wein und den Knabberkram, warte hier.«

Hastig laufe ich in die Küche und atme tief durch, ehe ich die Sachen auf ein Tablett räume und noch zwei Gläser aus dem Küchenschrank hole. Meine Finger zittern so stark, dass die Weingläser gegeneinander klirren. Entschlossen, mich von meiner Furcht nicht weiter beherrschen zu lassen, stelle ich sie zu den restlichen Dingen für unseren Frauenabend und begebe mich wieder hinüber zu Dawn.

Jetzt, wo ich erstmals ansatzweise über das *traumatische Erlebnis*, wie Mom es immer nennt, gesprochen habe, wird es leichter werden.

Wenn ich mir das lang genug einrede, glaube ich es vielleicht.

Dennoch muss ich zugeben, dass es auf einer gewissen Ebene leichter ist, dass ich mein dunkles Kapitel zumindest teilweise nicht mehr komplett allein mit mir ausmachen muss.

Ob es die Gesamtsituation leichter macht, wird wohl nur die Zeit zeigen.

Kapitel 5

Riley

Slater weicht meinem Faustschlag geschickt aus und verpasst mir seinerseits einen ziemlich fiesen rechten Haken, der mich nach hinten taumeln und die Zuschauermenge geschlossen aufschreien lässt.

Wir befinden uns in der dritten und damit auch letzten Runde unseres Fights, dementsprechend hoch kocht die Stimmung derer, die darauf gesetzt haben, dass einer von uns k. o. geht. Allmählich sieht es nach einer Punkteentscheidung durch die Kampfrichter aus.

Mein Gegner tänzelt hin und her, täuscht einen Schlag mit seiner Linken an, doch ich durchschaue ihn. Als er die Rechte hebt, hole ich mit dem linken Arm aus und treffe ihn am Kinn. Ich gehe nach vorn, lasse eine schnelle Abfolge von Faustschlägen auf ihn niederprasseln und treibe ihn gleichzeitig immer weiter in die Enge. Vergeblich versucht Slater, seine Deckung wieder hochzubekommen, und gibt einen frustrierten Aufschrei von sich, als ich ihn in einen Klammergriff nehme und ihm langsam aber sicher die Luftzufuhr abschnüre. Egal, wie heftig er auf meine Magengegend eindrischt, ich zeige keine Schwäche. Das hier ist die letzte Gelegenheit, den Fight doch noch für mich zu entscheiden.

Als seine Schläge immer unkontrollierter werden, er schließlich schlaff wird und zu Boden sackt, breitet sich ein triumphierendes Grinsen auf meinem Gesicht aus.

Erst, als ich sicher bin, dass Slater bewusstlos ist, gebe ich ihn frei und lasse mich von der tobenden Menge schon als Sieger feiern, während mein Kontrahent noch angezählt wird. Als der Kampfrichter runtergezählt hat und mich zum Gewinner erklärt, wird der Jubel noch lauter.

Dieser Abend war für mich mal wieder äußerst lukrativ.

Inzwischen verdiene ich mit den illegalen Käfigkämpfen so viel, dass ich im Grunde gar keinen regulären Job mehr bräuchte.

Doch mir macht die Tätigkeit in Miguels Boxstudio Spaß, zusammen mit der ehrenamtlichen Beschäftigung in Cages Jugendzentrum und den Untergrundkämpfen bin ich gut ausgelastet.

Je weniger Zeit ich zum Nachdenken habe, desto besser.

Slater, der mittlerweile wieder zu sich gekommen ist, tritt zu mir. »Gratuliere, du blöder Wichser«, zischt er mir angefressen zu, lacht dabei aber. »Das nächste Mal werde ich dich plattmachen.«

»Schon klar«, gebe ich trocken zurück, während wir gemeinsam den Käfig verlassen, um Platz für den folgenden Fight zu machen, der in ein paar Minuten beginnen wird.

Eines der allgegenwärtigen Fighter-Groupies reicht mir mit einem verführerischen Lächeln meinen Hoodie. Dankend nehme ich ihn entgegen und ignoriere ihr mehr als offensichtliches Angebot. Normalerweise sage ich nicht Nein zu einem komplikationslosen

One-Night-Stand, doch heute ist mir nicht danach, eine der Trophäensammlerinnen in meine Wohnung zu lassen.

Manche der Kämpfer vögeln die willigen Tussis gleich hier in irgendeinem Seitengang oder ihrer Kabine, das ist jedoch nicht mein Stil. In der Regel nehme ich mir gern Zeit, Quickies haben zwar durchaus ihren Reiz, aber nach Möglichkeit bevorzuge ich die Marathon-Variante. Nichts törnt mich mehr an, als die Frau unter mir die halbe Nacht immer wieder an den Rand des Wahnsinns zu treiben.

Ich habe den Reißverschluss meines Hoodies gerade geschlossen, als ich Cage, Dawn und ihre Freundin Aria registriere. Fuck, kaum, dass ich diese überhebliche, blonde Prinzessin entdeckt habe, reagiert mein Schwanz erneut mit diesem beschissenen Pulsieren. Nach unserer Begegnung vor sechs Tagen habe ich mir jeden Abend mit ihrem Gesicht vor meinem inneren Auge unter der Dusche einen runtergeholt. Bis eben habe ich angenommen, dass ich mein Interesse an ihr dadurch früher oder später überwinden würde, doch zu meinem Leidwesen bestätigt mein Körper mir das Gegenteil.

Ihr Blick gleitet durch die Fabrikhalle und als er auf meinen trifft, weitet er sich. Normalerweise wird der Ausdruck meines weiblichen Gegenübers in solchen Momenten begehrlich, bei ihr jedoch passiert etwas ganz Anderes.

Sie wirkt gehetzt.

In die Enge getrieben.

Und fuck, obwohl ich es nicht will, weckt das den Beschützerinstinkt in mir.

Cage hebt die Hand zum Gruß, damit kann ich vergessen, mich in meine Umkleide zu verpissen, ohne ihnen kurz Hallo zu sagen. Mit einem Seufzen halte ich auf sie zu und schüttele nebenher immer wieder Hände oder lasse diverse Schulterklopfer der begeisterten Zuschauer über mich ergehen.

Bei den Dreien angekommen schlage ich zunächst Cages Faust ab, danach zwinkere ich Dawn zu, ehe ich mich zu guter Letzt auf Aria fokussiere. »Prinzessin«, begrüße ich sie mit einem neckenden Unterton, der augenblicklich dafür sorgt, dass sich ihre Miene verfinstert.

Sie verschränkt die Arme vor ihrem Oberkörper, der zu meiner Enttäuschung heute wie bei unserem ersten Aufeinandertreffen von ihrer dicken Winterjacke verhüllt wird. Okay, in dem umfunktionierten, ehemaligen Fabrikgebäude herrschen keine Tropentemperaturen, aber kalt ist es hier dank der nach wie vor funktionierenden Heizungsanlage sowie diversen in unregelmäßigen Abständen aufgestellten Heizstrahlern auch nicht.

»Eigentlich wollte Aria dir gerade sagen, dass du fantastisch warst«, klinkt Dawn sich ein und kassiert dafür einen giftigen Seitenblick ihrer Freundin.

»Wollte ich gar nicht«, faucht sie wie aufs Stichwort und ich lache amüsiert.

»Ich gehe duschen und mich umziehen, vielleicht sieht man sich danach noch.«

»Hoffentlich nicht«, nuschelt sie in sich hinein und mein Grinsen wird breiter. Unsere Blicke verhaken sich ineinander und für einen Moment bin ich versucht, sie noch ein wenig zu reizen. »Wage es jetzt ja nicht, mich wieder Prinzessin zu nennen. Ich habe einen Namen.« Ihre Augen funkeln erbost und aus irgendeinem Grund sorgt das für ein Zusammenziehen meiner Hoden. Widerspenstige Frauen haben mich schon immer stärker angezogen als die, bei denen ich mich nicht anstrengen musste. Dennoch erinnere ich mich an den Vorsatz, die Finger von ihr zu lassen.

»Wir wollten noch was trinken gehen, bist du mit dabei?«, fragt Cage nach, aber was ich in erster Linie mitbekomme, ist, wie Arias Mund aufklappt und sich Ablehnung über ihre Gesichtszüge legt. Sie möchte nicht, dass ich mitkomme, und hat keine Ahnung, dass sie mich damit praktisch einlädt. Warum ausgerechnet sie mich derartig triggert, kann ich mir nicht erklären. Ihre Aura strahlt quasi *Finger weg* aus, ich will sie darüber hinaus gar nicht und doch kann ich nicht widerstehen.

»Klar, gebt mir fünfzehn Minuten.« Sie presst ihre Lippen zu einem schmalen Strich zusammen und ich beiße mir auf die Zunge, um mir einen blöden Spruch zu verkneifen. Stattdessen mache ich auf dem Absatz kehrt und verschwinde in Richtung meiner Kabine.

Dieser Abend könnte durchaus interessant werden.

Kapitel 6

Aria

Unter dem Vorwand, etwas frische Luft schnappen zu wollen, habe ich mich nach draußen begeben. Wie leichtsinnig das ist, ist mir leider erst mit einiger Verspätung eingefallen. Immer wieder ziehen vereinzelte Zuschauer oder größere Gruppen an mir vorbei und jedes Mal verfluche ich mich für meine Entscheidung. Wir befinden uns irgendwo in einem Randbezirk Torontos, das hier ist ein illegaler Käfigkampf, hier treiben sich ein Haufen zwielichtiger Gestalten herum und ich habe nichts Besseres zu tun, als mich ihnen auch noch auf dem Präsentierteller anzubieten?

Doch Riley hat mich so aus der Bahn geworfen, dass ich nicht weiter über mögliche Konsequenzen meines Handelns nachgedacht habe. Jetzt panisch zurück in die Fabrik zu gehen, kommt ebenfalls nicht infrage, dann bestätige ich Dawn bloß, dass es mir schlechter geht, als ich ihr gegenüber habe eingestehen wollen. So viel dazu, dass es einfacher ist, wenn man sich jemandem anvertraut. Also verharre ich hier draußen, starr vor Angst, friere mir den Arsch ab und verfluche wahlweise mich oder diesen arroganten schwarzhaarigen Fighter mit den eisblauen Augen und der muskulösen Statur.

Dass ich überhaupt über sein Äußeres nachdenke, macht mich noch wütender auf mich, als ich es ohnehin bereits bin.

Ich habe die Furcht, die seit Monaten quasi jeden meiner Schritte dominiert, so satt.

»Dawn und Cage kommen gleich, sie haben ein paar Bekannte getroffen«, ertönt Rileys Stimme neben mir und ich frage mich, ob es noch schlimmer werden kann.

Unruhig tippele ich von einem Fuß auf den anderen, um nicht völlig auszukühlen. Mittlerweile habe ich das Gefühl, nur Minuten davon entfernt zu sein, zu einem Eiszapfen zu werden. Ich schlage die Finger vor das Gesicht und puste in sie hinein, um sie ein wenig aufzuwärmen.

»Hier, nimm die.« Verdattert blicke ich auf die riesigen, schwarzen Handschuhe, die er mir unter die Nase hält. »Mir ist schon klar, dass sie zu groß für dich sind, aber sie erfüllen ihren Zweck.« Als ich ihm einen skeptischen Seitenblick zuwerfe, zwinkert er mir zu und zu meinem Entsetzen reagiert mein Bauch darauf mit einem völlig unpassenden Prickeln. »Sie beißen nicht, versprochen.«

Mit einem Augenverdrehen nehme ich ihm die Dinger ab und ziehe sie über meine ein wenig steifen Finger. »Danke.« Sie strahlen eine leichte Wärme ab und der Gedanke, dass er sie gerade noch getragen hat, stellt etwas mit mir an. Mein Herz flattert in meiner Brust und das bringt mich total aus dem Konzept.

Wieso löst er solche widersprüchlichen Empfindungen in mir aus?

»Kein Thema, Prin… Aria.« Es ist das erste Mal, dass ich meinen Namen aus seinem Mund höre und die Art, wie er ihn ausspricht, jagt mir einen Schauer über das Rückgrat. Rau, dunkel, mit einem verheißungsvollen Unterton, der mich zittern lässt. Gott sei Dank kann ich diesen Umstand auf die Kälte schieben. »Wollen wir ein Stück laufen, ehe du hier doch noch festfrierst?«

Beinahe panisch starre ich ihn an, während mein Herz immer schneller schlägt. »Ich kenne dich nicht, ich gehe mit dir sicher nirgendwo hin.«

»Ganz ruhig, ich habe nur davon gesprochen, dass wir ein paar Schritte über den Parkplatz machen könnten … oder wir verschwinden wieder nach drinnen, damit du dich aufwärmen kannst.« Seine Augenbrauen ziehen sich zusammen und in seinem Gesicht registriere ich einen Hauch von aufrichtiger Besorgnis.

Mir wird klar, dass ich mich für jeden Außenstehenden garantiert vollkommen irrational benehme und so lenke ich ein. »In Ordnung, lass uns ein Stück laufen.«

Peinlich berührt setze ich mich in Bewegung und vernehme das Knirschen des Schnees unter meinen Schuhsohlen. Es dauert einen Moment, bis Riley zu mir aufschließt. Schweigend gehen wir nebeneinander her, nichts als das gedämpfte Gejohle der Zuschauermassen dringt zu uns nach draußen.

»Was studierst du?«, erkundigt er sich mit ehrlich klingendem Interesse.

»Rechtswissenschaften und Kunst.« Meine Smalltalk-Fähigkeiten sind ziemlich eingerostet, das wird mir einmal mehr bewusst. In dieser einen Woche in Toronto bin ich häufiger unter Leuten gewesen, als es die vergangenen Monate der Fall war.

»Seltsame Kombination.« Da ist kein Spott in seiner Stimme, bloß Erstaunen.

»Ich weiß. Mein Dad ist Anwalt, meine Mom mit Leib und Seele Künstlerin. Irgendwie haben sie beide mir ihre Leidenschaften vererbt und ich konnte mich nicht entscheiden.« Schulterzuckend sehe ich zu ihm und mein Herz gerät ins Stolpern, als er mich anlächelt. Nicht zynisch oder herablassend, wie er es bisher getan hat, nein, es ist die Art von Lächeln, das ich in jeder Zelle meines Körpers spüre. Die Art von Lächeln, das mich in Schwierigkeiten bringt.

»Also wirst du entweder kreative Rechtsanwältin oder eine rechtsverdrehende Künstlerin?«, frotzelt er und sorgt so unwissentlich dafür, dass ich lachen muss.

»So in etwa hat mein Vater es auch formuliert.« Bei dem Gedanken an meinen Dad verspüre ich Traurigkeit, doch diese wische ich rasch beiseite. »Und du?«, frage ich nach, als mir klar wird, wie einseitig unser Gespräch bislang ist.

»Eigentlich kann ich zusammenfassend sagen, dass das Fighten mein Leben ist. Ich arbeite in einem Boxstudio, trainiere in meiner Freizeit Problemkinder und …«

»… kämpfst bei illegalen Veranstaltungen wie diesen?«, beende ich seinen Satz und er nickt. »Aber … was ist mit später?« Verwirrt sieht er auf mich hinunter. »Worauf ich hinauswill, auch du wirst älter«, ergänze ich ein wenig hilflos.

»Aus diesem Grund spare ich jeden Monat eine gewisse Summe und wenn es noch ein paar Jahre so läuft wie jetzt, übernehme ich Miguels Boxstudio.« Bei ihm klingt das alles so leicht.

»Hast du denn gar keinen Plan B?«

Mittlerweile haben wir den Parkplatz zur Hälfte abgeschritten und machen auf dem Absatz kehrt, um wieder zurück Richtung Fabrik zu gehen. Riley beugt sich ein wenig zu mir und der markant-männliche Duft seines Deos umweht mich. Erneut verspüre ich ein sehnsüchtiges Prickeln in meinem Unterleib und auch dieses Mal verunsichert es mich.

»Ich fahre nicht sonderlich darauf ab, mein gesamtes Leben von A bis Z durchzuplanen. Manche Dinge muss man auf sich zukommen lassen.«

Ungläubig bleibe ich stehen und er stoppt ebenfalls. »Wir reden doch nicht davon, was du morgen zum Frühstück oder Mittagessen willst. Hier geht es um deine Lebensgrundlage.«

Er lacht herzhaft und wirft den Kopf in den Nacken. »Sei mir nicht böse, Prinzessin, aber gerade klingst du wie meine Mom. Die liegt mir auch ewig damit in den Ohren, dass ich mit meinem College-Abschluss mehr erreichen könnte.«

»Du hast studiert?«, platzt es aus mir heraus und als sich seine Miene verdüstert, wünsche ich mir, die Worte zurücknehmen zu können. »So, wie es geklungen hat, habe ich es nicht gemeint. Es hat mich nur überrascht, weil du …«

»… weil ich auf dich eher den Eindruck eines minderbemittelten Typen aus einem Brennpunktbezirk mache, der die paar Gehirnzellen, die er noch hat, bei illegalen Käfigkämpfen riskiert?« Sein Tonfall ist ätzend und ich merke, wie meine Wangen heiß werden.

»Das habe ich damit nicht ausdrücken wollen, ehrlich nicht«, verteidige ich mich und lege einem Impuls folgend eine Hand auf seinen Unterarm. »Was hast du studiert?«, versuche ich, von meinem Tritt ins Fettnäpfchen abzulenken.

»Betriebswirtschaft.« Er hört sich immer noch angefressen an und schüttelt meine Finger ab, ehe er sich in Bewegung setzt. »Wir sollten zurück, bevor Cage und Dawn uns vermissen.«

Ich brauche ein paar Sekunden, bis meine Füße meinem Befehl gehorchen, aber dann schließe ich zu ihm auf. »Es tut mir leid, ich wollte dich wirklich nicht beleidigen, das musst du mir glauben.«

Er gibt bloß ein Brummen von sich und so gebe ich auf, ihn vom Gegenteil überzeugen zu wollen. Mir ist bewusst, dass ich scheinbar einen wunden Punkt bei ihm getroffen habe, doch ich kenne ihn zu wenig und traue mich nicht, noch weiter nachzubohren.

Wir sind gerade wieder vor der Fabrikhalle angekommen, als die Türen sich öffnen und meine beste Freundin mit Cage hinaustritt.

»Leute, ich habe völlig vergessen, dass ich mich bereits mit einem Boxkumpel aus dem Studio auf ein Bier verabredet habe, ich bin ein andermal dabei«, erfindet er so offensichtlich eine Notlüge, dass ich am liebsten im Erdboden versinken möchte.

Dawns fragender Blick trifft auf meinen, aber ich weiche ich ihr aus, denn ich bin viel zu sehr mit dem Umstand beschäftigt, was Rileys Abspringen unter einem Vorwand in mir auslöst.

Ich bin enttäuscht.

Und dieses Gefühl erwischt mich so unerwartet, dass es mir den Atem raubt.

Kapitel 7

Aria

Mich ein wenig verloren fühlend verlasse ich die soeben beendete Vorlesung meines Kunstprofessors und haste durch den langen Gang des Gebäudes in Richtung Ausgang. Normalerweise tue ich mich nicht schwer damit, neue Kontakte zu knüpfen, aber hier habe ich Schwierigkeiten, Anschluss zu finden. Lediglich mit einer meiner Kommilitoninnen habe ich mich ein paar Mal oberflächlich unterhalten, doch bisher hat es nicht einmal zu einem gemeinsamen Kaffeetrinken nach Vorlesungsende gereicht.

Draußen angekommen setze ich ein Lächeln auf, sobald ich Dawn erblicke. Sie soll nicht merken, wie einsam ich mich fühle und dass sie meine einzige Freundin hier in Toronto ist. Sicher, da ist auch Claire, die ich aber bislang bestenfalls eine gute Bekannte nennen würde. Wir sehen uns im Grunde nur, wenn Dawn sie im Schlepptau hat.

»Ich habe einen Mordshunger«, verkündet sie, kaum, dass ich bei ihr angekommen bin. »Drei Blocks weiter ist ein fantastischer Grieche, wollen wir dort was essen gehen?«

Nickend hake ich mich bei ihr unter. »Stört Cage sich nicht an deiner Knoblauchfahne?«, frage ich sie amüsiert.

»Der hat mich gebeten, ihm was mitzubringen, also stinken wir uns gegenseitig voll beziehungsweise merken nichts.« Sie kichert und zuckt mit den Schultern.

Als wir um die Ecke biegen, rennen wir direkt in eine Gruppe männlicher Studenten und werden dabei voneinander getrennt. Einer von ihnen rempelt mich so heftig an, dass ich aus dem Gleichgewicht gerate. Beherzt greift er mir an den Oberarm, um mich vor einem Sturz zu bewahren.

»Hoppla, alles okay?«, erkundigt er sich besorgt.

Mit einer unwirschen Bewegung mache ich mich von ihm frei und versuche, mein panisch hämmerndes Herz wieder in den Griff zu bekommen. »Nichts passiert«, bringe ich leise hervor und sehe zu Dawn, doch die ist gerade damit beschäftigt, sich mit einem der Typen aus der Gruppe zu unterhalten. Scheinbar haben sie einen gemeinsamen Kurs, zumindest hört es sich so an.

»Sicher? Normalerweise bin ich nicht so ein unaufmerksamer Trampel. Vielleicht kann ich dich ja bei einem Kaffee davon überzeugen?«, flirtet mein Gegenüber mich ziemlich offensiv an. »Ich heiße Brady, und du bist?«

»Nicht interessiert«, gebe ich frostig zurück und er greift sich übertrieben theatralisch an die Brust, während seine Kumpels johlen und anfangen, blöde Sprüche zu klopfen.

»Autsch, du versetzt meinem Ego gerade einen gehörigen Kratzer.« Gewinnend lächelt er mich an und setzt kurz darauf einen Dackelblick auf. »Willst du mich ernsthaft vor meinen Freunden abblitzen lassen?«

»Du wirst es verkraften.« Abweisend verschränke ich die Arme vor der Brust und blicke erneut zu meiner besten Freundin.

Dawns Miene drückt Verwunderung aus, *so* kennt sie mich nicht, früher habe ich viel und gern geflirtet.

Vor dem *traumatischen Erlebnis*. Wie ich diese Umschreibung hasse, aber immer noch besser als *es* beim Namen zu nennen.

»Wow, Dawn, deine Begleiterin bricht mir das Herz«, jammert Brady mit einem amüsierten Lachen, in das auch die übrigen Jungs einstimmen. Nur ich kann mich nicht einmal zu einem Kichern durchringen, ich will einfach bloß noch raus aus dieser Situation.

»Aria hat recht, dein Ego wird damit klarkommen«, kontert sie und ich unterdrücke ein Seufzen, weil sie ihm nun doch meinen Vornamen verraten hat. »Wir sehen uns«, verabschiedet sie sich von Brady und seinen Kumpels, greift nach meinem Unterarm und setzt sich in Bewegung. Als wir ein paar Meter zwischen uns und die Gruppe gebracht haben, spüre ich ihren Blick auf mir. »Mir ist schon klar, dass du dich in Mr. Knackarsch verguckt hast, aber du bist einem interessierten Jungen gegenüber sonst nie so unfreundlich gewesen.«

Entnervt schnaube ich auf. »Erst rennt er mich fast über den Haufen, und dann baggert er mich plump an. Seine Anmache war total daneben«, verteidige ich mich. »Und hör endlich auf mit Riley Kane und dieser dummen Theorie, dass ich in ihn verschossen sei!« Unwillkürlich muss ich an unsere Unterhaltung und ihr wenig rühmliches Ende denken. Dass ich ihn so vor den Kopf gestoßen habe, beschäftigt mich nach wie vor. »Selbst wenn es so wäre, habe ich das ein für alle Mal vergeigt. Er hält mich für eine überhebliche Kuh mit Standesdünkeln.«

Dawn lacht herzlich. »Dachte ich mir, dass ihr aneinandergerasselt seid, die Ausrede, mit der er sich neulich nach dem Käfigkampf verdrückt hat, war ziemlich mies.« Sie schweigt einen Moment und atmet dann geräuschvoll ein. »Was genau hast du denn zu ihm gesagt, dass er so angepisst war?«

»Wieso gehst du automatisch davon aus, dass *ich* das Problem bin?!« Dass die Frage angesichts der Tatsache, dass ich eben erzählt habe, ich hätte es ein für alle Mal vergeigt, total albern ist, verdränge ich.

»Aria, ernsthaft, ich habe dich gerade mit Brady erlebt und darüber hinaus mitbekommen, wie deine erste Begegnung mit Riley abgelaufen ist. Da hast du dich auch schon völlig untypisch benommen, ganz zu schweigen von dem, was du vorhin angedeutet hast.« Dawn lächelt entschuldigend. »Nichts für ungut, doch zurzeit bist du eine ziemlich unausstehliche Giftspritze. Mir ist klar, dass das an dem liegt, was du durchgemacht hast … ich habe dich das neulich bereits gefragt, aber denkst du nicht, dass es etwas mehr benötigt, damit du das Geschehene verarbeitest? Es kommt mir so vor, als hättest du noch gar nicht damit begonnen, du drückst alles nach unten.«

Wir stoppen an einer Ampel und warten darauf, dass sie für uns Fußgänger auf Grün umschaltet.

»Wie meinst du das?«, hake ich verunsichert nach.

»Du bist ständig in Habachtstellung, hast Angst und fühlst dich nicht sicher, hasst dich dafür, verdrängst es und beim nächsten Mal geht es wieder von vorn los … das geht nicht einfach so wieder weg, Süße. Vielleicht … wenn du möchtest, frage ich Cage, ob er dir ein paar Kniffe und Tricks in Sachen Selbstverteidigung zeigt.«

Die Ampel springt um und wir setzen uns erneut in Bewegung.

»Ich weiß nicht … es dauert Monate, bis ich das gelernt habe. Cage betreibt diesen Sport seit Jahren, ich …«

»Du sollst doch keine MMA-Kämpferin werden … ich rede davon, dass du aus dieser Opferrolle und der damit verbundenen Passivität herauskommst. Im Moment bist du wie gelähmt, aber wenn du Techniken und Verhaltensweisen trainierst, die dir dein altes Selbstbewusstsein zurückbringen … die dir das Gefühl geben, die Kontrolle zurückzuerlangen … ich denke, das würde dir helfen.«

Dawn verstummt und den nächsten halben Block laufen wir schweigend nebeneinander her. Die Gedanken in meinem Kopf überschlagen sich und ich habe keine Ahnung, was ich tun soll. Einerseits möchte ich mich endlich wieder besser fühlen, andererseits habe ich Angst, dass das Training mir eine Art trügerische Sicherheit gibt, die letztlich zu einem Bumerang wird. Was nützt es mir, wenn ich das Erlernte in einem geschützten Rahmen Cage gegenüber anwenden kann, in einer reellen Gefahrensituation dann allerdings doch wie paralysiert bin?

»Zerdenk es nicht schon im Vorfeld, Aria«, dringt die Stimme meiner besten Freundin an mein Ohr. »Ich kenne dich, ich weiß ganz genau, was in diesem Augenblick in dir vorgeht. Falls du nach ein paar Stunden feststellst, dass es nichts für dich ist und deine Unsicherheit eher noch verstärkt wird, lässt du es. Aber vielleicht passiert ja exakt das Gegenteil … das kannst du jedoch nur herausfinden, wenn du dich darauf einlässt.«

Wir erreichen den Griechen und sie will ihre Hand gerade auf den Türgriff legen, als ich sie zurückhalte.

»Hat Cage dafür überhaupt Zeit? Er ist doch schon ziemlich eingebunden mit seinem Job im Walker Ink, dazu das Jugendzentrum … ich möchte nicht, dass er sich meinetwegen noch mehr aufhalst.«

Dawn winkt ab. »Du bist meine beste Freundin, er macht sich ebenso Sorgen um dich wie ich, also wird er das gern machen.«

Obwohl ich nach wie vor leicht zweifele, nicke ich. »Okay, frag ihn.«

Cage kenne ich zwar nicht sonderlich gut, aber in seiner Gegenwart fühle ich mich nicht unsicher. Mit ihm zu trainieren, kann ich mir durchaus vorstellen und letztlich habe ich nichts zu verlieren.

Kapitel 8

Riley

Ich bin gerade dabei, meinen Kram zusammenzupacken, als Cage die Umkleideräume für die Trainer betritt. Kaum, dass ich aufsehe, schüttele ich auch schon mit dem Kopf. Wenn er diesen Gesichtsausdruck hat, will er was von mir. Und meist ist es etwas, auf das ich absolut keinen Bock habe.

»Nein, Alter, egal, was es ist.« Abwehrend hebe ich die Hand, als er zum Sprechen ansetzen möchte. »Ich habe einen verdammt miesen Tag im Studio hinter mir, der letzte Fight vorgestern steckt mir noch in den Knochen, ich will bloß nach Hause und ab auf die Couch.« In Miguels Boxstudio sind zwei Idioten, die erst seit kurzem mit dabei sind, aneinandergeraten und ich musste sie trennen. Aber statt es gut sein zu lassen, haben sie ihre Auseinandersetzung auf den Parkplatz verlagert. Hieß für mich, ein weiteres Mal dazwischenzugehen. Ich habe mehrere Faustschläge und Tritte in die Magen- und Nierengegend einstecken müssen, die ich vermutlich noch ein paar Tage spüren werde.

Cage schnauft entnervt. »Sei nicht so eine Pussy, ich würde dich nicht bitten, wenn es nicht wirklich dringend wäre. Gleich kommt eine Schülerin, der ich Einzelunterricht in Sachen Selbstverteidigung geben wollte, doch ich habe einen wichtigen Termin mit unserem größten Sponsor. Das ist mir durchgerutscht, als ich ihr zugesagt habe.« Er setzt diesen bescheuerten

Dackelblick auf, mit dem er Dawn vermutlich jedes Mal weichkocht.

»Ich bin nicht deine Freundin, also hör auf mit dem Scheiß«, knurre ich. Trotzdem lasse ich meine Tasche auf den Boden fallen. »Nur diese eine Stunde, die weiteren machst du. Ist das klar?«

Cage windet sich wie ein Aal. »Das dürfte schwierig werden, mein Kalender ist die kommenden Wochen voll und sie braucht dringend etwas Training in Sachen Selbstsicherheit. Das kann man nicht auf die lange Bank schieben und ich will sie ungern vertrösten.« Ich verkneife mir die Frage, warum er ihr dann überhaupt zugesagt hat. Seine Miene leuchtet auf und verrät mir, dass er irgendeinen Geistesblitz hatte, mit dem er mir diesen Bullshit schmackhaft machen möchte. »Du bekommst dein nächstes Tattoo zum Nulltarif.«

»Von wie vielen Unterrichtsstunden reden wir denn? Und wieso kann sie nicht in der Gruppe mit den anderen Mädchen trainieren?«, hake ich argwöhnisch nach.

»Weil sie definitiv Einzelunterricht braucht. Ich kann dir nicht allzu viel sagen, doch sie hat etwas Traumatisches erlebt … bei ihr ist das keine reine Präventivmaßnahme … und wir … ich denke, dass ihr das Training dabei helfen wird, es zu verarbeiten.«

Irgendetwas an dieser ganzen Sache stinkt zum Himmel, aber egal, wie ich es drehe und wende, ich bin das Arschloch, falls ich mich weigere.

»Okay, ich mache es«, gebe ich mich geschlagen mit dem sicheren Gefühl, dass ich das schon bald bereuen werde.

»Danke, du rettest mir den Hintern, Dawn hätte mich sonst gegrillt.« Sämtliche Alarmglocken in mir schrillen und sein ertappter Gesichtsausdruck tut sein Übriges dazu. Endlich fällt bei mir der Groschen und ich ahne, von wem wir gerade sprechen.

»Wir reden aber nicht von Aria, oder?«, bohre ich trotzdem mit einem scharfen Unterton nach und er wirkt noch schuldbewusster als zuvor. »Ausgeschlossen, dass ich die Prinzessin in Sachen Selbstverteidigung coache.«

»Du hast zugesagt, du kannst jetzt keinen Rückzieher mehr machen, bloß, weil du nicht mit ihr klarkommst!«, blafft Cage mich an.

»Das ist es nicht …«, fange ich an, breche dann aber ab. Ich kann ihm nicht sagen, dass ich mich zu ihr hingezogen fühle, obwohl bisher jede unserer Begegnungen ungut geendet hat. Die Vorstellung, wie nah ich ihr beim Training sein werde, versetzt mich in einen unruhigen Zustand, doch stecke ich das Cage, nervt er mich möglicherweise bis in alle Ewigkeit, dass ich vor einer unschuldigen College-Studentin gekniffen habe.

»Sie ist in zehn bis fünfzehn Minuten da, es ist also sowieso zu spät, um ihr einfach abzusagen.« Er tritt näher an mich heran und sieht mich ernst an. »Ehrlich, ich würde dich nicht darum bitten, wenn es nicht wirklich wichtig wäre.«

»Wieso hast du nicht Ian gefragt, hm? Der hätte das sicher ohne großes Murren übernommen.«

Cage seufzt. »Weil Aria und du einen Draht zueinander habt.«

Meine Augenbraue schießt hoch und ich fange zu lachen an. »Wie bitte? Was für ein Schwachsinn, wir geraten jedes Mal aneinander! Das hier ist doch wohl keine bescheuerte Kuppelaktion deiner Freundin?!« Mein Puls schnellt gefährlich in die Höhe, ich stehe überhaupt nicht auf Einmischung jeglicher Art in mein Liebesleben.

»Ist es nicht. Dawn macht sich ernsthaft Sorgen um Aria und sie glaubt, dass mehr hinter dieser ganzen Sache steckt, als diese ihr gegenüber zugeben möchte.«

Dass die Kleine schreckhaft ist, ist mir natürlich nicht verborgen geblieben. Und der Umstand, dass ihr etwas zugestoßen ist, lässt mich alles andere als kalt. Fuck, ob ich es will oder nicht, ich mache mir Gedanken um die überhebliche Kratzbürste.

»Wir probieren es, doch falls es nicht funktioniert, bin ich raus.«

Cage atmet offenbar erleichtert durch und klopft mir auf die Schulter. »Ich würde ja mit dir auf sie warten, aber ich muss dringend los, wenn ich nicht zu spät kommen möchte.«

Mit diesen Worten verlässt er die Umkleidekabine, ohne mir noch die Gelegenheit für eine Erwiderung zu geben. Echt jetzt? Dieser Penner überlässt es ernsthaft mir, Aria über den Umstand aufzuklären, dass ich ihr Training übernehmen werde?! Kurzentschlossen ziehe ich mich wieder aus und meine Reserve-Trainingskleidung an, ehe ich mich nach vorn in den Empfangsbereich begebe, um dort auf meine mir buchstäblich aufgezwungene Schülerin zu warten.

Ich lasse mich in einen der Sessel fallen und automatisch muss ich daran denken, wie sehr ich mich bei unserer letzten Begegnung über sie geärgert habe. Doch bevor sie mich quasi als minderbemittelten Primaten abgestempelt hat, haben wir uns eigentlich ganz zivilisiert unterhalten, das kann ich nicht leugnen … ebenso wenig wie den Umstand, dass Aria nach wie vor mein Interesse weckt.

Shit, die Frau schreit förmlich nach Problemen und jede Faser in mir rät mir nach wie vor, mich von ihr fernzuhalten. Jedes Mal, wenn ich nicht auf dieses Warnsignal gehört habe, habe ich hinterher in Schwierigkeiten gesteckt.

Die Eingangstür geht und ich wappne mich innerlich für das Unausweichliche, ehe ich mich erhebe und an den Tresen trete.

Aria kommt zögerlich auf mich zu und setzt ein vorsichtiges Lächeln auf. »Ich bin hier mit Cage verabredet«, beginnt sie und ich möchte diesem Arschgesicht eine reinhauen, weil er sich so geschickt aus der Affäre gestohlen hat. »Kannst du ihm Bescheid sagen, dass ich da bin?« Sie nimmt die Wollmütze ab und öffnet den Reißverschluss ihrer Jacke. Als ich mich nicht in Bewegung setze, hebt sie fragend eine Augenbraue.

»Er hat mich gebeten, deine Unterrichtsstunde zu übernehmen«, entscheide ich mich zunächst für den Weg des geringsten Widerstands. Sie gleich darüber zu informieren, dass ich sie generell fit in Sachen Selbstverteidigung machen soll, halte ich für unklug, dann wird sie sofort die Flucht ergreifen. »Er musste zu einem unvorhergesehenen Termin und hatte keine Zeit mehr, dir Bescheid zu sagen.« Dafür schuldet mir dieser Flachwichser wirklich ein erstklassiges Tattoo.

»*Du* sollst mich … nein, das geht nicht!«, stammelt sie und weicht einen Schritt zurück, als ich mich hinter der Theke hervor und auf sie zubewege.

»Aria.« Beschwichtigend hebe ich die Hände. »Du hast mich fighten sehen und weißt, dass ich gut bin. Es gibt nichts, was Cage dir beibringen könnte, das ich dir nicht ebenso erklären kann.« Panik macht sich in ihrer Miene breit und ihr gesamter Körper strahlt Abwehr aus. »Wir sind beide hier, warum probieren wir es nicht einfach? Wenn du dich nach den ersten Minuten weiterhin unwohl fühlst, lassen wir es gut sein, aber denkst du nicht, dass du es zumindest versuchen solltest? Das solltest du dir selbst wert sein, Selbstverteidigung ist wichtig.«

Sie legt ihren Kopf leicht schief und scheint angestrengt zu überlegen. »Sind wir ganz allein hier?«, flüstert sie so leise, dass ich Schwierigkeiten habe, sie zu verstehen.

Es dauert einen Moment, bis ihre Worte in meinem Verstand ankommen und mir ihre Bedeutung bewusst wird. Aria hat Angst vor mir und fuck, das setzt mir mehr zu, als es sollte. Es ist nicht das erste Mal, dass ich diese Art von Erfahrung mache, mein Äußeres wirkt nun einmal oft abschreckend. Aber vielmehr zu schaffen macht mir der Gedanke, *warum* sie sich so davor fürchtet, dass wir die einzigen Personen in diesem Gebäude sind.

»Ich kann dir hundertmal beteuern, dass du bei mir sicher bist und nichts gegen deinen Willen geschehen wird … dass wir nur hier sind, um zu trainieren. Doch das alles ändert nichts daran, dass *du* entscheiden musst, ob du bereit bist, mir einen gewissen Vertrauensvorschuss zu geben, denn den brauche ich, um dir zu zeigen, wie du dich künftig sicherer fühlst.«

Kapitel 9

Aria

Abwartend betrachtet Riley mich, während in meinem Kopf völliges Chaos herrscht. Ich bin wütend auf Cage und Dawn, habe das Gefühl, als hätte man mich in eine Falle gelockt und darüber hinaus ist da dieser Teil in mir, der an das glauben möchte, was Riley mir gerade gesagt hat. Es ist ewig her, dass ich mich sicher gefühlt habe. Manchmal frage ich mich, ob ich überhaupt noch weiß, wie es ist, keine Angst zu haben oder mich nicht vor meinem eigenen Schatten zu fürchten.

Ich habe es so satt.

Ich will nicht länger ein Opfer sein.

Ich möchte mein Leben zurück.

Tief durchatmend mache ich einen Schritt vorwärts und spüre, wie meine Lippen zittern, als ich sie zu einem vermutlich reichlich missglückten Lächeln verziehe. »In Ordnung. Versuchen wir es.«

Riley erwidert mein Lächeln und tritt seinerseits auf mich zu. »Dann zeige ich dir, wo du dich umziehen kannst. Anschließend treffen wir uns wieder hier.« Er deutet mit dem Kopf voran und ich folge ihm den Flur entlang. »Hast du schon einmal etwas in der Richtung gemacht, oder ist das dein erster Ausflug in Sachen Selbstverteidigung?«, schlägt er meinem Eindruck nach einen betont lockeren Ton an.

»Ich bin ein unbeschriebenes Blatt.« Er blickt mit einem Schmunzeln über die Schulter zu mir. »Riley, bevor wir anfangen … das neulich tut mir nach wie vor leid. Irgendwann in den vergangenen Monaten ist mir mein Taktgefühl abhandengekommen.« Mom und Dad haben mich zu einem offenen Menschen ohne Vorurteile erzogen und ich schäme mich dafür, dass ich ihm gegenüber so aufgetreten bin. »Glaubst du mir das bitte?«, flehe ich und bin leicht erschrocken darüber, wie wichtig es mir ist, ihn von der Aufrichtigkeit meiner Entschuldigung zu überzeugen.

Er stoppt vor einer Tür mit einem entsprechenden Frauensymbol mittig auf ihr angebracht und nickt. »Machen wir einen Haken dran und fangen einfach noch einmal von null an. Außerdem bist du wohl nicht die Einzige mit Vorurteilen gewesen«, schlägt er mir eine Brücke, obwohl er dazu eigentlich keinerlei Anlass hat. »Cage hat nichts weiter gesagt, nur angedeutet, dass du etwas Traumatisches erlebt hast.«

Mein Puls schnellt in die Höhe und das Blut dröhnt mir in den Ohren, während ich überlege, was ich ihm darauf antworte. »Ich … ich bin überfallen worden. Raubüberfall, du weißt schon«, stammele ich und entscheide mich damit für die gleiche Teilwahrheit, die ich auch Dawn erzählt habe. »Seitdem fühle ich mich ständig unsicher, habe Angst, unter Menschen zu gehen … fürchte mich, dass mir das noch einmal passiert und es dann nicht so glimpflich ausgeht …« Meine Stimme erstirbt, als er die Distanz zwischen uns verringert.

»Ist es das denn? Glimpflich ausgegangen?«, raunt er und ich erstarre buchstäblich zur Salzsäule. »Du hast eine Scheißangst, Aria, sie strömt dir aus jeder Pore, ich würde nicht behaupten, dass das, was du erlebt hast, glimpflich ausgegangen ist.« Als er seinen Arm hebt, hämmert mein Herz so heftig in meiner Brust, dass ich das Gefühl habe, gleich ohnmächtig zu werden. Er streckt seine Hand aus, bewegt sich langsam und lässt mir damit jede Gelegenheit, ihm auszuweichen.

Doch ich tue es nicht.

Stattdessen erlaube ich ihm, mir ein paar verirrte Haarsträhnen hinter das Ohr zu streichen.

Diese unschuldige Geste löst so viele widersprüchliche Empfindungen in mir aus.

Sehnsucht.

Furcht vor exakt dieser Sehnsucht.

Den Wunsch, endlich wieder normal zu sein und nicht immer das Schlechteste zu erwarten.

Angst davor, erneut einen entsetzlichen Fehler zu begehen, wenn ich diesem Wunsch nachgebe.

Die Berührung durch Rileys Finger ist nur hauchzart, kaum wahrnehmbar, und trotzdem steht mein gesamter Körper unter Hochspannung.

Ich versinke in seinem Blick und für einen aberwitzigen Moment möchte ich mich einfach bloß vergessen … mich fallen lassen.

Aber ich kann nicht.

Ernüchtert räuspere ich mich und er lässt seinen Arm wieder sinken.

»Ähm … hier kannst du dich umziehen.« Seine Stimme hört sich belegt an und das sorgt dafür, dass mein Puls ein weiteres Mal beschleunigt.

»Okay«, quietsche ich und möchte auf der Stelle im Erdboden versinken. Muss ich mich aufführen, als wäre das hier der allererste Kontakt überhaupt zu einem Mann? »Bis gleich«, schicke ich hinterher, trete rasch an ihm vorbei, öffne die Tür und verschwinde in der Umkleide.

Nach ein paar Sekunden vernehme ich, wie seine Schritte sich entfernen und erst jetzt traue ich mich, einen tiefen Atemzug zu nehmen.

Einen Augenblick später habe ich mein Smartphone in der Hand und drücke die Kurzwahltaste für Dawns Nummer. »Du hast mich reingelegt!«, fauche ich sie an, kaum, dass sie abgenommen hat.

»Bitte, was?« Ihr verwirrter Tonfall klingt im allerersten Moment überzeugend, aber so leicht lasse ich mich nicht täuschen.

»Verarsch mich nicht, dass Riley die Trainingsstunde mit mir übernimmt und Cage vertritt, ist doch deine Idee gewesen, oder?! Das mal zu erwähnen, hast du nicht für nötig gehalten, hm?!« Wütend halte ich auf die erstbeste Bank zu und stelle meine Tasche auf ihr ab. »Den Quatsch, dass deinem Lover kurzfristig was dazwischen gekommen ist, kaufe ich nicht!«

»Ehrlich, ich habe nicht den blassesten Schimmer, wovon du redest.« Sie wirkt aufrichtig überrascht und allmählich verunsichert mich das. Habe ich überhaupt kein Gespür mehr für die Menschen um mich herum? Ist das hier tatsächlich bloß ein Zufall und ich sehe mal wieder Gespenster, während ich mich anderen gegenüber wie der Elefant im Porzellanladen benehme?

»Schwör mir bei Mr. Winterbottom, dass du die Wahrheit sagst«, befehle ich ihr. »Solltest du mich anlügen und ich das herausfinden, hat sein letztes Stündlein geschlagen!« Mr. Winterbottom ist ein Teddybär und war ein Geschenk ihres Großvaters zu ihrem zweiten oder dritten Geburtstag. Sie hütet das in die Jahre gekommene Stofftier wie ihren Augapfel und hat mir immer erzählt, dass sie ihn irgendwann einmal an ihre eigenen Kinder weitergeben möchte. »Kannst du mir glaubhaft versichern, dass …«

»Ich schwöre auf das Leben von Mr. Winterbottom«, unterbricht sie mich und ich sacke in mich zusammen. »Ist es denn echt so schlimm, mit Mr. Knackarsch zu trainieren?«

»Also … ich … nein, natürlich nicht«, stottere ich, während ich denke, dass sie keine Ahnung hat, wie furchtbar es für mich ist.

Nicht, weil ich Angst vor ihm habe.

Nein, weil ich mich zu ihm hingezogen fühle und genau das zu mehr Problemen als ohnehin schon führen wird.

Kapitel 10

Aria

Nachdem Dawn und ich unser Telefonat beendet haben, habe ich mich umgezogen, bin jedoch noch nicht zurück zu Riley gegangen. Seit ungefähr zwei, drei Minuten sitze ich auf der Bank neben meiner Tasche und versuche, mich zu beruhigen. Schließe ich die Augen, habe ich nach wie vor den Eindruck, die Berührung seiner Fingerspitzen zu fühlen. Der bloße Gedanke daran bringt mein Herz in Aufruhr. Tief durchatmend öffne ich die Lider und erhebe mich. Viel länger kann ich meinen Trainer für die heutige Stunde nicht warten lassen, ohne dass mein Verhalten vollkommen seltsam auf ihn wirkt.

Zögerlich laufe ich Richtung Tür und lege die Hand auf die Klinke. Als ich sie gerade hinunterdrücken will, klopft es von außen und ich stoße einen erschreckten Schrei aus. So viel dazu, dass Riley mich nicht für vollkommen seltsam halten soll. Rasch reiße ich die Tür auf und lache betont fröhlich.

»Sorry, ich wollte dir keinen Schrecken einjagen«, entschuldigt er sich mit einem schiefen und irgendwie ziemlich anziehenden Lächeln.

»Ähm … schon gut, ich war gerade auf dem Weg zu dir.« Ja, klasse, Aria, als ob er das nicht selbst bereits festgestellt hat. Peinlich berührt folge ich ihm und runzele irritiert die Stirn, als wir die Treppe zum

Obergeschoss ansteuern. »Trainiert ihr nicht normalerweise in der angrenzenden Turnhalle?«

Riley wirft mir über die Schulter einen kurzen Blick zu. »Mit den Gruppen machen wir das, aber für ein Einzeltraining bietet sich einer der kleineren Räume im ersten Stock eher an. Die riesige Halle für zwei Personen zu beheizen, wäre kostentechnisch nicht rentabel.« Er zwinkert mir zu. »Auch wenn dir beim Training schnell warm werden dürfte, sollst du dir vorher nicht den Hintern abfrieren.«

Verlegen lächelnd nicke ich und fühle mich noch dämlicher als ohnehin schon. Er hält mich wahrscheinlich mal wieder für reichlich verwöhnt und weltfremd, dass ich nicht von selbst darauf gekommen bin.

Schweigend nehmen wir die Stufen nach oben und laufen über den langen Flur. Bei der vorletzten Tür am Ende stoppt er, holt einen Schlüsselbund aus seiner Tasche und entriegelt sie. Er lässt mich an sich vorbei eintreten und ich stocke kurz, als ich sehe, dass eine der Wände komplett verspiegelt ist.

»Normalerweise nutzt diesen Raum unsere Tanztruppe, deswegen die Spiegelwand«, erklärt er mir.

»Ihr gebt auch Tanzunterricht?«, hake ich erstaunt nach.

Riley lacht. »Keiner von uns Jungs, das macht Carissa, eine der älteren Jugendlichen im Viertel.«

Bei der Vorstellung von Riley, Cage oder Ian, wie sie, am besten noch im Tutu, Unterricht in Sachen Tanz geben, muss ich schmunzeln.

Er geht hinüber zu der in einer Ecke auf einer reichlich abgenutzt aussehenden Kommode stehenden Stereoanlage, schließt sein Smartphone an und wischt mehrmals über das Display. Mit einem zufriedenen Brummen trifft er eine Auswahl und kurz darauf ertönt Rockmusik in ohrenbetäubender Lautstärke aus den Boxen. Rasch regelt er sie hinunter, bis die Musik nur noch Zimmerlautstärke beträgt.

»Stört dich doch nicht, oder?«, wendet er sich an mich.

»Die Frage kommt ein bisschen spät, meinst du nicht?«, kontere ich und merke erst jetzt, wie zickig das schon wieder klingt. Als Riley nach seinem Handy greifen will, schüttele ich mit dem Kopf. »Nicht … lass sie an, ich mag die Musik«, halte ich ihn auf und spüre, wie meine Wangen heiß werden.

Er kehrt zu mir zurück und baut sich vor mir auf. Sein Blick brennt sich für einen Moment in meinen, ehe er die Lider schließt und tief durchatmet.

»Zuallererst solltest du nach Möglichkeit immer versuchen, eine körperliche Auseinandersetzung zu vermeiden. Tritt selbstbewusst auf, lass dich nicht einschüchtern und halte den Kopf oben. Je weniger du im Vorfeld wie ein Opfer wirkst, desto geringer ist die Chance, dass man sich dich herauspickt«, fängt er an und fokussiert seine Aufmerksamkeit wieder auf mich. »Meide gefährliche Situationen und Orte, lass dich mit potentiellen Tätern nicht auf eine Diskussion oder Ähnliches ein und bitte aktiv um Hilfe, sollten sich um dich herum unbeteiligte Dritte befinden. Menschen neigen dazu, wegzusehen, also sprich sie direkt an. Nicht wahllos um Hilfe bitten, sondern einzelne herauspicken, wie zum Beispiel einen Mann in der braunen Jacke.«

Ich beiße mir auf die Unterlippe, um die giftige Entgegnung hinunterzuschlucken, die mir auf der Zunge liegt. Rational gesehen ist es völliger Blödsinn, aber subjektiv betrachtet fühle ich mich angegriffen. Als wäre ich verantwortlich für das, was mir zugestoßen ist.

»Alles klar«, presse ich hervor und verschränke die Arme vor der Brust.

Riley tritt einen Schritt auf mich zu und mustert mich mit einem forschenden Ausdruck. Er wirkt, als wüsste er, was in mir vorgeht, doch das kann er nicht. Dennoch senke ich den Kopf und weiche ihm so aus.

»Zweite Regel und nicht weniger wichtig: Achte darauf, dass dein Rücken geschützt ist. Erfahrungsgemäß droht die größte Gefahr von dort. Du hast nun einmal keine Augen am Hinterkopf und kannst dementsprechend nicht sehen, was hinter dir passiert.«

Ein Kloß bildet sich in meiner Kehle und Tränen steigen in mir empor. Der Angriff damals kam aus dem Nichts und ich hatte keine Chance, noch groß zu reagieren.

»Ist notiert.« Ich zwinge mich zu einem Lächeln, als Rileys Miene weich wird. »Weiter im Text«, fordere ich ihn rasch auf, weil ich nicht möchte, dass er mich tröstet. Wenn er jetzt etwas Nettes zu mir sagt, fange ich an zu weinen, und das will ich nicht.

»Das wäre fürs Erste das Wichtigste, alles Weitere kommt im praktischen Teil.«

»Verstehe.« Meine Einsilbigkeit ist mir allmählich wirklich unangenehm, aber zu mehr als diesen knappen Sätzen fühle ich mich nicht in der Lage. Zu groß ist die Angst, dass ich vor einem mir nahezu Fremden in Tränen ausbreche.

»Bevor wir anfangen, sollten wir uns ein bisschen warmmachen. Ich zeige dir nichts, wozu das oder besonders viel Bewegungsfreiheit nötig sind, das würde nichts taugen. Aber zum Training ist es sicherer«, schlägt Riley vor und ich nicke bloß.

Er beginnt mit ein paar Lockerungsübungen, die ich ihm nachmache. Allmählich entspanne ich mich etwas, die im Hintergrund laufende Rockmusik trägt ihr Übriges dazu bei.

»Lässt sich eine körperliche Konfrontation nicht vermeiden, solltest du darauf achten, dass du so wenig Angriffsfläche wie möglich bietest. Weich Schlägen oder Tritten deines Gegners aus, versuche nicht, sie zu kontern, so lang diese Alternative besteht.«

Stirnrunzelnd mustere ich Riley. »Heißt im Klartext, wenn du nun auf mich losgehst, soll ich nicht angreifen, sondern mein Heil in der Flucht suchen?«

Er nickt. »So lange ich dir nicht so nah bin, dass ich dich greifen und damit zu Boden ringen kann, ja.«

»Okay, verstanden … aber du zeigst mir schon noch Tricks, wie ich einen Angreifer abwehre, oder?

Alles, was du mir bis jetzt erzählt hast, zielt darauf ab, einen Übergriff zu vermeiden, und ist sicher auch wichtig, keine Frage. Doch bleibt das so theoretisch?«

Riley grinst. »Keine Sorge, wir gehen gleich an die Praxis«, versichert er mir.

Mit etwas Verspätung wird mir klar, was das bedeutet.

Körperkontakt.

Unwillkürlich beschleunigt sich meine Atmung und Angst ergreift von mir Besitz, obwohl ich es nicht will.

Die bloße Vorstellung, ihn so nah an mich heranzulassen, schürt meine Panik vor dem drohenden Kontrollverlust.

Gefühlt spannt sich jeder Muskel in mir an, während ich fieberhaft überlege, wie ich der Situation entkommen kann.

»Aria, du bestimmst, wie weit das heute geht«, dringt seine Stimme in meine Amok laufende Gedanken. »Ich bin der Lehrer, ja, aber du sollst nichts tun, bei dem du dich offensichtlich unwohl fühlst. Wir können es auch bei ein paar Abwehrtechniken belassen, für die wir nicht gleich in die Vollen greifen müssen.«

Völlig perplex starre ich ihn an, da er instinktiv das Richtige gesagt hat. Und dabei kennt er mich nicht einmal.

»Du musst mir vertrauen können, und das funktioniert nicht, wenn ich dich zu Dingen nötige, die du nicht machen willst«, ergänzt er. »Gerade, weil wir längerfristig …« Plötzlich bricht er ab und macht ein zerknirschtes Gesicht. »Fuck, so wollte ich dir eigentlich nicht verraten, dass Cage mich gebeten hat, deinen Unterricht komplett zu übernehmen.«

»Oh … okay«, stammele ich hilflos. In diesem Augenblick kann ich mich nicht einmal aufregen, da ich immer noch erstaunt bin, wie schnell er mich durchschaut hat. »Also, für mich ist das in Ordnung, aber passt das denn in deinen Zeitplan?«, höre ich mich sagen, ehe ich darüber nachdenken konnte.

Rileys Miene glättet sich und er nickt.

»Gut, dann … vielleicht können wir es für heute tatsächlich mit ein paar nicht so … körperkontaktintensiven Techniken gut sein lassen?«

Wieder nickt er und langsam entspanne ich mich. Aufmerksam höre ich ihm dabei zu, als er mir erläutert, wie ich zum Beispiel meine Schlüssel beziehungsweise meinen Schlüsselbund zu einer Waffe umfunktionieren kann. Darüber hinaus sagt er mir, dass ich versuchen sollte, meinen Gegner in die Weichteile oder in das Gesicht zu schlagen.

Schließlich erklärt Riley unsere erste Stunde für beendet und für einen Moment fühle ich mich wie eine Versagerin, weil ich im Grunde nicht gemacht habe, wofür ich hergekommen bin.

»Nächstes Mal wagen wir uns dann an die Praxis und ich trainiere dich, wie eigentlich für heute geplant, in ersten Abwehrtechniken, okay?« Riley betrachtet mich abwartend und mit einem vorsichtigen Lächeln.

»Das hört sich vernünftig an«, stimme ich ihm zu, immerhin möchte ich lernen, wie ich mich gegen einen mir körperlich überlegenen Gegner wehre.

»Wie bist du hergekommen?«, wechselt er das Thema.

»Dawn hat mich abgesetzt, zurück wollte ich eigentlich mit der Bahn fahren.«

Dass ich daran mit gemischten Gefühlen denke, binde ich ihm nicht auf die Nase. Die Vorstellung einer nächtlichen U-Bahn-Fahrt ist unangenehm, doch was mir an sich Sorgen bereitet, sind der Weg von und zur Haltestelle. Im Dunkeln. Doch ich will mir ein weiteres Stück meines Lebens zurückerobern.

»Ausgeschlossen. Ich bringe dich nach Hause.« Rileys entschiedener Tonfall ist wohl dazu gedacht, einen eventuellen Protest meinerseits im Keim zu ersticken.

Bemüht, nicht zu erleichtert herüberzukommen, nicke ich. »Okay, dann gehe ich mich schnell umziehen … duschen muss ich ja nicht, schließlich bin ich kaum ins Schwitzen gekommen.«

Für einen Moment weiten sich seine Pupillen und in seinem Ausdruck blitzt etwas auf, das mir einen Schauer über die Wirbelsäule jagt. Keinen negativen, nein, es ist einer der guten Sorte. Die Art von Schauer, die ich von früher kenne, wenn ich jemanden anziehend finde.

»Dafür sorge ich dann das nächste Mal«, entgegnet er mit einem verschmitzten Augenzwinkern und läuft anschließend zur Stereoanlage, um sein Smartphone von ihr zu trennen und zu holen.

Während wir gemeinsam den Raum verlassen und nach unten gehen, versuche ich, die verwirrenden Empfindungen, die Riley in mir auslöst, zu analysieren.

Eben hatte ich noch Angst, ihm nahe zu sein und jetzt spüre ich in erster Linie die Anziehungskraft, die von ihm ausgeht.

Das ist doch verrückt!

Kapitel 11

Riley

Seit ich Aria nach ihrer Adresse gefragt habe, hat sie kein Wort mehr gesprochen. Sie sitzt auf dem Beifahrersitz und macht den Eindruck, als würde sie sich am liebsten in Luft auflösen. Wiederholt steigt mir ihr süßer Duft in die Nase, sie riecht nach einer Mischung aus Erdbeere und Rhabarber. Aus dem Augenwinkel registriere ich, wie sie mir einen verstohlenen Seitenblick zuwirft, ehe sie wieder nach draußen in die Dunkelheit starrt.

Es fängt leicht zu schneien an und ich betätige die Scheibenwischer.

»Ich mag diese Jahreszeit«, erklingt ihre leise Stimme.

»Du frierst dir gern den Arsch ab?«, necke ich sie mit einem ungläubigen Unterton und sie lacht auf.

Ein Schauer jagt meine Wirbelsäule hinab und meine Hoden ziehen sich zusammen.

Das ist nicht gut. Ich sollte mich nicht zu ihr hingezogen fühlen.

Nein, ich sollte professionelle Distanz wahren, sie in Sachen Selbstverteidigung und damit auch Selbstbewusstsein schulen.

Mehr nicht.

Doch gleichzeitig werde ich den Drang nicht los, sie beschützen zu wollen.

Mittlerweile bin ich überzeugt davon, dass sie nicht die volle Wahrheit sagt, was den angeblichen Raubüberfall angeht. Sicher, manche ihrer Verhaltensweisen passen ebenso gut zu einem normalen Überfall, andere jedoch nicht. Ihre Angst vor Körperkontakt, ihr generelles Verhalten in der Nähe von Männern, all das lässt mich befürchten, dass ihr Schlimmeres zugestoßen ist.

»Okay, es müsste nicht *so* kalt sein, aber ich mag es, mich mit einem guten Buch unter eine dicke Wolldecke zu kuscheln. Dazu eine Kanne Tee, ein paar Kerzen und ich bin wunschlos glücklich.«

»Pack noch Netflix mit auf die Liste, dann kann ich mich eventuell damit anfreunden«, entgegne ich und gucke kurz zu ihr hinüber.

Sie schmunzelt. »Vielleicht lasse ich mit mir reden, mal schauen.«

Ich stoppe an einer Kreuzung und prüfe den Verkehr, ehe ich langsam wieder anfahre. Rechter Hand fällt mir ein Burgerladen ins Auge. »Hast du Hunger?« Zu meiner Überraschung nickt sie und so lenke ich den Wagen auf den zu dem Schnellrestaurant gehörenden Parkplatz.

Nachdem ich das Auto geparkt habe, steigen wir aus und hasten auf das Lokal zu, so schnell es der plattgetretene Schnee zulässt. Aria neben mir gerät ins Schlingern und klammert sich haltsuchend an meinen Oberarm, um zu verhindern, dass sie zu Boden geht.

»Sorry«, entschuldigt sie sich mit einem nervösen Lachen, während ich damit beschäftigt bin, mich nicht von diesem verfluchten Erdbeere-Rhabarber-Duft ablenken zu lassen. Sie lässt mich schnell wieder los und bringt Abstand zwischen uns.

»Schon gut, du kannst dich gern an mir festhalten«, erwidere ich und frage mich in der gleichen Sekunde, ob ich etwas noch Dämlicheres hätte antworten können.

Wir legen die letzten Meter zurück und betreten das Restaurant.

»Ihr Süßen, wir schließen in einer Viertelstunde«, verkündet die Frau hinterm Tresen und ich stoße einen enttäuschten Laut aus.

»Können Sie uns noch was zum Mitnehmen machen?«, frage ich nach und vernehme, wie Aria neben mir scharf einatmet.

»Für dich immer, Schätzchen«, gurrt die Angestellte, doch meine Aufmerksamkeit liegt bei Aria. Verwirrt wende ich mich ihr zu und begreife einen Augenblick später, welchen Rückschluss sie offenbar gezogen hat. »Ich habe nicht vor, mich so in deine Wohnung zu mogeln, ich muss selbst weiter, Bear abholen«, beruhige ich sie. »Wir essen im Auto.«

Zweifelnd hebt sie eine Augenbraue. »Burger und Fritten während der Fahrt?«

»Sicher, wieso nicht?« Schulterzuckend begebe ich mich an die Theke und ordere einen doppelten Cheeseburger sowie eine große Portion Pommes für mich.

»Für mich das Gleiche«, kommt es von hinten und ich grinse in mich hinein. Offenbar hat Aria keine

Aversionen gegen ungesundes Junkfood und ist keine dieser Frauen, die sich nur von Salat und Co. ernähren.

Wenige Minuten später sind wir auf dem Rückweg zu meinem Fahrzeug. Kaum, dass wir eingestiegen sind, starte ich den Motor, damit die Heizung ihre Arbeit aufnimmt. Nachdem ich mich angeschnallt und darauf geachtet habe, dass auch Aria den Gurt angelegt hat, steuere ich den Wagen vom Parkplatz. Dankbar nehme ich den Burger entgegen, den sie bereits aus seiner Verpackung befreit hat. Die Pommes platziert sie nach kurzem Überlegen in der Getränkehaltung der Mittelkonsole.

»Guten Appetit … und Danke«, nuschelt sie, ehe sie in ihren Cheeseburger beißt und hingerissen seufzt. »Wer ist Bear?«

Ich will mir gar nicht erst vorstellen, wie es ist, wenn sie diesen Laut in einem anderen Kontext von sich gibt.

Doch gegen die unanständigen Bilder in meinem Kopf kann ich nichts ausrichten.

Wieder erinnere ich mich daran, dass Aria mit ziemlicher Sicherheit ein gewaltiges Trauma mit sich herumträgt und das Letzte, was sie jetzt gebrauchen kann, ein Kerl ist, der ein eindeutiges Interesse an ihr zeigt.

»Mein Hund«, antworte ich ein wenig verspätet. »Wenn ich unterwegs bin, ist er bei meiner Mom, die ein eigenes, kleines Geschäft hat. So schlage ich zwei Fliegen mit einer Klappe, Bear ist nicht stundenlang allein und ich weiß, dass er meine Mutter beschützen würde, sollte ihr jemand etwas Böses wollen.« Warum zur Hölle erzähle ich ihr das? Ich spreche nie darüber, dass das mit Bear und meiner Mom mehr als nur den offensichtlichen Hintergrund hat. »Eventuell lernst du ihn ja irgendwann mal kennen, er ist wirklich eine Seele von Hund.« Kann ich nicht einfach mit dem Gequatsche aufhören? Als ob jemals der Fall eintreten wird, dass Aria und mein treuer Begleiter aufeinandertreffen.

»Ja, wer weiß, vielleicht«, erwidert sie und lächelt zaghaft, als ich ihr einen Seitenblick zuwerfe.

Eine gute Viertelstunde später halte ich vor einem von der Straße aus ein wenig zurückgelegen liegenden Gebäudekomplex in Downtown Toronto. Sie schnallt sich ab, räumt den Müll in die Tüte des Burgerladens und sieht danach zu mir.

»Danke fürs Fahren. Wir sehen uns dann …«, sie stockt kurz, »ähm … wann passt es dir denn das nächste Mal?« Verlegen streicht sie sich eine Strähne ihres Haars hinter das Ohr.

»Wir treffen uns zweimal die Woche, würde ich vorschlagen. Was die Termine angeht, bin ich relativ flexibel, da richte ich mich nach dir. Ich checke morgen nochmal die bereits geplanten Schichten im Boxstudio und würde mich anschließend bei dir melden.« Schnell hole ich mein Smartphone aus der Jackentasche, öffne die Kontaktliste und konzentriere mich danach wieder auf Aria. »Deine Telefonnummer?«, hake ich nach, als sie nicht reagiert.

»Oh, ja, klar …« Sie wühlt ihr Handy aus ihrer Handtasche. »Ich kann mir meine eigene Nummer nie merken«, erklärt sie, während sie eine App aufruft und mir anschließend eine Zahlenfolge vorliest.

Nachdem ich die Telefonnummer eingespeichert habe, rufe ich sie kurz an und lege auf, als ihr Telefon vibriert. »Damit hast du auch meine, falls dir mal etwas dazwischen kommen sollte und du absagen musst.«

… oder falls du mich aus irgendeinem anderen Grund anrufen willst, füge ich in Gedanken hinzu.

»Super, dann höre ich morgen von dir?« Ich nicke und sie wendet sich ab, um die Beifahrertür zu öffnen. Ehe sie aussteigt, dreht sie sich nochmal zu mir. »Danke noch einmal, dass du das machst.« Für einen Moment wirkt sie, als wolle sie eigentlich mehr sagen, doch sie bleibt stumm und verlässt das Fahrzeug.

Ich beobachte, wie sie auf das Gebäude zuhält, einen kurzen Abstecher zu den davor befindlichen Mülltonnen macht und anschließend die Eingangstür aufschließt. Sie winkt mir zu, danach hastet sie in das Innere des Appartementkomplexes und schaltet das Treppenlicht ein. Durch die in jedem Stock eingelassenen Glasfenster kann ich verfolgen, wie sie die Treppen nach oben geht, bevor sie aus meinem Sichtfeld verschwindet. Ich warte, bis das Licht wieder erlischt, ehe ich den Motor starte und wegfahre.

Den ganzen Weg bis zu meiner Mom denke ich über Aria nach und versuche, mir klarzumachen, dass sie, wenn überhaupt, einen Freund braucht, bei dem sie sich nicht bedroht oder unsicher fühlt.

Doch egal, wie sehr ich mich davon überzeugen möchte, da ist dieser Teil in mir, der jedes Mal dagegen-

und mir vorhält, dass ich ein weitergehendes Interesse an ihr habe.

Kopfschüttelnd parke ich schließlich in der letzten freien Parklücke vor dem Gebäude, in dem sich Moms Appartement befindet.

Aria ist tabu.

Freunde, mehr nicht.

Am besten bete ich mir diese beiden Sätze gedanklich nonstop vor, sobald ich mit ihr zusammen bin.

Kapitel 12

Aria

Ich versuche wirklich, mich auf die Hausarbeit zu konzentrieren, die unser Rechtswissenschaftsprofessor uns aufgetragen hat. Doch zu meinem Leidwesen gelingt mir das nicht. Immer wieder ertappe ich mich dabei, wie ich auf das Display meines Handys schiele, um zu prüfen, ob Riley sich gemeldet hat und ich es bloß nicht mitbekommen habe.

»Du bist echt so blöd, das Vibrieren kannst du schlecht überhören«, zischele ich genervt von mir selbst und drehe das Smartphone um, damit ich nicht länger auf den Bildschirm starren kann.

Keine Minute später nehme ich es erneut in die Hand und stelle den Klingelton von reiner Vibration zusätzlich auf laut, danach lege ich es mit der Front nach unten auf den Schreibtisch.

Mir die Haare raufend lese ich den letzten Absatz des Gesetzestextes noch einmal und tue mein Bestes, um das blöde Telefon zu ignorieren.

Eine Viertelstunde darauf habe ich angefangen, sinnlose Strichmännchen auf die Schreibtischunterlage zu zeichnen.

Was ist denn bloß los mit mir?

Es ist ja nicht so, dass Riley vorhat, mich anzurufen, um mich auf ein Date einzuladen.

Himmel, wir wollen nur die Trainingstermine abstimmen!

Und trotzdem kann ich nicht verhindern, dass es in meinem Bauch allein bei dem Gedanken daran, dass ich ihm in der nächsten Stunde näherkommen werde, zu kribbeln anfängt.

Frustriert über mich selbst erhebe ich mich, um mir einen Kaffee aus der Küche zu holen. Ich bin noch keine zwei Schritte weit gekommen, da fängt mein Handy zu klingeln und vibrieren an. Hastig mache ich auf dem Absatz kehrt, schnappe es mir und rolle die Augen, weil mein Herz angesichts von Rileys Namen auf dem Display einen aufgeregten Satz macht.

»Hi, hier ist Aria«, melde ich mich und schlage die Hand vor die Stirn. Als ob er das nicht weiß.

»Hey, Riley hier«, antwortet er mit einem unüberhörbaren Schmunzeln in der Stimme. »Störe ich dich gerade, oder hast du einen Moment Zeit?«

»Ich wollte eh eine Pause von meiner Hausarbeit machen und einen Kaffee trinken, das passt.« In der Küche angekommen hole ich einen Becher aus einem der Schränke, schnappe mir die Warmhaltekanne und schenke mir ein.

»Super. Also, ich würde vorerst dienstags und donnerstags als Trainingstermine vorschlagen, immer mit der Möglichkeit, sie auf einen anderen Tag zu verschieben, sollte einem von uns etwas dazwischen kommen. Wie hört sich das für dich an?«

Ich schlendere hinüber in das Wohnzimmer und lasse mich auf der Couch nieder. »Das klingt gut für mich.« Vorsichtig nippe ich an dem dampfenden Heißgetränk und gebe ein wohliges Seufzen von mir.

Im gleichen Augenblick höre ich Riley scharf einatmen und prompt schießt mir Hitze in das Gesicht. Dass ich am Telefon so hemmungslos herumstöhne, ist mir peinlich, obwohl der Grund dafür ein völlig harmloser ist.

»Scheint, als hättest du den Koffein-Kick dringend nötig gehabt«, rettet er mich aus der unangenehmen Situation.

»Und wie«, gestehe ich. »Was machst du gerade?« Konnte ich eine noch blödere Frage stellen? »Ich meine, abgesehen davon, dass du mit mir telefonierst?«, setze ich schnell hinterher, um nicht ganz so dumm zu wirken.

»Auf meine Mom warten, wir kochen und essen einmal die Woche zusammen … das klingt jetzt vermutlich reichlich langweilig für dich, hm? Der harte Käfigkämpfer, der mit Mommy kocht.«

»Du kochst?!«, platzt es aus mir heraus. »Sorry, aber ich bin immer fasziniert, wenn mir ein Kerl begegnet, der sich nicht nur von Fertigfraß ernährt.« Als ich noch zu Hause gelebt habe, haben meine Eltern und ich oft gemeinsam gekocht und gegessen, ein Ritual, das ich schmerzlich vermisse.

»Meine Mutter und ich waren allein, sie hat viel arbeiten müssen und wollte nicht, dass ich mich nur von Junkfood oder Fertiggerichten ernähre.« Er hält einen Augenblick inne. »Nachdem ich ausgezogen bin, haben wir das beibehalten. Wir wechseln uns ab, eine Woche findet das Kochchaos bei mir statt, die nächste bei ihr.«

»Kochchaos?«, hake ich neugierig nach.

»Wir kochen Freestyle, wir sind nicht so für das strenge Richten nach Rezepten. Manchmal kommen dabei ganz coole Kreationen heraus, manchmal … frag lieber nicht. Selbst Bear verweigert in dem Fall meist die Nahrungsaufnahme und der frisst sonst eigentlich alles, was ihm vor die Schnauze kommt.«

Auflachend setze ich mich im Schneidersitz hin. »Da würde ich gern mal Mäuschen spielen«, ist mir schneller über die Lippen gerutscht, als ich überlegen konnte.

Einen Moment lang ist es vollkommen still in der Leitung und ich möchte auf der Stelle im Erdboden versinken, weil ich so plump gewesen bin.

»Das können wir sicher irgendwann mal machen«, antwortet er dann so unverbindlich, dass mir sofort klar ist, es wird niemals zu diesem Termin kommen.

»Nein, schon okay, das war unpassend«, rudere ich zurück.

Riley seufzt. »Aria, *ich* hätte nichts dagegen, wenn wir das in die Tat umsetzen, aber ich wollte nicht, dass du dich wegen einer unbedachten Äußerung dazu genötigt fühlst.«

Was ist das mit ihm?

Er scheint mir stets einen Schritt voraus zu sein und genau zu wissen, was in mir vorgeht.

»Nein, das tue ich nicht«, höre ich mich zu meiner Überraschung sagen.

»Okay, in dem Fall würde ich anregen, wir lernen uns die nächsten Trainingsstunden besser kennen und wenn du dann immer noch Lust hast, machen wir was ab. Allerdings würde ich meine Mom zumindest vorerst lieber raushalten … sie wartet seit Jahren darauf, dass ich ihr eine potentielle Schwiegertochter vorstelle, und ist da gern mal ein wenig, wie soll ich mich ausdrücken, übereifrig.« Sein raues Lachen dringt durch den Hörer zu mir, ebenso spüre ich die Liebe für seine Mutter, die in jedem seiner Worte mitschwingt.

»Abgemacht.« So richtig kann ich nicht fassen, dass ich mich gerade tatsächlich mit Riley Kane auf ein Koch-Date verabredet habe.

Habe ich dieses vage für die Zukunft abgestimmte Treffen wirklich ein Date genannt?!

»Dann sehen wir uns kommenden Dienstag zur gleichen Zeit wie heute im Jugendzentrum?«, reißt er mich aus meinen rasenden Gedankengängen.

»Ja«, gebe ich mit einem nervösen Flattern in der Brust zurück.

»In Ordnung … hab noch einen schönen Abend, Aria.« Seine Stimme ist bei meinem Namen eine Nuance dunkler geworden und jagt mir ein Prickeln durch den gesamten Körper.

»Du … ich meine, ihr ebenfalls«, stottere ich.

»Danke«, murmelt er, ehe er »Bye« sagt und das Telefonat beendet.

Ich hingegen sitze regungslos mit dem Handy in der Hand da und versuche zu verdauen, dass ich es irgendwie geschafft habe, mich mit Riley nicht nur fürs Training, sondern auch privat zu verabreden.

So sehr ich mich auch zur Ruhe und dahingehend ermahne, dass dieses private Treffen bislang rein theoretisch und in der Zukunft liegend ist, immer wieder flackert die Vorstellung von ihm und mir beim Kochen auf.

Davon, wie wir zwanglos miteinander quatschen und uns gegenseitig aufziehen.

Davon, wie mit mal jegliche Ungezwungenheit verfliegt und wir einander tief in die Augen sehen.

Davon, wie Riley sich mir nähert, mich in eine Umarmung zieht und in einen sinnlichen Kuss verwickelt.

Ich muss sofort damit aufhören, mir auszumalen, wie sich seine Lippen auf meinen anfühlen.

Hastig stürze ich den Rest des Kaffees hinunter und gehe wieder zurück an den Schreibtisch, um mich erneut an die Hausarbeit zu setzen.

Der trockene Lehrstoff und die Gesetzestexte, die ich mir zu Gemüte führen muss, werden hoffentlich dafür sorgen, dass diese mich regelmäßig aus der Bahn werfenden Gefühle, die ich in Rileys Gegenwart empfinde, exakt dorthin verschwinden, wo sie hingehören.

Das Letzte, was ich jetzt gebrauchen kann, ist, mich zu verlieben.

Ich bin nicht so weit.

Und vielleicht werde ich es niemals sein.

Kapitel 13

Aria

Anspannung ergreift meinen gesamten Körper, während ich darauf warte, dass Riley mich attackiert, damit ich anwenden kann, was er mir vorab in Einzelschritten erklärt hat. Ich höre seine Schritte näherkommen und fühle seine Präsenz immer deutlicher. Meine Atmung geht stoßweise und mein Herz hämmert so heftig in meiner Brust, dass ich das Gefühl habe, es explodiert jeden Moment.

Unablässig predige ich mir, dass ich mich hier in einem geschützten Raum befinde und mir nichts passieren wird.

Dass sich alles darum dreht, mich auf die Welt da draußen und die in ihr existierenden Monster vorzubereiten, die meine Schwäche wittern und sie ausnutzen wollen.

Riley greift von hinten um meinen Hals und presst mich mit dem Rücken gegen seinen Oberkörper.

Panisch lange ich an seinen Unterarm und versuche, mich durch hektisches Zerren an ihm zu befreien. Aber es funktioniert nicht, er bewegt sich keinen verdammten Millimeter.

»Aria, denk nach, was habe ich dir gesagt?«, raunt er an meinem Ohr und meine rasenden Gedanken lichten sich ein wenig.

Überrasch deinen Gegner, hat er mir eingebläut und so hole ich mit dem Ellenbogen aus und treffe ihn in der Magengegend. Riley grunzt einmal, doch sein Griff lockert sich nur minimal. Einen Schrei ausstoßend trete ich kräftig nach ihm und erwische ihn am Schienbein. Dieses Mal gibt er deutlich stärker nach und ich erhalte die Gelegenheit, den Hebelgriff und die Drehung anzuwenden, die er mir vorhin gezeigt hat.

Es gelingt mir beinahe und ich bin im Begriff, mich zu ihm umzudrehen, als er erneut nach mir langt und mich grob zu sich heranzieht.

Furcht schwappt in Wellen über mich hinweg und lähmt mich binnen Sekunden.

Das hier fühlt sich viel zu echt an.

Es katapultiert mich zurück in einen Moment, den ich in den vergangenen Monaten mehr als einmal in meinen Albträumen durchlebt habe.

»Nicht!«, brülle ich, ziehe das Knie an und ramme es ihm voll in die Weichteile.

Riley lässt mich augenblicklich los und strauchelt ein wenig nach hinten, während ich erschrocken realisiere, was ich gerade getan habe.

»O Gott, ich … das … ich wollte das nicht, es tut mir leid«, stammele ich. Er steht gebückt da, hat die Hände auf seine Oberschenkel gestützt und sein Rücken … bebt? Lacht er etwa? »Riley?«

Er schaut zu mir auf und tatsächlich, ein Grinsen umspielt seine Mundwinkel. »Entschuldige dich bitte nicht, wenn du deinen Gegner außer Gefecht gesetzt hast.«

»Aber du bist mein Trainer, kein Angreifer«, widerspreche ich.

Entschieden schüttelt er mit dem Kopf. »Es nützt nichts, wenn du Rücksicht auf mich nimmst.« Mit einem verschmitzten Ausdruck zwinkert er mir zu. »Außerdem ist meinen Kronjuwelen nichts passiert«, setzt er hinterher, was mich irritiert die Nase kräuseln lässt. »Ich trage ein Suspensorium.«

Beschämt schlage ich die Hand vor die Stirn. »Das hätte ich mir eigentlich denken können … und auch merken müssen.« Doch ich war so konzentriert darauf, einen Treffer zu landen, dass ich das nicht gespürt habe.

»Ich würde sagen, für heute machen wir Schluss.« Er begibt sich zur Stereoanlage, um sein Smartphone zu holen.

»Schon?« Die Enttäuschung in meiner Stimme lässt Riley in der Bewegung innehalten.

»Wir trainieren bereits eine Stunde, außerdem halte ich es für sinnvoll, wenn wir mit einem Erfolgserlebnis aufhören.«

Das Gesagte klingt logisch, dennoch sacke ich ein wenig in mich zusammen. »Du hast vermutlich recht«, murmele ich und starre mein Spiegelbild an.

Meine Wangen sind gerötet, die Haare kleben mir in der Stirn, aber das ist es nicht, was meine Aufmerksamkeit weckt. Es ist das stolze Funkeln in meinen Augen, weil ich in der Lage war, mich zu verteidigen. Das erste Mal seit einer gefühlten Ewigkeit fühle ich mich nicht vollkommen wehr- und hilflos.

»Ganz sicher habe ich das … was hältst du davon, wenn wir …« Mitten im Satz bricht er ab und als ich über den Spiegel seinen Blick suche, wirkt er unsicher.

»Wenn wir was?«

Er kommt zu mir und bleibt etwa eine halbe Armlänge von mir entfernt stehen. Immer noch halten wir Blickkontakt über die Spiegelwand, als wäre es so einfacher.

»Keine Ahnung, vielleicht ist es dir zu früh, aber ich dachte, wir könnten unser Koch-Ding in die Tat umsetzen.«

Überrascht hebe ich die Augenbrauen. »Ehrlich gesagt habe ich nicht damit gerechnet, dass du das so rasch ansprichst.« Das hier ist erst unsere dritte Trainingsstunde und bislang hat Riley so getan, als hätte es diesen Teil unseres Telefonats nicht gegeben. Sicher, wir haben uns ein wenig besser kennengelernt, aber auf die Sache mit dem Kochen ist er nicht einmal zu sprechen gekommen.

»Sorry, es war eine blöde Idee, ich hätte auf meinen inneren Warnradar hören sollen und nicht auf den spontanen Impuls.« Mit einem entschuldigenden Lächeln wendet er sich zum Gehen.

»Nein, so habe ich das nicht gemeint. Ich habe es bloß nicht erwartet.«

Gott, warum fühle ich mich jedes Mal, als würde ich über ein Minenfeld laufen? Die alte Aria Coleman hätte nicht eine Sekunde gezögert, sondern sich darauf eingelassen. Die Frau, die ich jetzt bin, wägt jedes noch so kleine Für und Wider ab, ehe sie sich dagegen entscheidet. Ich habe mich selbst so unglaublich satt.

»Lass uns das machen. Bei mir«, spreche ich rasch weiter, ehe mir wieder die Angst und die Zweifel dazwischen grätschen.

Nun ist es an Riley, überrascht die Augenbrauen zu heben. »Ernsthaft? Bei dir?«, hakt er nach und ich nicke.

»Du fährst mich doch sowieso nach Hause, da ist das am einfachsten, oder? Wir müssten allerdings auf dem Weg dahin noch irgendwo an einem Supermarkt halten und einkaufen, denn in meinem Kühlschrank herrscht gähnende Leere.«

Er zuckt mit den Schultern. »Kein Ding … dann gehen wir duschen und schauen anschließend mal, zu was uns der Supermarktbesuch inspiriert.«

Einen Besuch im nahegelegenen Einkaufszentrum und eine gute Stunde später stehe ich mit wild klopfendem Herzen vor meiner Wohnungstür. Hinter mir wartet der mit zwei vollen Papiertüten beladene Riley, weil unser Supermarktausflug irgendwie ein wenig eskaliert ist.

Meine Finger zittern, als ich das Schloss entriegele und die Tür aufmache. »Hereinspaziert«, verkünde ich wie irgend so ein bescheuerter Fernsehshowmoderator, trete in den Wohnungsflur und wende mich zu ihm um. Er ist neben meiner Mom, Dawn und Cage der erste Mensch, den ich in mein Appartement lasse.

Riley zögert und macht einen Moment lang den Eindruck, als wolle er etwas sagen. Doch dann schließt er seinen Mund unverrichteter Dinge wieder und kommt hinein.

Ich ziehe meine Jacke sowie die Stiefel aus, nehme ihm eine der Tüten ab und gehe voran in die Küche. Ein Blick über die Schulter verrät mir, dass er sich ebenfalls von seiner Winterjacke und den Boots befreit, ehe er mir folgt.

»Klein aber fein«, plappere ich und möchte mir am liebsten den Mund zukleben. Kann ich denn in seiner Gegenwart echt nur Müll von mir geben?! »Also, womit legen wir los?« Ich klatsche in die Hände und wünsche mich gleich darauf auf irgendeinen fernen Planeten. Sollte Riley mich bislang noch nicht für irre halten, tut er es jetzt aufgrund meines seltsam-überdrehten Verhaltens garantiert.

Seine Augen funkeln amüsiert, während er beginnt, die Tüten auszuräumen. »Mit der Vorspeise, würde ich sagen, damit wir die kaltstellen können.«

Zu meiner großen Erleichterung klingelt in dieser Sekunde das Festnetztelefon, sodass ich der peinlichen Situation entfliehen kann. Ich laufe hinüber in das Wohnzimmer, nehme das Gespräch ohne einen Blick auf das Display an und verfluche mich, als ich die Stimme meiner Mom vernehme.

»Hey meine Süße, ich wollte mal hören, wie es dir so geht und ob du dich mittlerweile gut eingelebt hast?«, redet sie drauflos.

»Aria, wo sind deine Schüsseln?«, ruft Riley aus der Küche und in der Leitung wird es totenstill.

»Ähm … im Schrank ganz rechts, oberstes Fach«, antworte ich und kehre zu ihm zurück.

»Wer ist das bei dir?«, hakt meine Mutter mit unverhohlener Neugierde nach. »Dawns Lebensgefährte Cage?«

Es wäre so einfach, ja zu sagen und sie damit abzuspeisen, aber aus irgendeinem Grund bringe ich es nicht übers Herz, sie anzulügen. »Nein, das ist Riley, Mom. Er ist … er trainiert mich … in Sachen Selbstverteidigung.«

Im ersten Moment habe ich ihr erzählen wollen, dass er ein Freund sei, doch wenn ich ehrlich bin, habe ich keine Ahnung, was wir sind. Wir befinden uns in diesem seltsamen Stadium, in dem wir unsere Beziehung zueinander noch nicht definiert haben.

»Oh, das wusste ich gar nicht«, erwidert meine Mutter hörbar verwirrt.

»Wir machen das auch noch nicht lang, ich hatte heute meine dritte Stunde«, beschwichtige ich sie. »Ich hätte ihn bei unserem nächsten Telefonat sicher erwähnt.«

Im Hintergrund höre ich meinen Dad besorgt fragen, was denn los sei.

»Aria hat Männerbesuch«, raunt sie ihm zu und ich muss mir auf die Zunge beißen, um nicht aufzulachen, weil sie dabei klingt, als würde sie das achte Weltwunder verkünden.

»Mom, ich will nicht unhöflich sein, aber Riley und ich wollten kochen … ich rufe dich in den nächsten Tagen nochmal an, okay?«, wimmele ich sie ab.

»In Ordnung, meine Kleine, hab einen schönen Abend.«

Wir verabschieden uns voneinander und ich lege das Mobilteil beiseite.

»Du hast nicht gewusst, wie du mich deiner Mutter gegenüber bezeichnen sollst, hm?« Rileys Ausdruck ist nachdenklich, aber es liegt keine Gekränktheit oder Ähnliches in ihm. Dennoch muss ich schwer schlucken.

»Nicht so richtig«, gestehe ich ihm und senke den Blick.

»Wie wäre es fürs Erste mit Freund?«, schlägt er nach einem Moment der Stille vor und ich hebe den Kopf wieder. »Ich denke, das Bekanntenstadium sind wir gerade im Begriff zu verlassen, oder was meinst du?«

Ich nicke zaghaft und trete zu ihm an die Arbeitsfläche. Blind greife ich nach einer der Zutaten für die Vorspeise und schaue ihn danach von der Seite an. »Wollen wir dann mal loslegen, Freund?« Mein Tonfall ist locker und erzählt nichts von dem Sturm, der in diesem Moment in meinem Inneren tobt.

Zwei Worte hämmern nonstop durch meine Gedanken.

Fürs Erste.

Die vage Andeutung, die dahintersteckt, lässt mein Herz aus dem Takt geraten.

Kapitel 14

Riley

Arias kleine Küche sieht inzwischen aus, als hätte eine Bombe in ihr eingeschlagen. Das Dessert haben wir hinter uns gelassen, gerade bereiten wir den Hauptgang zu. Ein Seitenblick zu meiner Kochpartnerin lässt mich schmunzeln, gleichzeitig beschleunigt mein Puls ein wenig. Es ist das erste Mal, dass ich sie so gelöst erlebe. Von ihrer anfänglichen Anspannung ist nichts mehr zu merken. Im Gegenteil, sie scheint einen Riesenspaß am Kochen zu haben und endlich nicht länger so gefangen in ihrem Gedankenkarussell zu sein.

»Bist du sicher, dass das so richtig ist?« Der zweifelnde Unterton in ihrer Stimme wird von einem skeptischen Blick zu mir begleitet. »Das sieht irgendwie … seltsam aus.« Sie holt einen kleinen Löffel aus der Schublade, tunkt ihn in die dunkle Sauce und schiebt ihn vorsichtig in ihren Mund. »Und sorry, wenn ich das so deutlich sage, das schmeckt auch seltsam.« Aria verzieht angewidert das Gesicht. »Dein Bear würde diese Pampe garantiert nicht mal mit dem Arsch angucken.«

Auflachend lehne ich mich zu ihr hinüber. »Lass mich mal probieren.« Sie taucht den Löffel erneut in den Topf und hält ihn mir anschließend hin. »Das können wir noch retten, da fehlen nur ein paar Gewürze«, beruhige ich sie mit einem Augenzwinkern, nachdem ich probiert habe. »Komm, wir tauschen, du kümmerst dich um das Gemüse und ich leiste erste Hilfe bei deiner Saucen-Katastrophe.«

Aria schnaubt empört. »Ich habe mich genau an deine Anweisungen gehalten, wenn überhaupt, dann ist das *unsere* Saucen-Katastrophe.« Ihre Augen funkeln, als ich etwas nach hinten trete und ihr Platz mache, damit sie sich an mir vorbeischieben kann. Dabei streift ihr süßer Po kurz und sicherlich unbeabsichtigt meinen Schritt, doch gegen die unwillkürliche Reaktion meines Körpers kann ich nichts tun.

Mein Schwanz pulsiert leicht und ich atme scharf ein, während ich mich angesichts ihres erschrockenen Gesichtsausdrucks aufgrund unseres Körperkontakts einen Idioten schimpfe. »Sorry«, entschuldige ich mich und frage mich gleichzeitig, warum ich nicht einfach die Fresse halte.

»Nein … ich … das … es tut mir leid«, stammelt sie und wird dabei rot. »Das war keine Absicht … kein plumper Anmachversuch meinerseits«, erklärt sie sich.

»Von mir ebenfalls nicht.«

Sie stößt ein nervöses Lachen aus, ehe sie sich abwendet und dem Topf mit dem Brokkoli widmet. »Hier mache ich hoffentlich nichts falsch.«

»Bestimmt nicht«, versichere ich ihr.

Die eben noch so entspannte Stimmung zwischen uns ist komplett in das Gegenteil umgeschlagen und den Rest der Kochzeit verbringen wir in unangenehmem Schweigen. Aria fängt irgendwann an, schon einmal aufzuräumen, danach geht sie dazu über, den Tisch in ihrem Wohnzimmer zu decken.

»Soll ich besser gehen?«, frage ich sie, als sie erneut zu mir in die Küche zurückkehrt, um die Schüsseln mit den Kartoffeln und dem Brokkoli zu holen.

»Was? Aber wieso … nein!«, ruft sie aus und streicht dabei eine ihr immer wieder in das Gesicht fallende Haarsträhne hinter ihr Ohr. »Es sei denn, du möchtest lieber verschwinden. Also, was ich sagen will, das würde ich verstehen.« Sie lächelt peinlich berührt und hat dazu einen so traurigen Ausdruck in den Augen, dass mein Magen sich zusammenzieht.

»Ich bleibe«, antworte ich rasch und werde dafür mit einem leichten Aufhellen ihrer Miene belohnt. »Allein schon, um herauszufinden, wie du die gerettete Sauce findest.«

»Ehrlich gesagt zweifele ich ein wenig, dass du die noch in etwas Genießbares verwandeln konntest, ich lasse mich allerdings gern vom Gegenteil überzeugen.« Aria kichert, als ich ihr einen entrüsteten Blick zuwerfe. »Sorry, aber das ist unser erstes Kochchaos, da schraube ich meine Erwartungen nicht so hoch.«

Am liebsten würde ich ihr sagen, dass ich nichts dagegen hätte, wenn wir das wiederholen. Doch ich halte den Mund, weil ich das Gefühl habe, dass ihr das nur Druck machen würde. Außerdem bin ich froh, dass wir die merkwürdige Stimmung, die nach dem Po-Schritt-Debakel von uns Besitz ergriffen hat, allmählich hinter uns lassen.

Zusammen tragen wir die restlichen Schüsseln und Platten hinüber, danach holt Aria noch etwas zu trinken und nimmt neben mir auf der Couch Platz.

Ich fülle uns beiden auf und gebe eine großzügige Portion der Sauce über ihr Hähnchenbrustfilet, was sie mit einem ungehaltenen Blick quittiert. »Vertrau mir, sie schmeckt jetzt.«

Sie greift nach dem Besteck, schneidet ein winziges Stück des Fleisches ab und schiebt die Gabel in ihren Mund. Sekunden später reißt sie überrascht die Augen auf und starrt mich an, als käme ich von einem anderen Stern. »Wie zur Hölle hast du das angestellt?!«, platzt es aus ihr heraus, nachdem sie hinuntergeschluckt hat.

»Ein guter Lehrer verrät nicht alle seine Tricks beim ersten Mal.« Mit einem Grinsen schaufele ich mir eine großzügige Portion der Kartoffeln auf die Gabel und ignoriere Arias Schnaufen. »Wenn wir das hier ein paarmal gemacht haben, weihe ich dich vielleicht in das eine oder andere Kochchaos-Geheimnis von meiner Mom und mir ein.«

»Zu gütig«, zischelt sie, klingt dabei aber hörbar amüsiert.

Während wir essen, stelle ich ihr ein paar Fragen zu ihrem Studium, die sie mir allesamt bereitwillig beantwortet.

»Wie sind deine Kommilitonen so?«, erkundige ich mich schließlich und registriere, wie sich ihre Miene verschließt.

»Nett.« Das erste Mal gibt sie mir eine derart einsilbige Antwort. »Es ist einfach schwer, in schon bestehende Grüppchen hineinzukommen«, setzt sie hinterher, weil ihr das scheinbar selbst bewusst wird.

Eigentlich habe ich am College komplett gegenteilige Erfahrungen gemacht und nie Schwierigkeiten damit gehabt, mich zu integrieren. Aber ihr das nun auf die Nase zu binden, halte ich für kontraproduktiv.

»War es vor dem Überfall leichter für dich?«, taste ich mich vorsichtig vor.

Aria lässt ihr Besteck quasi auf den Teller vor sich fallen und wendet sich mir zu. »Was wird das?« Ihr Misstrauen schwingt so deutlich in diesen drei Worten mit, dass ich meinerseits Gabel und Messer beiseitelege und mich zu ihr drehe.

»Nichts weiter, ich bin nur neugierig … und ich möchte dich besser kennenlernen.« Ich hebe die Schultern und halte ihrem stechenden Blick stand. »Was du erlebt hast, hat dich offenbar nachhaltig beeinflusst.«

»Wie meinst du das?« Sie hebt eine Augenbraue und irgendetwas in ihrer Stimme warnt mich, es lieber gut sein zu lassen.

»Da verbirgt sich kein Hintergedanke«, versichere ich ihr, schnappe mir meinen Teller sowie eine der Schüsseln und erhebe mich, um in die Küche zu gehen. »Hast du noch Platz für das Dessert, oder wollen wir etwas warten?« Ein Blick über meine Schulter verrät mir, dass sie mir folgt.

»Für dich wirken mein Uni-Wechsel und der Umzug von Vancouver nach Toronto vermutlich total überzogen, liege ich richtig?«

Ich stelle das Geschirr ab und drehe mich zu ihr um. »Nein, das habe ich nicht eine Sekunde lang gedacht, Aria.« Die Skepsis, mit der sie mich betrachtet, bringt mich unwillkürlich zum Grinsen. »Okay, ganz zu Anfang vielleicht, aber dann nicht mehr.« Vorsichtig trete ich näher an sie heran und nehme ihr die beiden Schüsseln sowie ihren Teller ab. »Es ist ein nachvollziehbarer Impuls, vor einem Trauma fliehen zu wollen. Meist wird einem erst viel später klar, dass man ihm nicht dauerhaft entkommen kann, egal, wie weit man davonrennt.«

Arias Unterlippe zittert und in ihren Augen schimmert es leicht. Sie schluckt mehrmals schwer und ich schelte mich einen Idioten, weil ich ihr unbeabsichtigt so zugesetzt habe.

»Das mag sein, dennoch … hier in Toronto habe ich das erste Mal seit Monaten das Gefühl, ansatzweise durchatmen zu können.« Sie öffnet den Kühlschrank und holt die Schüssel mit unserem Dessert heraus. »Im Schrank über der Spüle sind Dessertschalen.« Mit einem Kopfnicken deutet sie in die Richtung und begibt sich an die Besteckschublade.

Wir gehen wieder hinüber ins Wohnzimmer, setzen uns und Aria füllt sowohl mir als auch sich selbst eine riesige Portion der Mascarpone-Kirsch-Creme auf.

»Das ist eins der Dinge, die mir so an dir gefallen«, gestehe ich und ernte dafür einen verwunderten Blick. »Du isst nicht wie ein Spatz.«

Sie lacht. »Ich bin eine kleine Raupe Nimmersatt, zumindest hat meine Mom das stets gesagt. Gott sei

Dank habe ich die guten Gene und den Stoffwechsel meines Dads geerbt, sonst könnte man mich vermutlich durch die Gegend rollen.«

Amüsiert grinsend greife ich mir die Schale mit dem Nachtisch und fange zu essen an. »Falls hiervon was übrigbleibt, muss ich meiner Mom eine Portion mitbringen.«

»Ihr steht euch sehr nah, oder?« Neugierig betrachtet sie mich und ich nicke.

»Meine Mutter war für mich da, hat mich stets verteidigt und geliebt, obwohl es nicht immer leicht zwischen uns war …« Abrupt gerate ich ins Stocken, denn das ist eine Sache, über die ich noch nie mit jemandem gesprochen habe.

»Ist das nicht das, was jede Mom tun sollte?«, gibt Aria lächelnd zurück. »Für ihr Kind wie eine Löwin kämpfen und für es da sein, wenn es mal Mist gebaut hat?«

Ich bestätige ihre Frage bloß mit einem leisen »Ja«, weil ich nicht noch einmal in die Gefahr geraten will, ihr etwas zu erzählen, wofür ich eigentlich nicht bereit bin.

»Oh mein Gott, diese Mascarpone-Kirsch-Creme ist echt himmlisch!« Aria stößt ein hingerissenes Seufzen aus und wirft mir dann einen schelmischen Blick zu. »Ich bin mir nicht sicher, ob ich tatsächlich teilen möchte. Vielleicht behalte ich den Rest einfach für mich.« Sie quietscht empört auf, als ich mir die große Schüssel schnappe und sie außerhalb ihrer Reichweite hinter mich stelle. »So läuft das hier nicht,

Riley, meine Wohnung, meine Regeln!« Aria beugt sich über mich und versucht, mit der freien Hand den Nachtisch zu erreichen. »Hey«, faucht sie lachend, als ich ihr auch noch die kleine Schale abnehme und wegstelle. »Rück sie gefälligst sofort wieder raus!«, befiehlt sie mir, während sie sich mit einer Hand auf meinem Brustkorb abstützt.

»Was bekomme ich denn dafür?«, rutscht mir heraus, ehe ich richtig darüber nachdenken konnte.

Ihr Lächeln erstirbt allmählich und macht einem ernsten Ausdruck Platz.

Verdammt, für ein paar Sekunden habe ich vergessen, was sie vermutlich mit sich herumträgt und einfach nur geflirtet.

Das hier geht viel zu schnell, früher am Abend haben wir beschlossen, vorerst Freunde zu sein, und jetzt dränge ich sie so in eine Ecke.

»Aria, ich …«, beginne ich, verstumme jedoch, als ich noch andere Emotionen in ihrem Gesicht sowie ihren Augen bemerke.

Da ist nicht bloß Unsicherheit oder Furcht.

Nein, da sind auch Sehnsucht und Verlangen.

Kapitel 15

Aria

Mein Herz klopft so heftig, dass ich glaube, Riley kann es hören. Ich jedenfalls fühle seinen kräftigen und schnellgehenden Puls unter den Fingerspitzen und seltsamerweise beruhigt mich das ein wenig. Es ist gut, zu wissen, dass auch ihn das hier aus dem Takt bringt. Seiner Nähe bin ich mir nur zu deutlich bewusst und mit jeder verstreichenden Sekunde wird der Wunsch in mir, ihn zu küssen, seine Lippen auf meinen zu spüren, größer. Dass ich diese Art von Sehnsucht in Gegenwart eines Mannes jemals wieder fühlen würde, habe ich nicht erwartet. Ich bin überfordert und doch möchte ich mich nicht zurückziehen.

Riley betrachtet mich still und macht keinerlei Anstalten, die Initiative ergreifen zu wollen. Er überlässt komplett mir, was aus dieser Situation wird und ich glaube, in diesem Augenblick verliebe ich mich ein kleines bisschen in ihn.

»Einen Kuss?«, stoße ich leicht verspätet eine Antwort auf seine Frage, was er dafür bekomme, hervor und bemerke, wie sich seine Pupillen weiten. »Aber du darfst dich nicht bewegen, mich nicht berühren und …« Ich breche ab, weil mir bewusst wird, *wie* irrsinnig das in seinen Ohren vermutlich klingt.

»Okay«, antwortet er zu meiner Überraschung. Seine Lippen verziehen sich zu einem sanften Lächeln. »Du hast die Kontrolle, kannst es jederzeit beenden und ich werde nichts gegen deinen Willen tun.« Er lehnt sich ein wenig vor und verringert so den Abstand zwischen uns. »Möchtest du, dass ich dich anfasse, sagst du es mir. Ansonsten bleiben meine Hände auf der Couch.« Zur Bekräftigung seiner Worte platziert er seine Finger links und rechts von sich auf dem Sofa. »Offengestanden will ich dich seit Wochen küssen, Aria«, gesteht er dann leise und mein Herzschlag setzt kurz aus. »War das zu viel?«, fragt er mich und ich schüttele zögerlich mit dem Kopf.

Ein wenig ungelenk krabbele ich ganz auf seinen Schoß, bis ich rittlings auf ihm sitze. Ihm so nah zu sein, lässt meine Empfindungen völlig verrücktspielen. Es fühlt sich gut an und gleichzeitig habe ich eine Scheißangst, weil ich meinen Instinkten nicht traue. Meine Hand liegt immer noch auf seiner Brust, direkt oberhalb seines Herzens und ich fühle, wie schnell es schlägt. Doch das ist nichts im Vergleich zu dem, was gerade in meinem Körper passiert.

Mein Puls ist mittlerweile jenseits von Gut und Böse, das Blut rast gefühlt in Hochgeschwindigkeit durch meine Adern, das Rauschen in meinen Ohren übertönt alles andere und in meinem Bauch hebt ein ganzes Geschwader von Schmetterlingen ab. Meine Atmung geht hastig, während ich die Distanz zwischen unseren Mündern verkürze und die Finger an seine Wangen lege.

Riley schließt mit einem rauen Stöhnen die Lider und Himmel, es ist, als hätte er eine Standleitung zu meiner Klit, die in diesem Moment zu pochen anfängt.

Es, nein, *er* erregt mich.

Ein weiteres Gefühl, von dem ich geglaubt habe, es nie wieder zu verspüren.

Die Angst, erneut eine Fehlentscheidung zu treffen, ist noch da, aber sie wird nahezu völlig übertönt von all den positiven Emotionen, die der Mann, auf dessen Schoß ich gerade sitze, in mir auslöst.

Der Mann, vor dem ich mich anfangs bloß gefürchtet habe.

Doch nein, ganz so stimmt das nicht, da war sofort dieser Widerspruch.

Ich habe mich schon bei unserer ersten Begegnung zu ihm hingezogen gefühlt.

»Aria«, seufzt er, als ich mit den Lippen vorsichtig seine berühre. Nur sacht und so kurz, dass ich mich einen Moment lang frage, ob ich mir das Gefühl seines Mundes auf meinem bloß eingebildet habe. Mich ein wenig zurücklehnend betrachte ich sein Gesicht. Seine Lider sind nach wie vor geschlossen, die Muskeln in seinem Kiefer zucken und er atmet mehrmals tief durch. »Du kannst mir vertrauen«, flüstert er und irgendwie sind diese vier Worte der letzte Schubs, den ich brauche.

Mit festerem Druck als zuvor presse ich die Lippen auf seine, schließe die Augen und vernehme Rileys Keuchen, als er seinen Mund leicht für mich öffnet. Er überlässt mir die Entscheidung, ob der Kuss so unschuldig bleibt oder ob ich ihn vertiefe. Mir klopft das Herz bis zum Hals, als ich mit der Zungenspitze gegen seine Unterlippe stupse, ehe ich mich dichter an ihn schmiege und den Kuss intensiviere. In der Sekunde, in der sich unsere Zungen erstmalig berühren, sehe ich hinter meinen geschlossenen Lidern einen wahren Funkenregen.

Rileys männlich-markanter Duft kitzelt mich in der Nase, steigert mein Verlangen nach ihm nur noch und lässt mich unterdrückt seufzen. Unsere Zungen tanzen sinnlich und langsam miteinander, was die Erregung in mir immer weiter anfeuert und mich dazu bringt, mit einer Hand in seine Haare zu fahren. Seine Zungenschläge sind so heiß und fordernd, sie stehen in krassem Widerspruch zu der Passivität, zu der ich ihn verdammt habe und an die er sich hält. Dass er nicht versucht, mein Vertrauen in ihn zu missbrauchen oder die Grenzen zu dehnen, stellt etwas mit mir an, das ich zuerst nicht so recht in Worte fassen kann.

Doch dann wird mir klar, dass ich durch ihn gerade ein klitzekleines bisschen der alten Aria zurückbekomme.

Wir küssen uns eine kleine Ewigkeit und ein Teil von mir wünscht sich sehnlichst, dass dieser Augenblick nie endet.

Dass ich den Mut finde, ihn zu bitten, mich zu berühren.

Aber mein Verstand warnt mich, nicht zu viel auf einmal zu wollen.

Das hier ist bereits ein enormer und vor allem unerwarteter Meilenstein für mich.

»Riley«, wispere ich außer Atem, nachdem ich mich von ihm gelöst habe.

Seine Lider sind nach wie vor geschlossen und mehr als ein leise gebrummtes »Hm?« bekomme ich nicht von ihm.

Lächelnd streichele ich ihm mit dem Daumen über den Haaransatz in seinem Nacken und lehne meine Stirn gegen seine. »Danke«, sage ich schlicht, weil ich keine Ahnung habe, wie ich ausdrücken soll, was gerade in mir vorgeht.

Endlich schlägt er die Augen auf und das Feuer, das in ihnen lodert, raubt mir den Atem. Es zeigt mir ungefiltert, wie sehr er mich begehrt, und für einen Sekundenbruchteil kocht die Angst in mir hoch. Dann jedoch registriere ich, dass er genauso da sitzt wie vor unserem Kuss und in diesem Augenblick verpufft die Furcht. Ich kann nicht sagen, woher ich die Gewissheit nehme, doch Riley würde nichts gegen meinen Willen tun.

»Aria, das hier … ich …« Er stockt und lächelt. »Normalerweise stottere ich nicht so herum, wenn ich mit einer Frau geknutscht habe … aber das … du … fuck, du hast mich einfach umgehauen.«

Sein Geständnis bringen mich dazu, ihn am liebsten sofort wieder küssen zu wollen, allerdings ermahne ich mich auch jetzt, nicht übermütig zu werden.

»Es war wirklich schön«, murmele ich und streiche mir verlegen eine Haarsträhne hinter das Ohr, da mir allmählich bewusst wird, dass ich immer noch auf seinem Schoß sitze. Gleichzeitig ärgere ich mich, weil diese vier Worte nicht einmal ansatzweise widerspiegeln, was dieser Kuss mir bedeutet.

»So ungern ich das sage, ich sollte mich langsam auf den Weg machen, Bear abholen.« Rileys Miene ist zerknirscht und in seinem Blick liegt ein Ausdruck des Bedauerns.

»Das verstehe ich. Es ist ja schon spät und ich habe dich heute ziemlich in Beschlag genommen.« Umständlich klettere ich von seinen Oberschenkeln, nehme die große Schüssel mit dem Nachtisch und lächele ihn an. »Ich fülle deiner Mutter noch schnell eine Portion um, okay?«

Riley schmunzelt und folgt mir in die Küche. Als ich ihm die Plastikschale mit der Mascarpone-Kirsch-Creme reiche, berühren sich unsere Fingerspitzen und ein elektrischer Schlag jagt durch mich hindurch. Nervös auflachend bringe ich ihn zur Tür, wo er sich Schuhe und Jacke wieder anzieht. Danach fixiert er mich mit seinem Blick und wirkt ein wenig unschlüssig.

»Dann sehen wir uns zur nächsten Trainingsstunde?«

»Ja, sicher … komm gut nach Hause«, verabschiede ich mich hilflos und irritiert, weil es plötzlich so krampfig zwischen uns ist. »Gute Nacht, Riley.«

»Gute Nacht, Aria«, erwidert er, lächelt mich ein letztes Mal an und verschwindet anschließend.

Vollkommen verwirrt kehre ich zurück ins Wohnzimmer, setze mich auf die Couch und nehme die Schale mit meiner Portion der Creme, die er mir vorhin abgeknöpft hat. Ich habe gerade den ersten Löffel gegessen, als mein Smartphone auf dem Tisch vibriert.

Normalerweise hätte ich dich zum Abschied noch einmal geküsst. Aber bei uns laufen die Dinge ein wenig anders … ich dachte, ich sage dir das, weil ich nicht möchte, dass du auch nur für eine Sekunde denkst, ich hätte dich nicht wieder küssen wollen.

Ein Lächeln stiehlt sich auf meine Lippen und mein Herz gerät ein weiteres Mal aus dem Gleichgewicht.

Das nächste Mal bitte ich um einen Abschiedskuss.

Die Häkchen bleiben grau und ich vermute, dass er mittlerweile losgefahren ist. Mit einem tiefen Glücksgefühl lege ich das Handy zurück auf den Tisch und esse den Nachtisch auf, ehe ich mich ins Bad begebe, um mich bettfertig zu machen.

In dieser Nacht habe ich keine Albträume, stattdessen träume ich von Riley und unserem unglaublichen Kuss.

Kapitel 16

Riley

Missmutig verfolge ich den Fight zwischen Eric und irgendeinem großkotzigen Arschloch aus Montreal.

Seit Arias und meinem Kochchaos-Abend haben wir uns nicht mehr gesehen.

Erst habe ich mir einen beschissenen Infekt aufgesackt, der mich tagelang buchstäblich außer Gefecht gesetzt hat, nun ist sie krank und so heiser, dass wir nicht mal telefonieren können.

Unser gesamter Kontakt besteht aus Kurznachrichten, und das kotzt mich allmählich richtig an.

»Bereit für deinen Kampf?«, ertönt Slaters Stimme neben mir. »Cage meinte, du trittst heute gegen Carter Holland an?«

Ich nicke bloß. Carter ist neu in der Torontoer Szene und gerade dabei, sich einen Namen zu machen. Er ist gut, aber seine Technik noch nicht so ganz ausgereift.

»Man munkelt, dass er sich mit Spencer Calhoun angelegt hat.« Slater grinst, als ich ihm einen skeptischen Seitenblick zuwerfe. »Ging wohl irgendwie um seine jüngste Tochter, der Carter ein ziemlich versautes Angebot gemacht haben soll.«

Amüsiert auflachend hebe ich eine Augenbraue. »Sollte das tatsächlich stimmen, ist er in Toronto schneller weg vorm Fenster, als er gucken kann.« Calhoun ist *die* Promotergröße schlechthin, er öffnet einem Türen, kann sie aber genauso gut wieder schließen, wenn man ihn verärgert. »Ich gehe mich warmmachen.«

»Trinken wir nachher noch was miteinander? Eric wäre auch mit von der Partie, Ian und Cage mit ihren Freundinnen eventuell ebenfalls.«

Einen Moment lang überlege ich, doch dann bejahe ich. Bear bleibt heute eh über Nacht bei meiner Mutter und allein zu Hause herumzusitzen habe ich keine Lust. Aria hat mir vorhin kurz geschrieben, mir alles Gute für den Kampf gewünscht und gesagt, dass sie nun schlafen gehen würde, sodass sie hoffentlich bald wieder fit ist.

In meiner Kabine angekommen ziehe ich mich zunächst um und mache dann ein paar Lockerungs- und Dehnungsübungen. Dabei schweifen meine Gedanken wiederholt zu dem Abend bei Aria ab. Niemals hätte ich erwartet, dass er damit endet, dass wir uns küssen. Fuck, selbst jetzt noch haut mich die bloße Erinnerung daran, wie sie sich vorsichtig mit ihrer Zunge vorgetastet und den Kuss vertieft hat, buchstäblich von den Socken. Dass sie auf meinen Schoß gekrabbelt ist, war eine weitere Sache, die mich komplett überrascht hat. Sie nicht zu berühren, hat mir einiges abverlangt, doch mir war klar, dass ich sämtliches Vertrauen, was ich in den letzten Wochen gewonnen habe, dadurch verlieren würde. Und schlimmer.

Lenny hämmert gegen die Tür und ruft etwas von fünf Minuten, was ich mit einem knappen »Okay« bestätige.

Ich werfe mir meinen Hoodie über und versuche, alles auszublenden, das mich vom Kampf ablenken könnte.

Trotzdem stiehlt sich Arias Gesicht immer wieder vor mein inneres Auge.

Shit, ich kann mich nicht erinnern, wann das letzte Mal eine Frau derart meinen Verstand beherrscht hat … ob das überhaupt schon einmal der Fall gewesen ist.

Ich will sie, daran habe ich keinerlei Zweifel.

Doch mir ist auch klar, dass ich eine unendliche Geduld aufbringen muss, um sie nicht zu verschrecken.

Hinter dem Überfall steckt mehr, davon bin ich inzwischen vollkommen überzeugt.

Arias Anweisungen, was unseren Kuss anging, sprachen eine eindeutige Sprache und bestätigten für mich endgültig meinen Verdacht. Ich denke, dass das mit dem Raubüberfall eine Schutzbehauptung ist, weil sie nicht bereit ist, über das zu sprechen, was ihr tatsächlich passiert ist.

Wut packt mich, da ich das Arschloch, das ihr Gewalt angetan hat, am liebsten zu Kleinholz verarbeiten möchte. Wie man sich einer Frau gegen ihren Willen aufzwingen kann, werde ich nie verstehen. Was für ein armseliges Sackgesicht muss man sein, um so etwas zu tun?

Tief durchatmend mache ich mich auf den Weg in Richtung Käfig, als die ersten Töne von Carter Hollands Einlauf-Song erklingen.

Das einzig Sinnvolle ist, diesen Hass zu kanalisieren und ihn im Fight gegen meinen Gegner zu verwenden.

Jubelrufe verraten mir, dass mein Kontrahent die Kampfarena erreicht hat, es dauert noch ein paar Augenblicke, dann wechselt die Musik zu dem *Bring me the Horizon* Track, mit dem ich die restliche Strecke zum Käfig laufe. Die Zuschauer feiern nun mich, rufen meinen Namen, klopfen mir auf die Schulter, aber ich fokussiere mich auf den Mann, der im Ring auf mich wartet.

Carter ist in etwa in meinem Alter, von ähnlicher Statur wie ich und sein Oberkörper nahezu vollständig tätowiert.

Sein Äußeres lässt auf Ärger schließen, kein Wunder, dass Calhoun ausgeflippt ist, sollte an dem Gerücht mit seiner jüngsten Tochter etwas dran sein.

Nachdem wir das übliche Prozedere hinter uns gebracht und einander einen fairen Kampf versprochen haben, begeben wir beide uns noch kurz in unsere jeweilige Ecke. Mein Blick schweift über die Zuschauer und ich stocke, als ich Aria entdecke, die entgegen ihrer eigenen Aussage ganz offensichtlich nicht in ihrem Bett liegt und schläft. Neben ihr stehen Dawn und Cage sowie Ian und Claire. Mit einem schüchternen Lächeln hebt sie die Hand und winkt mir zu.

Ich erwidere ihren Gruß mit einem breiten Grinsen, ehe ich mich umdrehe und mich auf Carter konzentriere, der auf seiner Seite hin und her tänzelt und auf das Signal für die Eröffnung der ersten Runde wartet. Dass Aria hier ist, um mir zuzusehen, kann ich noch nicht so richtig fassen. Gleichzeitig frage ich mich, was sie ihrer besten Freundin und den anderen über uns erzählt hat. Kopfschüttelnd dränge ich diese Gedanken zurück, ich brauche meine Konzentration für den Kampf, außerdem ist es viel zu früh, um über ein *uns* zu grübeln.

Sobald der Gong ertönt, bewegen Carter und ich uns aufeinander zu. Ich beginne den Fight mit einer Schlag-Tritt-Kombination, die meinen Gegner allerdings kaum ins Straucheln bringt. Er teilt seinerseits aus und verpasst mir ein paar ziemlich fiese rechte Haken. Mit jedem Schlag treibt er mich weiter zurück, bis ich gegen den Maschendraht des Käfigs pralle. Die Zuschauer stoßen entsetzte Rufe aus, mit einem derartigen Verlauf des Kampfs haben sie offenbar nicht gerechnet.

Carters Augen haben einen zunehmend triumphierenden und überheblichen Ausdruck, während er mich immer stärker in die Mangel nimmt und Faustschläge auf meine Magengegend einprasseln lässt. Er begreift nicht, dass ich ihm exakt das zeige, was er glauben soll. Ich möchte, dass er mich unterschätzt. Carter soll denken, dass ich dem Ruf, der mir vorauseilt, nicht mal ansatzweise gerecht werde … und wenn er sich verausgabt hat, mobilisiere ich meine Kraftreserven und nutze das Überraschungsmoment für mich.

Runde eins endet und mein Gegner kehrt mit einem siegesgewissen Lächeln in seine Ecke zurück.

Ich hingegen begegne Arias besorgtem und ängstlichem Blick, als ich mich auf meine Seite begebe. Beruhigend lächele ich sie an und zwinkere ihr zu, doch das scheint sie nur unwesentlich zu besänftigen. Erst, als Cage ihr etwas zuraunt, entspannen sich ihre Gesichtszüge ein wenig und sie wirkt zuversichtlicher.

Kurz darauf wird Runde zwei eingeläutet, die ich zunächst ebenso beginnen lasse, wie die vorige geendet hat.

Carter wird immer waghalsiger und überheblicher, er glaubt, den Kampf schon für sich entschieden zu haben.

Ein typischer Anfängerfehler, der ihn den Sieg kosten wird.

Als er mich mit einem Roundhouse-Kick traktieren will, weiche ich ihm aus, um mich anschließend auf ihn zu stürzen und ihn mit einem harten Tritt in den Magen ins Stolpern zu bringen. Ich lasse ihm keine Zeit, sich von meinem Überraschungsangriff zu erholen, stattdessen hole ich ihn mit einem brutalen linken Haken von den Füßen und schlage ihn so k. o.. Carter wird angezählt und ich danach zum Sieger des Fights erklärt.

Die Menge tobt und rastet komplett aus, weil sie nach dem Start des Kampfes offenbar keinen derartigen Umschwung mehr erwartet hat. Von überall her höre ich meinen Namen, doch ich habe nur Augen für

Aria, die gemeinsam mit Dawn und Claire herumhüpft und in die Hände klatscht.

Mittlerweile ist auch mein Gegner wieder zu Bewusstsein gekommen und tritt neben mich. »So verarschen wirst du mich kein zweites Mal«, knurrt er angefressen, aber als ich zu ihm schaue, kapiere ich, dass er in allererster Linie sauer auf sich selbst ist. »Ich habe mich echt wie so ein blutiger Anfänger von dir vorführen lassen«, setzt er leicht fassungslos hinterher und reicht mir dann die Hand. »Toronto ist offenbar doch ein anderes Pflaster.«

Lachend klopfe ich ihm auf die Schulter. »Ich habe diese Art von Lehrgeld in meiner Anfangszeit auch zahlen müssen.«

Wir verlassen den Käfig zusammen und verabschieden uns mit einem Handschlag voneinander. Während ich mich auf Aria und die anderen zubewege, verschwindet Carter in Richtung der Umkleiden.

»Hey«, begrüße ich die gesamte Gruppe unverbindlich, da ich keine Ahnung habe, wie ich mich ihr gegenüber verhalten soll.

»Wir gehen schonmal an die Bar«, ergreift Dawn das Wort und zieht den im ersten Moment ein wenig perplexen Cage hinter sich her. »Claire, Ian«, ruft sie über ihre Schulter, weil die zwei bei uns stehen bleiben. »Wir wollen was trinken, nun kommt!«

»Aber ich habe doch gar nicht gesagt, dass …«, beginnt Ian, stockt jedoch, als seine Freundin sich mit einem Seufzen bei ihm unterhakt.

»Bis gleich, ihr beiden«, sagt sie mit einem verschmitzten Lächeln, das sowohl Aria als auch mich die Augen verdrehen lässt.

Ich trete einen Schritt dichter auf sie zu und mustere sie prüfend. »Solltest du nicht eigentlich in deinem Bett liegen und deine Erkältung auskurieren?« Bewusst habe ich meinen Worten einen tadelnden Ton gegeben.

»Mir geht es schon besser und ich … ich wollte dich überraschen«, antwortet sie und ihre raue, nach wie vor leicht heisere Stimme jagt mir einen Schauer das Rückgrat hinab. Sie sollte mich nicht so antörnen, verdammt. »Dass wir uns nach dem Kochabend derart lang nicht sehen, war so nicht geplant … ich hatte Angst, dass du vielleicht denkst, ich würde irgendetwas bereuen und mein Kranksein vorschieben.« Unsicher streicht sie sich die Haare aus dem Gesicht, eine Geste, von der ich zwischenzeitlich weiß, dass sie sie immer macht, wenn sie nervös ist.

»Das habe ich nicht … das hätte ich nur gedacht, falls du mir nicht mehr geschrieben hättest. Und um das klarzustellen, mir tut ebenfalls nichts leid.« Ohne ihre Vorgeschichte, die ich bloß erahnen kann, hätte ich sie jetzt einfach an mich gezogen und geküsst, um ihr meinen Standpunkt noch einmal nonverbal zu verdeutlichen. »Wollen wir mit den anderen gleich was trinken gehen, oder seilen wir uns ab?« Ich denke, es ist das Beste, ich überlasse ihr diese Entscheidung, auch, weil ich nach wie vor keinen Schimmer habe, ob und wie viel sie von unserem Abend erzählt hat.

»Ähm … wir können uns ja erstmal anschließen.« Die Unsicherheit, die in ihrem Tonfall mitschwingt, bringt mich dazu, die Distanz zwischen uns noch ein wenig zu verringern.

»Ich freue mich wirklich, dass du hier bist.« Unsere Blicke verhaken sich ineinander, bis der plötzlich aufbrandende Jubel der Zuschauer um uns herum uns ablenkt. »Geh doch schonmal zu den anderen, während ich schnell dusche und mich umziehe«, schlage ich vor und sie nickt.

»Bis gleich.« Mit diesen Worten wendet sie sich zum Gehen ab und streift dabei mit ihren Fingern meine Hand. Aria sieht noch einmal zu mir und in ihrem Ausdruck nehme ich wahr, dass dieser an sich unschuldige, kurze Körperkontakt sie ebenso wenig kalt lässt wie mich.

Bis sie bei unseren Freunden angekommen ist, lasse ich sie nicht aus den Augen, erst dann steuere ich den Gang an, der zu meiner Umkleide führt.

Am besten dusche ich gleich eiskalt, damit ich diesen Abend überstehe und mich ohne größere Schwierigkeiten an das stille Versprechen halten kann, das ich sowohl Aria als auch mir gegeben habe.

Das Tempo zwischen uns bestimmt sie, nicht ich.

Kapitel 17

Aria

Wir sind in irgendeiner Bar am Kensington-Market gelandet und sitzen dichtgedrängt in einer Nische, die eigentlich für maximal sechs Gäste und nicht acht ausgelegt ist.

Normalerweise fühle ich mich in solchen Situationen seit dem *traumatischen Erlebnis* unwohl und bekomme irgendwann so massiven, emotionalen Stress, dass ich die Flucht ergreifen muss.

Doch heute ist es anders.

Ich befinde mich eingekeilt zwischen Claire und Riley, von einem möglichen Fluchtweg also vollkommen abgeschnitten, aber auch das macht mir nichts aus.

Im Gegenteil.

Das Gefühl seines Oberschenkels an meinem, die Hitze, die von ihm ausgeht, sein männlicher Geruch, der mich immer wieder umwirbelt … all das setzt mich unter Strom. Die mich flutenden Empfindungen machen mich innerlich unruhig, allerdings vorwiegend auf eine gute Art und Weise. Lediglich ein kleiner Teil von mir ist verunsichert, ob Riley nicht genervt sein könnte, weil ihm das alles zu langsam geht. Ich ermahne mich, ihn nicht vorab zu verurteilen, außerdem stehen wir erst ganz am Anfang.

»Die Frau wollte euren Schutz, um eine *neuerliche* Entführung durch Aliens zu verhindern? Du verarschst uns doch?!«, platzt es ungläubig aus Eric heraus.

Ian schüttelt entschieden mit dem Kopf. »Nein, mein voller Ernst. Sie hat meinem Boss erzählt, dass ihr das vor drei Jahren schon einmal passiert wäre und …« In diesem Augenblick beugt Riley sich zu mir und ich bin von seiner bloßen Präsenz so abgelenkt, dass ich den Rest von Ians Satz nicht mehr mitbekomme.

»Willst du noch bleiben, oder wollen wir unauffällig verschwinden?«, raunt er mir ins Ohr und ich erschauere unwillkürlich bei der Vorstellung, mit ihm allein zu sein. »Es ist völlig okay, wenn du nicht loswillst«, rudert er zurück, weil er meine körperliche Reaktion scheinbar falsch interpretiert.

»Nein, lass uns gehen …«, antworte ich ihm mit einem Lächeln und runzele dann die Stirn angesichts seiner unschlüssigen Miene. »Was ist?«

»Ich habe keine Ahnung, wie wir *zusammen* unauffällig verschwinden wollen«, gesteht er mit einem schiefen Grinsen, steigert meine Verwirrung damit allerdings nur noch.

»Worauf willst du hinaus?«, hake ich nach.

»Na ja, was sagen wir ihnen?«, druckst er für ihn völlig untypisch herum und endlich fällt bei mir der Groschen.

»Riley, lass uns einfach aufbrechen. Niemanden wird das groß wundern«, versichere ich ihm. Zwar habe ich die Sache mit dem Kuss bislang für mich behalten, aus dem simplen Grund, dass das Erzählen weitere Fragen aufgeworfen hätte. Aber die anderen wissen, dass wir uns angefreundet haben, für mich ist also nichts dabei, mit ihm gemeinsam zu gehen.

Wir schieben uns aus der Bank und er wirft ein paar Dollarscheine auf den Tisch.

»Wollt ihr schon los?« Eric sieht uns ein wenig überrascht an. Bis zu ihm hat sich unsere Freundschaft wohl nicht herumgesprochen.

Riley nickt. »Aria ist noch etwas angeschlagen von ihrer Erkältung, ich bringe sie nach Hause.« Kaum, dass er diese Worte ausgesprochen hat, verziehen sich die Lippen von Erics Kumpel Slater zu einem anzüglichen Grinsen.

»Ist das der neue Code für …«, fängt er an, wird allerdings von Dawn unterbrochen, die ihm einen ruppigen Stoß mit dem Ellenbogen verpasst. »Aua, wofür war das denn?! Cage, kannst du deinen Kampfzwerg vielleicht mal zurückhalten?!«

»Dafür, dass du manchmal ein Idiot ohne jegliches Feingefühl bist und nein, meinen *Kampfzwerg* werde ich ganz sicher nicht zurückhalten«, gibt Cage trocken zur Antwort und zwinkert mir zu.

Wir verabschieden uns von den anderen, ziehen unsere Jacken an und verlassen die Bar. Obwohl der Winter allmählich an Kraft verliert, ist es immer noch ziemlich kalt. Atemwolken bilden sich vor unseren Gesichtern, während wir auf die Seitenstraße zuhalten, in der er seinen Wagen geparkt hat. Bei ihm angekommen öffnet er mir die Beifahrertür und lässt mich einsteigen. Nachdem er sie zugeschlagen hat, umrundet er das Fahrzeug halb und nimmt auf dem Fahrersitz Platz.

»Riley?« O Gott, wieso klingt meine Stimme denn plötzlich so zittrig?

»Hm?«, antwortet er, während er gleichzeitig den Schlüssel in das Zündschloss steckt und den Motor startet.

»Ach … nichts«, mache ich einen Rückzieher, da mir meine angedachte Bitte nun albern vorkommt. Als er keine Anstalten macht, loszufahren, werfe ich ihm einen raschen Seitenblick zu und erwische ihn dabei, wie er mich forschend mustert. »Wirklich, es war nur eine Frage, die ich dir auch später stellen kann.« Meine Wangen fühlen sich unangenehm heiß an und ich verfluche mich, weil ich nicht einfach die Klappe gehalten habe.

»Stell sie jetzt«, fordert er und eine Gänsehaut bildet sich auf meinem Körper, da seine Stimme einen dunklen, verlangenden Klang angenommen hat.

»Ich wollte … also ich dachte … ein Begrüßungskuss wäre schön.« Himmel, kann sich bitte die Erde unter mir auftun und mich verschlingen? Neulich bei dem Kuss in meiner Wohnung war es okay, nun fühle ich mich lächerlich, weil ich mir nicht einfach nehme, was ich möchte. Jede andere Frau hätte ihn geküsst, ohne groß nachzudenken.

»Aria, sieh mich an.« Der Nachdruck in seinen Worten lässt mich ganz automatisch wieder zu ihm schauen. »Darf ich …?« Er hebt seine Hand und legt sie mir vorsichtig an die Wange, als ich nicke. Langsam zieht er mich zu sich hinüber, bis wir uns so nahe sind, dass ich seinen warmen Atem auf meiner Haut spüre. Ein letztes Mal hält er inne, dann senkt er seinen Mund auf meinen.

In der Sekunde, in der sich unsere Lippen berühren, beschleunigt mein Herzschlag gefühlt auf das Doppelte. Riley streicht sanft mit dem Daumen über meine Wange, während er mit der Zunge in meine Mundhöhle gleitet. Ich stöhne in unseren Kuss, die Schmetterlinge in meinem Bauch erwachen endgültig zum Leben und ganz automatisch schlinge ich die Arme um seinen Nacken. Für einen Moment löst er sich von mir und legt auch die andere Hand an mein Gesicht.

»Küss mich weiter«, flehe ich und er lässt sich nicht lang bitten.

Unser Kuss bekommt nach und nach eine erotischere Komponente, doch seine Hände bleiben trotzdem exakt dort, wo sie sind. Immer wilder necken sich unsere Zungen und allmählich habe ich das Gefühl, es würde Lava statt Blut durch meinen Körper fließen. Riley ist ein unglaublich guter Küsser, diese sinnlich-zärtlichen Zungenschläge, mit denen er mich um den Verstand bringt, sind so fantastisch und verstärken das Kribbeln zwischen meinen Beinen nur noch mehr.

Ich bin süchtig nach den Empfindungen, die er in mir weckt.

Danach, wie ich mich in seiner Gegenwart fühle.

Nicht wie Aria, das Opfer.

Riley löscht die Zweifel und die Unsicherheit aus, er macht mich zu der Frau, die ich vorher war.

Atemlos gibt er mich frei. »Wir sollten fahren, bevor wir entweder wegen des laufenden Motors oder aber ungebührlichen Verhaltens auffallen.«

Auflachend lehne ich mich in den Beifahrersitz zurück und schnalle mich an. »Das ist vermutlich besser, ja.« Ich hätte noch stundenlang mit ihm knutschen können, so verrückt bin ich nach der Normalität sowie den Emotionen, die er in mir auslöst und die mich jedes Mal wieder aufs Neue überwältigen. »Falls du Lust hast, können wir bei mir noch einen Film schauen.« Als ich zu ihm herüberblicke, nickt er mir mit einem Lächeln zu.

»Klar, das hört sich gut an.« Mit diesen Worten legt er seinen Sicherheitsgurt an und schert er aus der Parklücke aus. »Stört es dich, wenn wir vorher irgendwo anhalten und uns was zu essen besorgen? Ich habe ehrlich gestanden einen Mordshunger.« Er stoppt an einer Ampel und wie zur Bestätigung knurrt sein Magen vernehmlich.

»Burger und Fritten?«, schlage ich vor und ernte dafür einen begeisterten Laut, der mich zum Kichern bringt. »Zwei Blocks von meiner Wohnung entfernt ist ein Burger-Restaurant mit einem Drive In, das noch offen haben müsste.«

Nachdem wir uns mit fettigen Pommes, Cheeseburgern und Milchshakes eingedeckt haben, machen wir uns auf den restlichen Weg zu mir. In meinem Appartement angekommen schicke ich Riley direkt ins

Wohnzimmer, während ich in die Küche haste, um uns zusätzlich zu den Shakes etwas Anderes zu trinken zu holen. Als ich den Raum betrete, hat er es sich bereits auf der Couch bequem gemacht und unser Essen auf den Tisch davor gestellt.

»Was wollen wir gucken?« Rasch stelle ich die Getränke ab, greife zur Fernbedienung und schalte den Smart TV ein. Als meine Mom ihn mir neben all den weiteren Sachen für die Wohnung gekauft hat, wollte ich ihn eigentlich gar nicht haben und fand meinen Laptop völlig ausreichend. Jetzt bin ich doch froh darüber. »Wie wäre es mit dem allerersten Fast and Furious Streifen?«

Riley ist gerade dabei, seinen Burger auszupacken, und nickt bloß. Ich starte den Film und widme mich anschließend ebenfalls meinem Essen. Mit einem Seufzen beiße ich in den Cheeseburger und kaue genüsslich.

»Ehrlich, du bist die erste Frau, die ich kenne, die sich um diese Uhrzeit hemmungslos noch Fast Food reinlötet … darüber hinaus stehst du offenbar auf Actionstreifen … du bist perfekt.« Mit einem Auflachen weicht er meinem Faustschlag aus.

»Es geht nichts über einen guten Burger mit Fritten«, schwärme ich, während der letzte Teil seines Satzes bei mir für ein aufgeregtes Magenflattern sorgt. »In Vancouver sind mein Dad und ich mindestens zweimal im Monat in …« Meine Stimme erstirbt, weil mir klar wird, dass wir das seit einer gefühlten Ewigkeit nicht mehr getan haben. Seit mir diese … *Sache* passiert ist, haben mein Vater und ich irgendwie unseren Draht zueinander verloren. Wo früher Nähe war, ist jetzt bloß Distanz und die Erkenntnis tut jedes Mal aufs Neue weh.

»Aria, alles okay?« Riley mustert mich besorgt, als ich den Kopf zu ihm drehe.

»Ja, ich war nur kurz in Gedanken«, antworte ich lahm und prompt wird die Sorge auf seinen Gesichtszügen noch deutlicher sichtbar. Nicht einmal ich selbst glaube mir meine Ausrede, wie soll er es da?

»Du kannst mit mir reden.« Seine Stimme ist leise, aber eindringlich. Er betrachtet mich noch einen Moment und konzentriert sich dann wieder auf den Film. »Wann auch immer du willst«, setzt er hinterher, ohne seinen Blick überhaupt vom Fernseher zu nehmen.

Für eine kleine Weile ist es still zwischen uns, wir essen auf und ich lehne mich nach hinten. Riley tut es mir gleich, achtet dabei jedoch darauf, dass er mir nicht zu nahe kommt, was ich irgendwie gleichermaßen süß und frustrierend finde.

»Mein Dad und ich haben seit dem Überfall Schwierigkeiten miteinander. Er weiß nicht, wie er mit mir umgehen soll und ich fühle mich in seiner Gegenwart jedes Mal befangen«, platzt es schließlich aus mir heraus. »Früher haben wir praktisch über alles gesprochen und nun sind wir Fremde füreinander …«

»Hast du ihm mal gesagt, wie es dir damit geht?«, hakt er nach und dreht sich leicht in meine Richtung, um mich besser ansehen zu können.

Ich schüttele mit dem Kopf. »Nein, das kann ich nicht … sage ich ihm das, verletze ich ihn und das will ich nicht. Das alles … ich … es hat schon genug kaputtgemacht.«

Riley gibt einen Ton von sich, den ich nicht so recht einordnen kann. »Aber meinst du nicht, euer Schweigen macht es bloß noch schlimmer? Wie wollt ihr jemals wieder normal miteinander umgehen, wenn ihr nicht über die Kluft zwischen euch redet? Über das, was sie ausgelöst hat?«

»Überfallen zu werden, habe ich mir nicht ausgesucht!«, fauche ich ihn an und bereue die Schärfe meiner Worte sofort. »Es tut mir leid, ich … manchmal fühle ich mich, als wäre ich an allem Schuld.« Meine Kehle wird eng und Tränen steigen mir in die Augen. Verflucht, ich will nicht weinen, also blinzele ich mehrmals.

»Das bist du nicht und ich bin mir sicher, dein Dad weiß das auch«, raunt Riley und streckt seine Hand nach mir aus.

Wie immer bewegt er sich so langsam, dass ich jede Gelegenheit hätte, ihm auszuweichen. Doch ich tue es nicht, nein, vielmehr schmiege ich meine Wange in seine Handinnenfläche, als er mich endlich berührt. Sanft streichelt er mich mit dem Daumen, während er mich mit seinem Blick fixiert.

»Komm her, Aria.« Er klopft mit seiner freien Hand auf seine Brust und ganz automatisch kuschele ich mich an ihn.

Riley löst die Finger von meinem Gesicht und schließt mich in eine feste Umarmung, nachdem er mir einen Kuss auf den Scheitel gedrückt hat. Gerührt von seiner Fürsorglichkeit platziere ich meine Hand auf seinem Brustkorb und spüre, wie er sich im Rhythmus seiner Atemzüge ruhig hebt und senkt.

Dass er nicht mehr nachbohrt oder mich drängt, über den Überfall und das merkwürdige Verhältnis zu meinem Dad zu sprechen, überrascht mich nicht. Ein weiteres Mal vermittelt er mir mit seinem Verhalten, dass er keine Eile hat und warten kann. Meine Emotionen fahren Achterbahn mit mir, während ich die Nähe zwischen uns zulasse.

So eng an einen Mann gekuschelt dazuliegen, ist für die meisten Frauen meines Alters etwas völlig Selbstverständliches.

Doch nicht für mich.

Nicht mehr.

Für mich ist das hier ein weiterer Meilenstein.

Kapitel 18

Aria

Mit einem skeptischen Blick betrachte ich das dunkel und bedrohlich wirkende Haus vor uns und schaue anschließend zu Riley. »Warum nochmal tun wir Slaters Kumpel den Gefallen, sein Spukhaus zu testen?« Als er mich angerufen und gefragt hat, ob ich Lust darauf hätte, war ich Feuer und Flamme, aber nun ist mir ein wenig mulmig zumute. Ich stehe auf derartige Gebäude, in Vancouver war das beste von einem Privatmann, das nur zu Halloween geöffnet hatte. Doch mir gemeinsam mit meiner Freundin Dawn bei jedem Schreck die Kehle aus dem Leib zu schreien, ist was Anderes, als es neben dem Objekt deiner Begierde zu tun. Hoffentlich benehme ich mich nicht allzu peinlich.

»Weil er möglichst viele, objektive Meinungen braucht, um das Ding so richtig gruselig zu machen. Noch gruseliger, als es jetzt bereits ist. Seine Worte, nicht meine.« Er seufzt und fährt sich mit der Hand durch die Haare. »Das war eine Scheißidee, oder? Ich habe nicht nachgedacht, als ich dich gefragt habe. Die anderen sind schon hier gewesen, um ihm zu helfen, ich hätte einfach absagen sollen.«

Verwirrt runzele ich die Stirn, bis ich begreife, worauf er hinauswill. »Nein, alles gut, das triggert mich nicht.« Ich hake mich bei ihm unter und lächele zuversichtlich. »Dawn und ich haben früher keine

Geisterbahn ausgelassen und es konnte gar nicht unheimlich genug sein. Darüber hinaus bin ich mit ihr schon in diversen Spukhäusern gewesen, ich bin abgehärtet.« Sein Ausdruck ist immer noch zweifelnd, so dass ich zusätzlich bekräftigend nicke. »Ernsthaft, das hier wird sicherlich Spaß machen.«

»Okay … sag nicht, ich hätte dich nicht gewarnt. Slater meinte, der Typ hätte sich ein paar richtig fiese Sachen einfallen lassen. Wir können das jederzeit abbrechen, wenn es dir doch zu viel wird.«

Nickend ziehe ich ihn mit mir Richtung Haus, mich mutiger gebend, als ich letztlich bin. Seine fürsorgliche und rücksichtsvolle Art sorgt bei jeder unserer Begegnungen dafür, dass ich mich nur noch mehr in ihn verliebe. Aber manchmal treibt sie mich unfairerweise auch zur Weißglut … den Part in mir, der von sich selbst zunehmend angekotzt ist und der nicht immer wie ein zerbrechliches Porzellanpüppchen behandelt werden möchte.

Kaum, dass wir oben auf der Veranda angekommen sind, geht die Haustür mit einem Knarzen auf und aus dem Inneren der alten Villa ertönen seltsame Geräusche.

»Bewegungssensoren, die auf uns reagieren, vermute ich mal«, erklingt Rileys Stimme.

»Oh komm schon, so rational darfst du da nicht rangehen«, schimpfe ich mit ihm. »Wie soll da denn Gruselstimmung aufkommen?«

Ergeben hebt er die Hände. »Okay, ich halte meine Klappe.«

Langsam betreten wir das Innere des vollkommen im Dunkeln liegenden Hauses. Als die Tür hinter uns mit einem abrupten Knall zuschlägt, zucke ich zusammen und klammere mich automatisch ein wenig fester an seinen Unterarm.

Vor uns geht eine weitere Tür mit einem unheimlichen Quietschen auf und ein dumpfes Licht erhellt den Flur gerade so sehr, dass wir sehen können, in welche Richtung wir laufen müssen. Vorsichtig gehen wir vorwärts, ich allerdings nicht, ohne mich halb hinter Riley zu verstecken. Einen Freund zu haben, der so breit und groß wie ein Schrank ist, ist hier definitiv von Vorteil.

Auch die zweite Tür schlägt hinter uns zu, sobald wir sie passiert haben.

»Bin ich klaustrophobisch oder bewegen sich die Wände tatsächlich auf uns zu?«, flüstere ich angespannt. Plötzlich streift mich von hinten ein Lufthauch und als etwas mein Haar berührt, klammere ich mich mit einem Aufschrei an Riley. »Da war irgendwas, es hat mich angefasst!« O Gott, wie demütigend, ich höre mich kaum zwei Minuten nach Betreten des Spukhauses bereits wie eine hysterische Fünfzehnjährige an, die man mit banalsten Mitteln dazu bringt, sich vor Angst in die Hose zu machen. Entschlossen, mich nicht so schnell ins Bockshorn jagen zu lassen, drehe ich mich um und kreische erneut, als ich in die toten Augen eines äußerst detailreichen Zombies blicke, der gerade ein weiteres Mal seine Hand nach mir ausstreckt. »Riley!«, quietsche ich und drücke mich eng an ihn.

Er schlingt einen Arm um meine Taille und zieht mich mit sich, während der Zombie – ich habe keine Ahnung, ob ein Mensch hinter dem Kostüm steckt, oder ob es bloß eine lebensechte Puppe ist – langsam im Dunkel verschwindet.

Wir verlassen auch diesen Bereich des Flurs und landen vor einer in das Obergeschoss führenden Treppe.

»Alles klar bei dir?« Rileys warmer Atem streift meine Wange, als ich mich zu ihm umdrehe. Sein Arm liegt immer noch um meine Hüften und ich bin mir seiner Nähe nur zu deutlich bewusst. Ich spüre seinen Körper dicht an meinem, sein maskuliner Geruch setzt mich wie jedes Mal unter Strom und ein paar Sekunden lang bin ich versucht, ihn zu küssen.

Doch es ist nicht nur das.

Ich will mehr.

Seine Hände auf mir.

Wärme flutet meinen Hals sowie mein Gesicht und ich bin froh, dass es hier so dunkel ist und er mich, wenn überhaupt, nur schemenhaft sieht.

»Aria?«, hakt er nach, weil ich ihm eine Antwort weiterhin schuldig bleibe.

»Ja, klar, lass uns weitergehen«, presse ich hervor, während ich noch versuche, mich irgendwie unter Kontrolle zu bekommen. Rummachen im Spukhaus von Slaters Kumpel kommt nicht infrage. Das wäre zum einen superpeinlich, sollten wir auffliegen und erwischt werden, zum anderen traue ich mal wieder meinem eigenen Instinkt nicht.

Was ist, wenn ich mittendrin eine Panikattacke erleide, weil mir das alles doch zu viel ist?

Nein, wenn ich diesen Schritt gehe, muss er in einem geschützteren Rahmen passieren.

Wir haben die ersten Stufen genommen, als mich die Erkenntnis wie ein Blitzschlag trifft.

Ich habe *wenn* gedacht, nicht *falls*.

Mein Pulsschlag beschleunigt binnen weniger Wimpernschläge gefühlt auf das Doppelte, weil mir endgültig bewusst wird, dass es nicht mehr bloß ein sehr hypothetisches *Vielleicht* ist.

Ehe ich den Gedanken weiterspinnen kann, lenken mich aus dem Obergeschoss zu uns dringende Geräusche ab. Oben angekommen haben wir nur die Möglichkeit, nach links abzubiegen. Erst jetzt kapiere ich, dass das, was wir da vernehmen, rasselnder Atem ist, der immer lauter wird und näherzukommen scheint. Mir gefriert das Blut buchstäblich in den Adern, als zu den schweren Atemzügen noch ein weiterer Ton zu hören ist. Einer, der mich an ein Horrorfilm-Remake eines japanischen Klassikers und eine Szene erinnert, die mich bis heute in meine Albträume verfolgt.

Aus dem Dunkel vor uns löst sich ein Schatten und ich springe augenblicklich an Rileys empor, als ich den seltsam verdrehten Körper wahrnehme, der sich kriechend auf uns zubewegt.

»Ich bin abgehärtet, hm?«, neckt er mich mit einem nicht zu überhörenden amüsierten Unterton, der mich jedoch nicht daran hindert, weiterhin wie ein Klammeräffchen halb auf seinen Hüften zu hängen.

Quietschend klettere ich praktisch noch ein wenig höher, als dieses Horror-Ding sich uns weiter nähert. »Bring mich hier weg, sofort!«, jammere ich und schließe zu meiner Schande doch tatsächlich die Lider, damit ich nicht länger hinsehen muss.

»Okay, dein Wunsch ist mir Befehl.« Riley fasst unter meine Knie und plötzlich finde ich mich auf seinen Armen wieder. Er trägt mich, soweit ich das mit geschlossenen Augen beurteilen kann, den Gang entlang. Als die Atemgeräusche erneut ertönen und lauter werden, kralle ich mich noch fester als zuvor an seine Schultern und verberge den Kopf in seiner Halsbeuge. »Wir sind gleich raus«, dringt seine Stimme an mein Ohr, dabei berührt sein Mund meine Haut.

Hitze schießt trotz der verrückten Situation unvermittelt durch mich hindurch, so intim und erregend fühlt sich diese an sich harmlose und garantiert auch nicht bewusste Berührung an.

Die Sicherheit, die ich in Rileys Gegenwart verspüre, bringt einen Haufen anderer Empfindungen mit jedem Mal deutlicher zum Vorschein.

Verlangen lodert so heftig in mir auf, dass ich nichts gegen das Erschauern meines Körpers tun kann.

»Wir müssen nur noch durch diese Tür …«, beruhigt er mich, scheinbar missinterpretiert er meine Reaktion falsch. »Du kannst die Augen wieder aufmachen.« Selbst mit noch geschlossenen Lidern bemerke ich, dass es deutlich heller ist.

Als ich die Augen aufschlage und den feixenden Typen, bei dem es sich offenbar um Slaters Kumpel handelt, entdecke, bin ich endgültig peinlich berührt. »Normalerweise bin ich nicht so eine Mimose«, verteidige ich mich hastig, während meine Wangen brennen. »Lass mich runter«, zischele ich, da Riley mich immer noch wie so ein verfluchter Traumprinz auf seinen Armen trägt.

»Ihr habt echt früh schlappgemacht, die besten Attraktionen habt ihr gar nicht mehr mitbekommen, da ihr die Abkürzung genommen habt.« Selbstzufrieden hält er auf uns zu, nachdem mein Freund mich auf die Füße gestellt hat. »Danke, dass ihr mitgemacht habt, obwohl …« Der Rest seiner Worte geht unter, weil Riley einen Arm um meine Taille legt und mich dicht an seine Seite zieht.

Wieder umwirbeln sein Aftershave sowie sein Eigengeruch mich und machen mich wahnsinnig.

Wir verabschieden uns von Slaters Kumpel, der irgendetwas davon sagt, dass wir unbedingt die komplette Tour absolvieren müssten, wenn er all die Verbesserungsvorschläge eingebracht hat, die er bislang erhalten hat.

Beschämt schlage ich die Hände vor das Gesicht, als wir das Haus verlassen haben. »O Gott, ich kann nicht fassen, wie albern und ängstlich ich mich benommen habe.«

Riley umfasst meine Handgelenke und zieht meine Arme hinunter. »Mir hat's gefallen … gab für mich heute sehr viel Aria auf Tuchfühlung.« Er wackelt mit den Augenbrauen und bringt mich so zum Lachen. »Wir sollten das unbedingt nochmal wiederholen.«

Entschieden schüttele ich mit dem Kopf, stelle mich auf die Zehenspitzen und schlinge die Arme um seinen Nacken. »Ohne mich … ich nehme all meine selbstüberschätzenden Worte zurück …« Auflachend drücke ich einen Kuss auf sein Kinn, als er die Unterlippe vorschiebt. »Das heißt ja nicht, dass Aria auf Tuchfühlung künftig ausgeschlossen ist.« Seine Miene hellt sich augenblicklich auf und was das mit meinem Herzen anstellt, lässt meinen Atem für einen Moment stocken. Es schlägt einen Salto, um dann nur noch schneller weiter zu klopfen.

Riley hat vermutlich nicht mal ansatzweise eine Ahnung, was er in mir auslöst und wie sehr ich mir wünsche, nicht länger von Angst und Unsicherheit beherrscht zu werden.

Ich will all das, was eine normale Beziehung ausmacht.

Und ich will es mit ihm.

Doch die Furcht davor, es im denkbar ungünstigsten Moment zu vermasseln, weil mich das, was in Vancouver passiert ist, wieder einholt, sorgt dafür, dass ich stumm bleibe und mich nicht weiter aus der Deckung wage.

Kapitel 19

Aria

»Das wird aber nicht wieder so eine albtraumhafte Erfahrung wie mit dem Spukhaus, oder?« Mein Blick zeigt vermutlich eine ähnliche Skepsis wie neulich.

»Falls du damit ausdrücken willst, ob du dich ein zweites Mal so blamieren wirst … nein, ich denke nicht.« Als ich empört schnaube, muss er lachen. »Komm schon, du hast dich von mir tragen lassen wie eine echte Prinzessin in Nöten«, zieht er mich weiter auf.

»Pfft, ich werde alles abstreiten, solltest du das jemals jemandem erzählen.« Ich verschränke die Arme vor der Brust, kann mir ein Schmunzeln allerdings nicht verkneifen. »Für die Anderen war ich die Tapferkeit in Person und habe das Haus mit Bravour gemeistert«, setze ich in einem ziemlich geschwollenen Tonfall hinterher.

»Sorry, aber die Illusion kann ich dir leider nicht lassen, Slaters Kumpel hat dich längst in die Pfanne gehauen. Dein filmreifer Auftritt hat inzwischen die Runde gemacht, jedenfalls haben Cage und auch Ian mich schon darauf angesprochen, ob ich dich tatsächlich habe retten müssen.«

Stöhnend verberge ich mein Gesicht für einen Augenblick in den Händen. »O Gott, das werde ich mir ewig anhören dürfen, oder?« Dawn und Claire werden das sicherlich unkommentiert lassen, aber ich gehe nicht davon aus, dass ihre Freunde da so rücksichtsvoll sind.

Riley biegt auf den zum Jugendzentrum gehörenden Parkplatz, stellt das Fahrzeug ab, löst den Sicherheitsgurt und beugt sich zu mir hinüber. Sanft umfasst er meine Wangen. »Ist doch egal, ob die anderen dich deswegen verarschen … *mir* hat es ziemlich gut gefallen, dich so heldenhaft zu beschützen, das sage ich dir gern noch einmal«, murmelt er und fixiert meine Lippen mit seinem Blick. »Bevor wir reingehen, muss ich dich ganz dringend küssen, Aria …«

Ich schnalle mich ab, schlinge einen Arm um seinen Hals und lächele. »So, musst du das?« Mein Lächeln wird breiter, als er energisch nickt und den Abstand zwischen unseren Mündern parallel dazu verringert. »Verstehe, Cages Regel, nach der innerhalb des Jugendzentrums nicht geknutscht oder herumgemacht werden soll …«

Unsere Lippen berühren sich und wie jedes Mal habe ich das Gefühl, meine Welt steht für einen Moment still. Versonnen seufze ich, als er den Kuss vertieft und mit seiner Zunge über meine streichelt. Davon, ihn zu küssen, werde ich wohl niemals genug bekommen.

Plötzlich klopft jemand auf meiner Seite gegen das Fenster der Beifahrertür und wir fahren erschrocken auseinander. Ein paar Jugendliche rennen lachend weg, nicht, ohne uns noch zuzurufen, dass Knutschen hier verboten sei.

»Diese kleinen …«, beginnt Riley, unterbricht sich dann jedoch selbst und macht ein zerknirschtes Gesicht. »Wir sollten wohl wirklich sehen, dass wir reinkommen, bevor der Oberboss uns sucht.«

Ich stimme ihm mit einem Kopfnicken zu und so steigen wir beide aus. Rasch hasten wir über den Parkplatz in Richtung des Gebäudes. Drinnen angekommen werden wir gleich von einem reichlich ungeduldigen Cage herumgescheucht und mit diversen Aufgaben überzogen.

»Du kümmerst dich bitte um die Stereoanlage in der Turnhalle, Carissa sagt, die läuft schon wieder nicht. Darüber hinaus kann Ian noch Hilfe beim Hereintragen der Tische und Stühle gebrauchen.« Riley salutiert und kassiert dafür ein genervtes Stöhnen von Dawns Freund. »Sieh zu, dass du Land gewinnst«, brummelt er mit einem schiefen Grinsen, ehe er sich an mich wendet. »Kannst du den anderen in der Küche helfen? Das Fingerfood zubereiten, auf Schüsseln verteilen und was sonst eben so ansteht.«

»Klar.« Ich begebe mich auf den Weg in die Küche, wo ich auf Dawn und Claire treffe, die zusammen mit zwei Mädchen, die das Zentrum regelmäßig besuchen, dafür sorgen, dass es genug zu Futtern gibt. »Was kann ich tun?«, mache ich mich bemerkbar und finde mich kurze Zeit darauf neben meiner besten Freundin am Herd wieder, um exotisch gewürzte Hähnchenbruststreifen scharf anzubraten.

»Du bist spät dran«, stellt Dawn fest und mustert mich fragend.

»Ja, wir wollten noch schnell die kabellose Maus umtauschen, die ich mir vor ein paar Wochen für meinen Laptop gekauft habe und die schon den Geist aufgegeben hat. Aber der Verkäufer meinte, ich sei gerade aus der Umtauschfrist heraus … was lehrt mich das? Wer zweimal kauft, kauft doppelt.«

Dawn fängt zu lachen an und auch Claire stimmt einen Augenblick danach ein, was mich irritiert die Stirn runzeln lässt.

»Süße, ich glaube, das ist das erste Mal, dass du ein Sprichwort falsch nutzt, seit du in Toronto bist«, klärt mich Dawn schließlich auf und einen Moment später begreife ich.

»Ach, du blöde Ziege, du weißt schon, was ich meinte. Wer billig kauft, kauft zweimal.« Zu meinen Worten mache ich eine abwehrende Handbewegung, muss aber selbst lachen.

»Aria ist eigentlich die Queen, was so etwas angeht. Wortverdreher, verkehrt genutzte Phrasen … früher hat sie das ständig gebracht«, informiert Dawn rasch Claire, die daraufhin grinst.

»Nun übertreib nicht so, *so* schlimm bin ich auch nicht gewesen!« Nachdem ich die Hähnchenstreifen auf diverse Schälchen umgefüllt und damit begonnen habe, die nächste Ladung zu braten, stoße ich sie mit dem Hintern gegen die Hüfte. »Das passiert mir bloß manchmal, wenn überhaupt.«

Dawn tauscht einen vielsagenden Blick mit Claire, die unseren kleinen Schlagabtausch mit einem vergnügten Gesichtsausdruck beobachtet. »Schon klar,

Ms. nageliger Farbellack«, zieht sie mich weiter auf. »Ich könnte *Hunderte* solcher Beispiele nennen.«

»Tust du aber nicht, ich warne dich!« Tadelnd fuchtele ich mit dem Pfannenwender vor ihr herum.

Die beiden Mädchen, die uns bislang stumm zugehört haben, fangen ebenfalls zu kichern an.

»Muss ich dich mal wieder retten, Prinzessin?«, ertönt mit einem Mal Rileys Stimme hinter mir, kurz darauf schlingt er vorsichtig einen Arm um meine Taille und ich lehne mich leicht gegen ihn.

Mittlerweile fragt er nicht mehr bei jedem Körperkontakt vorher verbal oder nonverbal um Erlaubnis und ich genieße es, so von ihm gehalten zu werden.

»Nein, ich verteidige mich bereits selbst«, gebe ich mit einem Grinsen zurück und wende das Fleisch vor mir in der Pfanne.

Riley streicht meine Haare beiseite und drückt seine Lippen kurz auf meinen Nacken, eine Zärtlichkeit, die mich jedes Mal wohlig erschauern lässt. »Okay … dann sehen wir uns gleich in der Turnhalle, wo wir die strengsten Aufseher sein werden, die diese Bande jemals gesehen hat?« Zu meinem Bedauern gibt er mich frei. Als ich mich zu ihm umdrehe, hat er die beiden Mädchen im Blick. »Schreibt es euch hinter die Ohren, kein Knutschen, kein Fummeln, sonst erlauben wir euch keine Partys mehr!«, imitiert er erschreckend gut Cage.

»Riley, du Arschgesicht!«, kommt es prompt von der Küchentür, in deren Rahmen Dawns Freund soeben auftaucht.

»Sorry, aber du als Torontos neuester und vermutlich auch größter Moralapostel bietest einfach zu viele Steilvorlagen.« Beschwichtigend hebt Riley die Hände, raunt mir ein »Bis gleich« zu und verschwindet dann schnell.

Als wir mit allem fertig sind, schaffen wir das Fingerfood, den Knabberkram und die Getränke hinüber in die zu einer Partylocation umfunktionierte Turnhalle, in der sich schon einige Jugendliche eingefunden haben.

Harte Rockmusik dröhnt aus den Lautsprechern und ein paar ganz Mutige tanzen bereits, was mich unwillkürlich an unsere früheren Highschool-Bälle erinnert. Hier geht alles etwas ungezwungener zu, niemand ist so fein angezogen, wie wir es für unsere Schulpartys waren, aber dennoch verspüre ich das gleiche Flair. Den DJ gibt einer der älteren Jungs, unterstützt wird er von Carissa, die offensichtlich ein Auge auf ihn geworfen hat und heftig mit ihm flirtet, wann auch immer sie sich unbeobachtet fühlt.

Wir Erwachsenen verteilen uns über die Turnhalle und achten dabei darauf, dass die Kids sich nicht zu stark kontrolliert fühlen. Riley steht mir schräg gegenüber am Rand der provisorischen Tanzfläche und ich spüre seinen Blick auf mir, selbst, wenn ich ihn nicht ansehe. Er verbrennt mich und weckt dieses mit jedem Mal heftiger werdende Verlangen in mir.

Dawn liegt richtig, es geht mir besser.

Ich wäre zwar gar nicht über meine frühere Macke gestolpert, wenn sie mich nicht darauf aufmerksam gemacht hätte, aber es stimmt. Ihr erstmaliges Auftreten ist auch meinem Eindruck nach ein Anzeichen dafür, dass ich mich zunehmend selbstsicherer und wieder mehr wie die alte Aria fühle.

Als der schnelle, treibende Beat des aktuell laufenden Songs von einem etwas ruhigeren abgelöst wird, bewege ich mich langsam auf Riley zu, der mich die gesamte Zeit nicht aus den Augen lässt. Bei ihm angekommen greife ich nach seiner Hand und ziehe ihn auf die Tanzfläche.

»Ich muss dich warnen, ich bin kein sonderlich guter Tänzer«, wendet er ein, als ich mich dicht an ihn schmiege und die Hände in seinem Nacken verschränke.

»Für meine Zwecke reichen deine Tanzkünste, versprochen.« Verschmitzt lächelnd schaue ich zu ihm auf und versinke in seinem Blick. »Steh-Blues bekommst du hin, oder?«

Riley schmunzelt und nickt. Seine Hände ruhen locker auf meinem unteren Rücken und für einen Moment erschreckt mich der Gedanke, dass ich sie lieber auf meinem Hintern spüren würde. Unsere Körper befinden sich so eng aneinander, dass ich den Eindruck habe, jedes Muskelspiel unter seiner Haut zu fühlen. Der Stoff zwischen uns dämpft es zwar, aber ich werde trotzdem immer ungeduldiger. Erregung jagt in kleinen Wellen durch mich hindurch, als er sein Knie zwischen meine schiebt und meine Mitte für einen Moment auf seinen Oberschenkel geschoben wird. Dieses Spiel wiederholt er einige Male, bis ich ein kehliges Seufzen von mir gebe und mich noch dichter an ihn drücke.

»Denkst du, es fällt auf, wenn wir kurz verschwinden?«, frage ich ihn atemlos, als ich glaube, es nicht eine Sekunde länger auszuhalten.

Mit einem verschwörerischen Gesichtsausdruck sieht er sich um zu Cage, der in eine angeregte Unterhaltung mit zwei Jungs vertieft ist. »Günstiger wird die Gelegenheit nicht mehr, aber was hast du vor?«

Statt einer Antwort ziehe ich ihn mit mir, zu der halb offenen Rolltür, die den Raum mit den diversen Sportgeräten, dem Mattenwagen und verschiedenen Metallkörben mit Basket- oder Volleybällen von der eigentlichen Turnhalle rennt. Schnell tauchen wir darunter weg und hinein in das Halbdunkel. Ich kann gerade noch so viel erkennen, dass ich die Konturen von Rileys Körper vor mir ausmachen kann. Langsam gehe ich rückwärts, bis ich mit den Kniekehlen gegen den Wagen mit den Sportmatten stoße.

»Etwas ausprobieren«, wispere ich mit heftigem Herzklopfen.

»Okay, aber du …« Den Rest seines Satzes ersticke ich mit meinen Lippen. Riley steigt sofort auf den Kuss ein, gleichzeitig umfasst er mit einem Arm meine Taille, hebt mich auf den Mattenwagen und drängt sich zwischen meine Beine. Ihm so nah zu sein, fühlt sich einfach nur gut an und so gebe ich einen ungehaltenen Laut von mir, als er sich von mir löst und einen Schritt nach hinten macht. »Verdammt, sorry, ich hätte dich nicht so überfallen dürfen …«

Selbst überrascht von mir greife ich an den Kragen seines Shirts und ziehe ihn erneut an mich. »Ich *will* das, Riley«, murmele ich und recke das Kinn. »Außerdem habe ich dich überfallen! Also küss mich bitte wieder und …« Kurz breche ich ab, weil ich mir nicht ganz im Klaren darüber bin, wie ich meinen Wunsch anbringen soll. Schließlich nehme ich seine Hände in meine, dirigiere ihn und bringe ihn dazu, sie auf meinen unteren Rücken zu legen, wie er es vorhin beim Tanzen getan hat. »… schieb sie tiefer«, flüstere ich, bevor er einen Wimpernschlag später meinen Mund mit seinem versiegelt.

Aufstöhnend klammere ich mich an ihn, als seine Zunge ein sinnliches Spiel mit meiner beginnt, während er seine Finger tatsächlich hinab gleiten lässt und meine Pobacken umfasst. Er drückt mich gegen seinen Schritt und damit die bereits deutlich spürbare Wölbung in seiner Jeans, was mir ein weiteres, erregtes Stöhnen entlockt. Wie durch Watte höre ich die Musik und das gedämpft ab und an zu uns herüberdringende Stimmengewirr, denn all meine Sinne sind auf Riley fokussiert.

Darauf, wie er mich voller Verlangen und Hunger küsst.

Darauf, wie er mich immer wieder gegen seine Erektion presst.

Darauf, wie gut er riecht und sich anfühlt.

Darauf, welche Empfindungen er in mir auslöst.

Wie von selbst lasse ich mein Becken gegen seines kreisen und werde dafür mit einem unglaublich sexy klingenden, unterdrückten Keuchen belohnt.

»Aria … du machst mich komplett verrückt«, gesteht er zwischen zwei Küssen und schiebt eine seiner Hände vorsichtig unter mein Shirt. Seine Fingerspitzen auf meiner nackten Haut heben meine eigene Erregung auf eine neue Ebene. Es ist wie früher in der Highschool, der Reiz des Verbotenen lässt mich alles intensiver empfinden. »Aber du musst mir sagen, wenn ich …«

Seine Fürsorglichkeit und die Behutsamkeit, die er mir gegenüber an den Tag legt, berühren mich tief.

»Wirke ich auf dich, als würde ich das hier nicht wollen?« Riley schüttelt mit dem Kopf und lächelt leicht. »Ich fühle mich gut mit dir … so gut, wie lange nicht mehr …« Mit diesen Worten ziehe ich ihn mit einer Hand in seinem Nacken zu mir hinunter, damit er mich erneut küsst.

Unsere Zungen tanzen sinnlich miteinander und ich verliere mich in seiner Zärtlichkeit.

Gerade, als er seine Hand ein wenig höher wandern lassen will, erklingt mit einem Mal ein hässliches Quietschen, das uns zum zweiten Mal an diesem Abend erschrocken auseinanderfahren lässt.

Irgendjemand hat die Rolltür ganz nach oben gefahren, Sekunden später flammt das Licht auf und wir sehen uns Cage gegenüber, der uns mit einer Mischung aus Resignation und amüsierter Fassungslosigkeit anstarrt.

»Eigentlich bin ich auf der Suche nach Carissa und Quentin, die haben sich zum Knutschen dann offenbar ein anderes Plätzchen gesucht.« Kopfschüttelnd wendet er sich ab, dreht sich aber noch einmal zu uns um. »Euch ist klar, dass ihr hier eine Vorbildfunktion innehabt?«

Dawn erscheint hinter ihm und erfasst die Lage schnell. »Ach komm schon, als hätten wir noch nie hier herumgemacht.«

Cage will etwas entgegnen, doch die hinter ihm auftauchenden Jugendlichen lassen ihn mit ziemlicher Sicherheit was Anderes sagen als das, was er eigentlich im Sinn hatte. »Hier gibt es nichts zu sehen, zischt ab!«, fordert er die Kids auf, ehe er uns mit einem letzten Todesblick bedenkt und verschwindet.

Dawn zwinkert mir verschwörerisch zu. »Weitermachen.« Mit dieser Ansage schiebt sie die Rolltür wieder halb hinunter.

»O Gott, sorry, ich hoffe, du bekommst deswegen jetzt keinen Stress mit Cage«, stammele ich peinlich berührt und verberge meinen Kopf an seiner Brust, aber Riley lacht nur.

»Du hast Dawn doch gehört, die haben selbst schon hier *herumgemacht*. Das werde ich eiskalt gegen ihn verwenden, sollte er tatsächlich glauben, mir deshalb in den Ohren liegen zu können.« Er umfasst mein Kinn und bringt mich mit sanftem Druck dazu, zu ihm aufzusehen. »Außerdem war das hier jeden Ärger wert.«

Obwohl ein kleiner Teil von mir denkt, dass das, was wir miteinander angestellt haben, noch reichlich harmlos und vermutlich nichts im Vergleich zu dem war, was er normalerweise zusammen mit einer Frau erlebt, lassen mich seine Worte lächeln.

»Vielleicht sollten wir ein paar Pluspunkte sammeln, indem wir ihm bei der Suche helfen«, schlage ich schweren Herzens vor und rutsche von dem Mattenwagen.

Riley seufzt und nickt. »Eventuell bringt ihn das dazu, es mir nicht im Iwan-Style noch ewig vorzuhalten.«

Kichernd ergreife ich seine ausgestreckte Hand, um gemeinsam mit ihm unser Knutschnest zu verlassen.

Während wir den Ausgang ansteuern, der in das angrenzende eigentliche Jugendzentrum führt, denke ich darüber nach, wie unkompliziert es mit ihm ist … und wie verliebt ich mittlerweile in ihn bin.

Ob es ihm ebenso geht?

Kapitel 20

Riley

»Wann lerne ich deine Aria endlich kennen?« Moms Gesichtsausdruck ist tadelnd, als ich zu ihr blicke. »Schau mich nicht so an, du triffst sie seit Wochen, ohne, dass du sie mir vorstellst.« Bear zu unseren Füßen jault kurz auf, als würde er meiner Mutter zustimmen. »Siehst du, der Hund denkt das Gleiche wie ich. Es ist definitiv an der Zeit, dass du sie mitbringst.«

Mit einem Seufzen schüttele ich den Kopf, ehe ich mich wieder auf den Topf mit der Pasta-Sauce vor mir konzentriere. »Bevor du sie kennenlernst, sollte ich sie wohl erstmal in meine Wohnung einladen … bislang haben wir uns immer nur im Jugendzentrum, in der Öffentlichkeit oder in ihrem Appartement getroffen.«

»Sie ist noch nie bei dir gewesen? Aber … wieso?« Das Erstaunen in ihrer Stimme ist kaum zu überhören. »Das verstehe ich nicht.« Kurz darauf legt sie mir ihre Hand auf den Unterarm, weil ich nach wie vor nicht reagiere. »Riley, was ist los? Du verschweigst mir doch irgendetwas.«

Mir wird klar, dass ich dieses eigentlich ohnehin längst überfällige Gespräch nicht mehr vermeiden kann. »Ich erzähle es dir gleich beim Essen, okay?« Als sie mir widersprechen will, hebe ich herausfordernd eine Augenbraue. »Muss ich dich echt daran erinnern, *wie* schlecht wir darin sind, ernste Themen zu besprechen und gleichzeitig etwas zu kochen?«

Mom schließt ihren Mund unverrichteter Dinge wieder. »Nein, aber falls das ein Trick sein soll, damit du um diese Unterhaltung herumkommst, dann …«

»Ich weiß seit meinem zwölften Lebensjahr, dass der nicht funktioniert«, erwidere ich mit liebevollem Spott in der Stimme.

Etwa zehn Minuten später setzen wir uns an ihren kleinen Küchentisch und meine Galgenfrist endet. »Also«, fordert sie mich auf und dreht danach eine großzügige Portion der Nudeln auf ihre Gabel. Kauend betrachtet sie mich und wartet darauf, dass ich loslege.

»Aria ist … sie hat … sie sagt, sie wäre überfallen worden, aber ich glaube, dahinter steckt mehr«, falle ich mit der Tür ins Haus und ignoriere Bear, der mich in Grund und Boden starrt in der Hoffnung, was von unserem Abendessen abzubekommen. Ganz genau registriere ich, wie Mom sich kurz verspannt und auch mein Magen zieht sich zusammen. Deswegen wollte ich eigentlich noch nicht mit ihr darüber reden, obwohl ich ihren Rat gut gebrauchen könnte. »Ich vermute, dass ihr etwas Ähnliches passiert ist wie dir.«

»Du denkst, sie ist vergewaltigt worden?«, fragt sie leise und ich nicke bloß. »O Gott, das ist furchtbar.« Mom streckt ihren Arm über den Tisch hinweg und legt ihre Hand auf meine. »Weiß sie, dass …«

»Nein. Ich nehme an, im Grunde ist ihr klar, dass ich ihr die Sache mit dem reinen Raubüberfall nicht abkaufe. Sie ist nicht auf den Kopf gefallen und ihr

Verhalten in der Hinsicht eben auch viel zu offensichtlich. Doch meinem Eindruck nach ist sie noch nicht bereit, das, was ihr tatsächlich passiert ist, mir gegenüber zu thematisieren. Und ich habe keine Ahnung, wie ich ihr sagen soll, dass ich wohl besser als jeder Mann sonst verstehe, was in ihr vorgeht … wovor sie Angst hat.« Ich greife nach dem Glas Wasser vor mir und trinke einen großzügigen Schluck. »Fuck, ich hatte noch nie zuvor so eine Scheißangst, es zu vermasseln«, gestehe ich ihr und spüre, wie sie meine Finger kurz drückt. »Was ist, wenn sie sich verraten fühlt, weil ich ihr nichts gesagt habe?«

»Riley, du hast das gleiche Recht wie sie. Nicht nur Aria darf entscheiden, wann sie soweit ist, dir ihre Geschichte zu erzählen.« Aufmunternd lächelt sie mich an. »Sie wird es verstehen, und falls nicht, dann ist sie doch nicht die Richtige für dich.« Den Kommentar, dass es zum einen viel zu früh ist, um derart von Aria zu sprechen, schließlich sind wir noch in der Kennenlernphase, verkneife ich mir. Des Weiteren bin ich mir nicht so sicher wie meine Mutter, ob sie wirklich so viel Verständnis aufbringen kann. »Da du offiziell von nichts weißt, hast du vermutlich auch keine Ahnung, ob sie sich Hilfe holt, oder?«

»Über den Selbstverteidigungsunterricht bei mir hinaus? Ich glaube nicht, doch mit Sicherheit sagen kann ich das nicht.«

Mom leitet seit einigen Jahren eine Selbsthilfegruppe für Vergewaltigungs- und Missbrauchsopfer, von der ich Aria ebenfalls gern erzählen würde. Aber dazu muss sie mich erst einmal ins Vertrauen ziehen und soweit ist sie offenbar noch nicht. Letztlich kennt scheinbar nicht mal Dawn die komplette Wahrheit, ich kann mir beim besten Willen nicht vorstellen, dass Aria sich da gegenüber einem Haufen Fremder öffnet.

»Ich denke, du machst alles richtig, mein Junge.« Sie lacht, als ich angesichts ihrer Bezeichnung für mich das Gesicht verziehe. »Egal, wie alt du bist, für mich wirst du stets mein Junge bleiben.« Ihre Worte rühren mich, denn mir ist bewusst, dass es nicht immer so zwischen uns gewesen ist. »Lass Aria die Zeit, die sie braucht. Signalisiere ihr, wie du es bisher sicher auch getan hast, dass sie sich bei dir nicht fürchten muss. Sie wird sich dir anvertrauen, wenn sie soweit ist, davon bin ich überzeugt.«

»Danke, Mom.« Ich ergreife ihre Finger und drücke sie fest. »Für alles.« Dass ich ihr das viel zu selten sage, wird mir in diesen Augenblicken wieder einmal klar. Früher habe ich es ihr oft alles andere als leicht gemacht, doch sie hat mich nie aufgegeben. Selbst in ihren dunkelsten Stunden nicht. Dass unser Verhältnis heute so eng ist, war zeitweise ein ganz schönes Stück Arbeit, für uns beide.

»Immer«, murmelt sie und erwidert meinen Händedruck sanft.

Danach essen wir in stillem Einvernehmen zu Ende und ich lasse sie gewähren, als sie Bear eine kleine Portion Nudeln mit einem Klecks der Sauce hinstellt. Mit Begeisterung macht er sich darüber her, nachdem er prüfend in meine Richtung gesehen und ich es ihm erlaubt habe.

Ein Lächeln schleicht sich auf mein Gesicht, weil ich Aria morgen Abend zu unserem nächsten Training wiedersehen werde. Vielleicht lade ich sie bei dieser Gelegenheit zu mir ein, unverbindlich und ohne Zeitdruck. Sie soll die Einladung wahrnehmen, wann auch immer sie sich danach fühlt.

Was mir aktuell in erster Linie wichtig ist, ist, dass sie weiß, sie ist mir willkommen.

Jederzeit.

Kapitel 21

Aria

Dawn nimmt neben mir auf der Couch Platz und reicht mir die Schüssel mit dem salzigen Popcorn. »Wie du das herunterbekommst, ist mir ein Rätsel.« Angeekelt verzieht sie das Gesicht, während ich mir eine Handvoll in den Mund schiebe.

»Du hast ja keine Ahnung, was gut ist«, entgegne ich, kassiere dafür allerdings nur ein angewidertes Schnauben.

Wir haben uns in Cages und ihrer Wohnung getroffen, um gemeinsam ein, zwei Filme zu gucken und mal wieder so richtig zu quatschen. Ihr Freund ist wegen irgendeiner Sache für das Jugendzentrum unterwegs und Riley heute Abend mit seiner Mom verabredet.

Sie schaltet den Fernseher ein, ruft Netflix auf und schlägt mir mehrere Streifen vor, bis ich bei einer Teenager-Romanze zustimme. Dawn drückt den Startknopf, wirft die Fernbedienung beiseite und schnappt sich ihre Schale mit dem Karamell-Popcorn. Wir schauen den Film, quatschen nebenbei über unser Studium und diverse andere Themen.

»Bei Riley und dir läuft es gut, oder?«, erkundigt sie sich irgendwann und mustert mich forschend, als ich zu ihr hinüberschaue.

»Ja, wieso?« Leicht verwundert kräusele ich die Nase. »Ich bin gern mit ihm zusammen.« O Gott, das klingt, als würde ich über irgendeinen x-beliebigen Kerl reden und nicht über den Mann, der mir zugegebenermaßen ziemlich den Kopf verdreht hat.

»Kein besonderer Grund.« Kopfschüttelnd seufzt Dawn. »Doch, ehrlich gesagt gibt es einen. Du sprichst so wenig über ihn wie noch über keinen Typen zuvor. Das kann meiner Meinung nach nur zwei Bedeutungen haben. Entweder bist du dir selbst noch nicht schlüssig, was aus euch wird … wobei ich das gar nicht glauben kann, nachdem ich euch auf der Party im Jugendzentrum erlebt habe … oder er ist nicht so gut zu dir, wie er es sein sollte.«

»Wo kommt denn diese krude Theorie her?« Perplex starre ich sie an, bis sie verlegen mit den Schultern zuckt.

»Du bist in dieser Hinsicht so anders als früher. Während unserer Schulzeit haben wir immer über Jungs gequatscht, auch die ersten Monate im Studium hast du mir bei einem besonders süßen Typen geschrieben oder mich angerufen, aber dann …« Ihre Worte verlieren sich im Nichts, doch es ist ohnehin unnötig, dass sie ihren Satz zu Ende spricht.

»Seit dem Überfall, darauf willst du hinaus, oder?« Mit einem Mal schlägt mir das Herz bis zum Hals. Zwar überlege ich seit Tagen, ob ich ihr endlich die ganze Wahrheit sagen und mir ihren Rat bezüglich Riley holen soll. Allerdings habe ich eigentlich gedacht, ich könnte mich auf diese Unterhaltung vorbereiten und mir ein paar Worte zurechtlegen.

Dawn nickt betreten. »Entschuldige, ich wollte uns nicht den Abend verderben. Außerdem sehe ich an sich ja auch, dass es dir besser zu gehen scheint als bei deiner Ankunft in Toronto, aber dennoch …«

Kurzentschlossen nehme ich die Fernbedienung, schalte den Film ab, den ohnehin keine von uns mehr verfolgt und stelle meine Popcornschüssel auf den Couchtisch. Dawn ist meine beste Freundin und sie hat es nicht verdient, dass ich ihr weiter etwas vormache. Einen Moment lang fühle ich mich mies, weil ich sie all die Monate seit dem *Überfall* belogen habe. Erst habe ich ihr komplett verschwiegen, was mir passiert ist, und dann habe ich sie mit einer Halbwahrheit abgespeist.

»Schon gut«, beruhige ich sie und greife nach ihren Händen, nachdem auch sie ihre Schale beiseitegestellt hat. »Ich wollte sowieso mit dir reden.«

Dawns Augen weiten sich ein wenig und ich spüre das Zittern ihrer Finger. Oder sind es meine eigenen?

Tief durchatmend versuche ich, mich zur Ruhe zu zwingen, doch vergeblich.

Mein Puls rast und das Blut dröhnt mir in den Ohren, gleichzeitig werden meine Hände schwitzig, sodass ich sie ihr am liebsten entziehen würde.

»Ich … ich bin nicht überfallen worden«, presse ich leise hervor und Dawn drückt meine Finger fester. »Es, dieser Überfall, eigentlich war es … nein, streich das eigentlich … es war eine Vergewaltigung.« Der Schmerz überrollt mich, wie jedes Mal, wenn ich an die schlimmsten Momente meines bisherigen Lebens zurückdenke.

»Das dachte ich mir ehrlich gesagt schon«, wispert sie mit belegter Stimme und zieht mich dann in ihre Arme. »So oft habe ich überlegt, ob ich dich einfach danach frage, doch ich wollte dich nicht bedrängen. Stattdessen habe ich gehofft, dass du dich mir irgendwann anvertrauen würdest … es tut mir so leid, dass dir das passiert ist, Aria. So unendlich leid, und ich wünschte, ich könnte es für dich ungeschehen machen.« Ihre Umarmung spendet mir Trost und gibt mir gleichzeitig auch die nötige Kraft, um weiterzusprechen.

»Mein Vergewaltiger … er war kein Fremder für mich, sondern ein älterer Student, der einem meiner Professoren als Assistent zugearbeitet hat. Er hat ständig mit mir geflirtet und mich gebeten, mit ihm auszugehen, sicher habe ich dir sogar von ihm geschrieben. Ich fand ihn attraktiv und süß, deswegen habe ich ja gesagt. Er schlug vor, dass wir erst etwas essen und dann auf eine Party seiner Verbindung gehen, damit ich seine Freunde kennenlerne.«

Dawn löst sich ein wenig von mir und betrachtet mich mit einem erschütterten Gesichtsausdruck. Dabei sollten wir beide es besser wissen, schließlich kennen wir die Vergewaltigungsstatistiken an Universitäten und insbesondere auf Verbindungspartys.

»Wir hatten einen fantastischen Abend, er hat mich in ein supertolles Restaurant ausgeführt, war höflich und zuvorkommend. Bei seinem Verbindungshaus angekommen habe ich zunächst einen Teil seiner Verbindungsbrüder und ihre Freundinnen kennengelernt … sie alle waren nett zu mir und ich habe mich amüsiert.« Ich muss kurz innehalten und mich mehrmals räuspern, weil wir jetzt allmählich zu dem Part kommen, der mir deutlich schwerer fallen wird. Um noch ein bisschen Zeit zu gewinnen, löse ich mich von ihr, greife nach meinem Glas mit der Cola und trinke einen großen Schluck. »Es … der Überfall …« Ein wenig erschrocken breche ich ab.

Dass es mir so in Fleisch und Blut übergegangen ist, von der Vergewaltigung als Überfall zu reden, macht mich fassungslos. Doch im Grunde war sie das ein Stück weit auch. Ein Überfall im Rahmen eines Dates, von einem älteren Studenten, der meine Regeln und Grenzen eigentlich hätte achten sollen.

»Er wollte mir sein Zimmer zeigen und ich war so dumm und naiv, Dawn. Ich bin mit ihm nach oben gegangen, weil ich dachte, ihn zu kennen. Wie konnte ich bloß so dämlich sein?« Beschämt schlage ich die Hände vor das Gesicht und schüttele die Finger meiner besten Freundin ab, als sie nach meinen Handgelenken greift. »Da wir bislang so einen netten Abend hatten und er charmant und höflich zu mir war, immer darauf geachtet hat, dass ich nichts trinke, das er mir nicht gegeben hat, habe ich gedacht, ich könnte …« Tränen schießen mir in die Augen, ohne, dass ich etwas dagegen tun kann. »Wieso haben mich meine Instinkte so getäuscht?«, bricht es aus mir hervor. Als sie ein weiteres Mal versucht, meine Hände hinunterzuziehen, lasse ich sie gewähren.

»Du bist weder dumm, noch naiv, noch dämlich! Dieses Arschloch hat sich dein Vertrauen erschlichen und das dann ausgenutzt. Punkt.« Die Entschlossenheit in ihrer Stimme, mit der sie mein Handeln und mich verteidigt, berührt mich tief und lässt mich trotz der Tränen, die mir mittlerweile die Wangen hinunterrollen, lächeln. Dawn lehnt ihre Stirn gegen meine und wischt mir sanft die feuchten Spuren vom Gesicht. »Du musst nicht weitermachen, das weißt du, oder?«

Ich umarme sie und schluchze. »Doch, muss ich.« So schwer es mir auch fällt, ihr davon zu erzählen, begreife ich gleichzeitig, dass ich niemals vollständig heilen werde, wenn ich das Geschehene weiter tief in mir vergrabe. Es ist wie ein dunkler Fleck auf meiner Seele, der immer wieder sein Gift verspritzt. »In seinem Zimmer angekommen war zunächst alles okay. Er hat mir ein wenig von seinen Plänen für die Zeit nach dem Studium erzählt, mir ein paar Familienfotos gezeigt und schließlich hat er mich geküsst.« Die Erinnerung daran, dass ich es damals tatsächlich schön gefunden habe, ihn zu küssen, lässt mich erschaudern. Doch der Horror begann erst nach diesem ersten Kuss. »Plötzlich … mit einem Mal ging die Tür auf und zwei seiner Verbindungsbrüder, die ich unten kennengelernt hatte, betraten den Raum.«

Dawn lehnt sich zurück und das Entsetzen in ihrer Miene könnte nicht größer sein. Der flehende Ausdruck in ihren Augen weicht der Erkenntnis, dass sie mit ihrer Befürchtung richtig liegt, noch bevor ich weiterspreche.

»Einer von ihnen schloss die Tür ab, während der Andere sich auf uns … auf mich zubewegte. Ich habe zunächst gar nicht begriffen … nicht begreifen *wollen*, was passierte.« Mir wird übel, als ich daran zurückdenke, wie der Typ, der auf mich zukam, mich mit einem schmierigen Lächeln abgecheckt hat. »Er meinte, dass Floyd, mein Date, ja ein richtig scharfes Erstsemester abgeschleppt hätte, mit dem sie eine Menge Spaß haben würden.«

»O Gott, Aria«, stößt Dawn hervor. Sie ist leichenblass und greift sich mit einer Hand an die Kehle.

Ein zynisches Lachen entweicht mir. »Keine Sorge, dazu, mich ebenfalls zu vergewaltigen, sind sie nicht mehr gekommen. Diese Ehre hat letztlich nur Floyd gebührt, der als Erster ran durfte.« Augenblicklich spüre ich wieder sein Gewicht auf mir, vernehme sein Grunzen, während er sich mir mit brutalen Stößen aufzwingt. Ich fühle die Hände der anderen beiden an meinen Unterarmen, höre sie Floyd anfeuern und sagen, dass sie es kaum erwarten können, mich auch so richtig ranzunehmen. Für einen Moment flammt das Echo des körperlichen Schmerzes in mir auf, den ich in jenen Minuten gefühlt habe. »Einer von ihnen hat immer wieder Fotos gemacht, bis Floyd ihn angeherrscht hat, dass er lieber filmen sollte, wie er es mir besorgt.«

Dawns Augen schimmern verdächtig, sie schluckt mehrmals hart, aber sie fängt nicht zu weinen an. Dass sie versucht, für mich stark zu sein, rührt mich, doch das erwarte ich nicht von ihr. Was ich ihr erzähle, ist ein absoluter Albtraum und ich würde ebenfalls um sie weinen, wenn es ihr geschehen wäre.

»Ich habe geschrien, sie angefleht, damit aufzuhören und mich gehen zu lassen, doch das hat sie einen Dreck geschert …« Meine Stimme versagt mir und ich brauche ein paar Sekunden, bis ich weitersprechen kann. »Letztlich war das mein Glück, denn ein weiblicher Partygast, der oben die Toilette benutzen wollte, hat mich gehört. Sie hat die Campus-Polizei verständigt, die schließlich die Tür aufgebrochen, Floyd von mir heruntergezerrt und auch die beiden anderen festgesetzt hat.«

Eine einzelne Träne rollt nun doch über Dawns Wange, die ich meinerseits mit den Fingerspitzen wegwische. »Scheiße, Aria, ich schwöre dir, ich bringe diese Schweine um. Alle drei.« Sie schnieft und atmet geräuschvoll durch. »Darf ich fragen, was dann geschehen ist? In der überregionalen Presse war von einem derartigen Übergriff an deiner Uni überhaupt nichts zu lesen.«

Erneut entweicht mir ein zynisches Lachen. »Sowas wird nach Möglichkeit unter den Teppich gekehrt, und so war es auch hier. Ich stand so unter Schock, dass ich mich tatsächlich von der Campus-Polizei habe überzeugen lassen, die Behörden nicht zu verständigen. Eine Mitarbeiterin hat mich in mein Wohnheimzimmer gebracht, mir geholfen, mich zu duschen und meine Verletzungen zu versorgen. Bis ich überhaupt wieder so klar im Kopf war, dass ich begriffen habe, was ich da tat … da war es zu spät. Erst

Wochen darauf habe ich erfahren, dass Floyds Dad ein Ehemaliger ist, der jedes Jahr riesige Summen an die Universität zahlt.«

Scham überrollt mich, so machtvoll, dass ich sie in jeder Nervenzelle spüre. Objektiv betrachtet weiß ich, dass ich in einem Schockzustand war, der mir ein rationales Handeln unmöglich machte, subjektiv fühle ich mich, als würde ich selbst Schuld an allem tragen, was danach passiert ist.

»Ich habe mich über eine Woche in meinem Zimmer vergraben, sämtliche Vorlesungen geschwänzt und meine Eltern am Telefon mit Ausreden abgespeist, warum ich sie nicht besuchen kann.« Dass ich, obwohl ich in meiner Heimatstadt studiert habe, das klassische Studentenleben kennenlernen wollte und mir meine Familie keine Steine in den Weg gelegt hat, machte es leichter für mich, sie abzuwimmeln.

»Und ich habe nicht einmal gemerkt, dass du …«, fängt Dawn an, stockt jedoch, als ich nach ihren Händen greife.

»Hör sofort damit auf, du konntest es nicht wissen. Ich habe dir irgendeinen Scheiß geschrieben, dass ich mitten in einer schwierigen Hausarbeit stecke und mich bei dir melde, wenn das hinter mir liegt.« Beschwichtigend streichele ich mit den Daumen über ihre Handrücken. »Ich wollte nicht, dass du für mich da bist, einfach, weil ich selbst keine Ahnung hatte, wie ich mit dem Geschehenen umgehen sollte. Eigentlich wollte ich all das nur vergessen und irgendwie weitermachen. Aber wie das gehen sollte, habe ich nicht gewusst.«

»Deine Eltern, wissen sie es bis heute nicht?«, hakt Dawn behutsam nach.

»Doch. Mom hat sich irgendwann nicht mehr länger von meinen Notlügen abwimmeln lassen und ist unangemeldet im Wohnheim aufgetaucht. Sie musste nur einen Blick auf mich werfen und wusste, dass etwas nicht stimmt. Danach hat sie nicht locker gelassen, bis ich mich ihr anvertraut habe.« Der entsetzte und erschütterte Gesichtsausdruck meiner Mutter hat sich mir bis heute eingebrannt. Aber noch furchtbarer war die Hilflosigkeit meines Dads. Der Moment, in dem er vor mir zurückwich, statt mich in die Arme zu nehmen.

»Habt ihr noch versucht, etwas gegen die drei zu unternehmen?«, stellt Dawn instinktiv die nächste, entscheidende Frage. »Dein Vater als Anwalt wird doch sicherlich alle Hebel in Bewegung gesetzt haben, oder?«

»Es gab ein uni-internes Disziplinarverfahren, bei dem die Jungs sich gegenseitig Alibis gegeben und behauptet haben, ich hätte exakt darum gebeten. Ich sei scharf auf einen Rape-Fick gewesen und wollte es so realistisch wie möglich.« Sie schnappt entsetzt nach Luft. »Da half auch die Aussage des weiblichen Partygasts, die meine Hilfeschreie gehört hat, letztlich nichts. Die Fotos und das Video, das sie gemacht haben, hatten sie natürlich längst gelöscht. Sie haben allen aufgetischt, ich hätte mir das nur ausgedacht, selbstverständlich hätten sie unseren einvernehmlichen

Sex nicht gefilmt. Die Uni hat den dreien auf die Finger geklopft, weil sie weitergemacht haben, obwohl ich es mir scheinbar anders überlegt hatte.«

»Wie bitte?!«

Ich nicke resigniert. »Floyd wurde für ein Semester suspendiert, seine beiden Verbindungsbrüder kamen mit einem Verweis für ein paar Wochen davon.« Dawn schüttelt immer wieder mit dem Kopf. »Dad wollte mich überreden, zur *richtigen* Polizei zu gehen und sie anzuzeigen. Er meinte, dass meine Chancen vor einem echten Gericht besser stünden, doch ich wollte nicht. Ich hätte unzählige Male durchkauen müssen, was mir passiert ist, und mit ziemlicher Wahrscheinlichkeit hätte man mich dort ebenfalls zur Täterin abgestempelt … falls es überhaupt zu einer Anklageerhebung gekommen wäre.« Den Gedanken, dass es letztlich diese Entscheidung war, die zu einem endgültigen Bruch zwischen meinem Vater und mir geführt hat, kann ich auch dieses Mal nicht abschütteln.

Dawn nimmt mich erneut in die Arme und presst mich fest an sich. »Mir fehlen die Worte, ich würde dir so gern etwas Tröstliches sagen … deinen Schmerz lindern …«

Ich erwidere ihre Umarmung und bemerke zu meinem Erstaunen, dass ich erleichtert bin, weil sie endlich Bescheid weiß. Meiner besten Freundin nicht länger was vormachen zu müssen, sondern ihr zeigen zu können, wie es in mir aussieht, ist befreiend.

»Auf eine ziemlich verdrehte Art und Weise hast du das getan«, raune ich an ihrem Ohr und lächele, als sie den Kopf zurückzieht und mich mit einem verdatterten Gesichtsausdruck ansieht. »Riley. Dass du sogar auf Mr. Winterbottom geschworen hast, obwohl du deine Finger im Spiel hattest … wow.« Zwar hat sie damals einen Schwur auf den Teddybären geleistet, überzeugt bin ich allerdings nach wie vor nicht.

Ihre Wangen röten sich leicht und bestätigen meine Vermutung. »Ich hoffe, du glaubst mir, dass da das Kuppeln nicht im Vordergrund stand. In erster Linie wollte ich, dass es dir besser geht und ich dachte tatsächlich, dir würde ein Selbstverteidigungskurs helfen. Als Cage schließlich Riley vorschlug, weil er ebenso wie ich den Eindruck hatte, du fühlst dich trotz deiner Angst vor Männern im Allgemeinen zu ihm hingezogen, habe ich …«

»Cage?!«, grätsche ich ihr dazwischen. »Dein Freund beteiligt sich an deinen Verkupplungsaktionen?!« Fassungslos starre ich sie an und muss dann lachen. »O Gott, Cage Hudson spielt Amor, ernsthaft?!«

»Verrate ihm bloß nicht, dass ich dir das gesagt habe. Er mosert eh schon so oft herum, dass das seinem Image als cooler Tätowierer und harter Käfigkämpfer schaden würde, käme es heraus.«

Auflachend schüttele ich mit dem Kopf. »Sein Geheimnis ist bei mir gut aufgehoben.« Wieder ernst werdend betrachte ich sie nachdenklich. »Kann ich dich etwas fragen, ohne, dass du mich für seltsam hältst?«

Dawn nickt irritiert. »Alles, das solltest du wissen.«

»Ich … ist es komisch … also ich … Riley und ich …« O Gott, geht es noch peinlicher? »Wir knutschen nur, was schön ist, aber eigentlich würde ich gern ein wenig weitergehen … es zumindest versuchen … allerdings weiß ich nicht, wie ich ihm das verklickern soll.«

»Zum Küssen muss es doch auch irgendwie gekommen sein?«, bohrt sie nach und ich erzähle ihr, wie wir uns das allererste Mal geküsst haben. Von den weiteren Küssen sowie dem, was neulich auf der Party im Jugendzentrum auf meine Bitte hin passiert ist, berichte ich ihr ebenfalls. Ein verschmitztes Lächeln stiehlt sich auf ihr Gesicht. »Wieso machst du es dann bei der nächsten Stufe nicht genauso? Du sagst ihm, was du dir wünschst … oder noch besser, du zeigst es ihm.«

Erschrocken und gleichzeitig aufgeregt schnappe ich nach Luft. »Das kann ich nicht!«

Dawn schüttelt energisch den Kopf. »Und ob du das kannst. Außerdem ist es ideal. Du hast die Sicherheit, dass er nur so weit geht, wie du ihn lässt, darüber hinaus ist es für euch beide heiß.« Ich kann nicht leugnen, dass mich die Vorstellung, auf diese Art und Weise mit Riley weiterzugehen, in erster Linie erregt. Ja, ich habe auch Angst davor, dass ich zu schnell zu viel will, doch gleichzeitig kann ich nicht abstreiten, mir mehr zu wünschen. »Er würde ein Nein von dir niemals nicht ernst nehmen, Aria. Egal, wann du es aussprichst«, dringt ihre Stimme an mein Ohr. »Selbst, wenn ihr direkt vorm Sex seid.«

Ich nicke, denn im Grunde denke ich das Gleiche. Riley würde nie etwas gegen meinen Willen tun, davon bin ich ebenso überzeugt wie sie.

Aber traue ich mich, über meinen Schatten zu springen?

»Morgen ist unser nächstes Training, vielleicht kann ich anschließend mit ihm darüber reden.« Dawn hebt eine Augenbraue und ich muss kichern. »Oder es ihm zeigen.« Sie drückt mich fest und legt danach ihre Hände an meine Wangen. Wir sehen einander stumm in die Augen und ich murmele ein leises »Danke«.

Obwohl ich an diesem Abend über die schlimmsten Minuten meines Lebens gesprochen habe, wird er nicht davon überschattet. Zwischen Dawn und mir ist alles wie vorher, was mir Hoffnung und Zuversicht gibt, dass auch Riley damit umgehen können wird. Mit ziemlicher Sicherheit ahnt er ohnehin längst, was mir wirklich passiert ist, das wird mir jetzt endgültig klar. Bisher habe ich es stets nicht sehen und mir bei jedem Anzeichen einreden wollen, dass er an meine Lüge von dem reinen Raubüberfall glaubt. Doch all die kleinen und großen Dinge, die er für mich getan hat, sprechen eine ganz andere Sprache.

Kapitel 22

Aria

Ein frustrierter Laut entweicht meiner Kehle, weil Riley mich zum dritten Mal an diesem Abend auf die Matte befördert. Die Schuld daran kann ich nicht einmal bei ihm suchen, denn ich bin aufgrund meiner Aufgeregtheit so unkonzentriert, dass ich trotz seiner detaillierten Erklärungen jeden Griff verpatze. Die ganze Zeit hämmert der Gedanke an das, was Dawn mir vorgeschlagen hat, durch meinen Kopf. Die Vorstellung, wie ich ihm zeige, was ich mir von ihm wünsche, wie ich seine Hände über meinen Körper führe, die macht mich zu einem kribbeligen Nervenbündel.

»Noch einmal«, befiehlt Riley mir und streckt mir die Hand entgegen, um mir aufzuhelfen. »Wir beenden auch das heutige Training nicht ohne Erfolgserlebnis.«

Die Aufregung in mir kocht bei seinen Worten höher, denn eigentlich bin ich zum Ende dieser Trainingseinheit auf ein ganz anderes Erfolgserlebnis aus. Meine Wangen werden noch heißer, als sie aufgrund der körperlichen Anstrengung bereits sind. Gott sei Dank bin ich eh schon rot wie eine Tomate, sodass ihm das nicht weiter auffallen dürfte.

Die Musik wechselt und ein basslastiger Rocksong erfüllt den Raum. Riley positioniert sich vor mir und lächelt mich aufmunternd an. Unwillkürlich gleitet mein Blick über seinen durchtrainierten, muskelbepackten und nur von einem eng sitzenden T-Shirt verhüllten Oberkörper. Der Stoff ist am Ausschnitt ein wenig feucht und klebt an seiner Haut, was mich schwer schlucken lässt.

Mit einem leichten Kopfschütteln fokussiere ich mich auf das, was er mir eingetrichtert hat, und wappne mich für seinen Angriff. Doch als er auf mich zuhält, stelle ich mich genauso ungeschickt und dämlich an wie die Male zuvor. Wieder lande ich auf der Matte und fluche. Rasch begebe ich mich in eine sitzende Position und registriere über den Spiegel, wie Riley hinter mir in die Hocke geht.

»Was ist denn los, Aria?« Parallel zu seiner Frage legt er mir eine Hand auf die Schulter.

Jetzt oder nie.

Mein Mund ist mit einem Mal staubtrocken und ich muss mich mehrmals räuspern, ehe ich meiner Stimme traue. »Kannst du dich bitte hinter mich setzen?« Er hebt eine Augenbraue und auf seiner Miene zeichnet sich leichte Verwirrung ab, doch er tut, worum ich ihn gebeten habe. Als ich an ihn heranrücke, macht er mir mit seinen Beinen automatisch Platz, sodass ich schließlich zwischen seinen Oberschenkeln stoppe. »Ich … also … ich … ich würde gern …« O Gott, dieses Gestammel ist so peinlich, dass ich am liebsten auf der Stelle aufspringen und fliehen würde. »Wir sind allein, oder? Im Gebäude, meine ich.«

»Sind wir.« Riley wirkt noch immer ein wenig irritiert, was ich ihm nicht übelnehmen kann. Für ihn muss ich mich gerade reichlich seltsam benehmen.

»Kannst du die Musik ein bisschen lauter machen?«, bitte ich ihn, um etwas Zeit zu schinden. Er erhebt sich, geht zur Anlage, dreht die Lautstärke hoch und sieht dann über seine Schulter fragend zu mir. Als ich ihm signalisiere, dass es so gut sei, kehrt er zu mir zurück und will seinen Platz hinter mir wieder einnehmen. »Würdest du sicherheitshalber die Tür abschließen?« Für das, was ich vorhabe, muss ich mir sicher sein, dass niemand hereinplatzen und uns stören kann.

Verblüffung huscht über sein Gesicht, doch auch jetzt tut er, worum ich ihn gebeten habe. Danach lässt er sich in meinem Rücken auf die Sportmatte fallen und nimmt seine ursprüngliche Position wieder ein. Unsere Blicke treffen sich über den Spiegel und ich registriere den Hauch von Neugierde in seinem.

»Ich würde gern etwas ausprobieren.« Immerhin hat das blöde Gestottere aufgehört. »Aber ich kann dir nicht versprechen, dass ich es auch durchziehe.«

Riley schmunzelt und Himmel, die sich dabei auf seinen Wangen bildenden Grübchen sind so sexy, dass ich ein hingerissenes Seufzen unterdrücken muss. »Okay«, erwidert er schlicht. Seine Stimme ist leicht heiser und verrät mir, dass er zumindest ahnt, in welche Richtung das hier gehen könnte.

Bevor mich der Mut verlässt, greife ich nach seiner Hand und bringe ihn dazu, sie auf meinen Bauch zu legen, knapp oberhalb des Bündchens meines Sporttops. Er atmet an meinem Ohr scharf ein, als ich den Stoff mit der freien Hand ein wenig hochziehe, bis er unter seinen Fingerspitzen hervor gleitet. Nun liegen seine Finger auf meiner nackten Haut, was mir einen heftigen Schauer über das Rückgrat rieseln lässt.

»Aria …« Sein Blick brennt sich in meinen, während ich dichter zu ihm aufrücke und mich mit dem Rücken gegen seinen Brustkorb lehne. Ich lege die Hand in seinen Nacken, neige den Kopf leicht seitlich und ziehe ihn für einen Kuss zu mir hinunter.

Kaum, dass sich unsere Lippen berühren, verlässt ein raues Seufzen seine Kehle und das elektrisiert mich so, dass ich mutiger werde. Mit der Zunge gleite ich in seinen Mund und fordere ihn zu einem verlangenden, ungestümen Kuss heraus. Der Bass der laufenden Rockmusik lässt den Boden vibrieren, was selbst durch die Sportmatte noch zu spüren ist. Unsere Zungen umspielen einander und der Kuss gewinnt mit jeder verstreichenden Sekunde an Intensität. Er ist deutlich erotischer und sinnlicher als die, die wir bisher getauscht haben, und er katapultiert meinen Puls in neue Höhen.

Atemlos löse ich mich von ihm, wende den Kopf nach vorn und betrachte uns im Spiegel. Obwohl Riley hinter mir sitzt, kann ich sehen, wie sein Oberkörper mich einrahmt. In seinen Armen fühle ich mich sicher und geborgen, so, als könnte nichts und niemand mir etwas anhaben.

Ich lasse seine Hand kurz los, richte mich ein bisschen auf und ziehe das Top aus. Über die Spiegelwand bemerke ich, wie mein Freund mich begehrlich betrachtet, doch auch jetzt habe ich keine Furcht, dass er versuchen wird, irgendetwas zu forcieren.

»Kannst du dein T-Shirt ausziehen?« Ein wenig schockiert über den rauen Klang meiner Stimme schließe ich für einen Moment die Augen. Als ich sie wieder öffne, sitzt Riley mit nacktem Oberkörper hinter mir und ich atme so hastig ein, dass ich mich beinahe verschlucke. Obwohl ich nur einen Teil von ihm sehen kann, zieht sich mein Unterleib zusammen und ein erregendes Kribbeln geht durch meinen Schoß. »Wow«, stoße ich aus, dabei ist es doch gar nicht das erste Mal. Bei einem Fight trägt er auch nicht mehr als jetzt und dennoch … die Situation ist eine vollkommen andere.

»Gleichfalls«, gibt er mit einem Augenzwinkern zurück, das mich zum Grinsen bringt.

Langsam lehne ich mich gegen ihn und seufze, als meine nackte Haut auf seine trifft. Ich hatte nicht genügend Selbstvertrauen, um den BH ebenfalls auszuziehen, aber trotzdem habe ich das Gefühl, die von Riley ausgehende Hitze auf jedem Quadratmillimeter meines Körpers zu spüren. Entschlossen umfasse ich sein Handgelenk und dirigiere seine Finger zurück auf meinen Bauch. Als er ihn berührt, spreizt er sie leicht und streift mit dem Daumen das Unterband meines BHs. Den Atem anhaltend schiebe ich seine Hand höher, während ich uns im Spiegel beobachte.

»Berühre mich«, flehe ich mit flatterndem Herzen und stöhne leise, als er meine Brust umfasst und durch den Stoff des BHs über den aufgerichteten Nippel reibt. Meine Hand ruht auf seiner und fasziniert verfolge ich, wie er meine Brustwarze sanft umkreist und dafür sorgt, dass sie sich noch mehr verhärtet.

Als ich seine Finger ein wenig fester umfasse, hält er mit einem fragenden Gesichtsausdruck augenblicklich inne. Das Blut dröhnt mir in den Ohren und ich brauche ein paar Sekunden, bis ich es wage und ihn dazu bringe, erst das eine und dann das andere Körbchen hinunterzuziehen.

»Fuck … Aria …« Sein erregtes Keuchen lässt mich gegen meinen Willen für einen winzigen Moment verspannen. Kaum merkbar, doch Riley spürt es sofort und möchte sich zurückziehen.

»Nicht. Mach weiter … bitte«, flehe ich und presse seine Hand fester auf meine Brust. Ich will das hier … *ihn* … und ich werde es mir nicht von meiner Angst kaputtmachen lassen.

Was mir passiert ist, soll mich nicht länger bestimmen.

Es soll das, was zwischen Riley und mir ist, nicht beeinflussen.

Als er meinen Nippel zwischen Daumen und Zeigefinger zwirbelt, gebe ich ein fremdartig klingendes Keuchen von mir. Die Muskeln in meinem Schoß ziehen sich noch kräftiger als zuvor zusammen und die Sehnsucht danach, ihn dort zu spüren, wird immer größer. Ich lege meine Beine über seine und spreize sie so, damit ich leichter zugänglich für ihn bin.

»Aria …« Riley seufzt, während wir beide über den Spiegel verfolgen, wie ich seine freie Hand zwischen meine Schenkel führe. Mit der anderen widmet er sich weiterhin meinen Brüsten und steigert die Lust in mir so nur noch.

Als ich seine Finger unter den Bund der Yoga-Hose und in meinen String schiebe, halte ich den Atem an.

Es ist das erste Mal seit jener grässlichen Nacht, dass ich mich von einem Mann so berühren lasse.

Dass ich von einem Mann so berührt werden *will*.

Aufstöhnend lehne ich mich noch stärker an ihn, als er den Punkt erreicht, an dem ich ihn haben möchte.

Mein Hintern presst sich gegen seinen Schritt und ich spüre nur zu deutlich seine gewaltige Erektion.

Für einen Augenblick befürchte ich, dass die Angst nun doch nach mir greift. Aber der Umstand, dass Riley innehält und auf mich wartet, sorgt für das Gegenteil. Wieder einmal gibt er mir die Sicherheit, die ich brauche und in diesen Momenten verliebe ich mich endgültig in ihn.

Wir stöhnen beide, als ich ihn dirigiere, ihm zeige, wie er seine Finger auf meiner Klit bewegen soll, damit es sich gut für mich anfühlt. Blitze zucken durch meinen Körper, meine Erregung steigt auf ein neues Level und ich werde von einer Welle der Erleichterung geflutet.

Ich bin nach wie vor in der Lage, Lust zu empfinden.

Tränen steigen in mir empor und ich blinzele mehrmals, weil ich diesen Moment zwischen uns, dieses besondere Geschenk, das Riley mir macht, nicht ruinieren möchte.

Zunehmend schneller massiert er meinen Kitzler und ich wölbe mich seinen Fingern noch entgegen, reibe mich an ihnen.

Als ich ihn tiefer schiebe, lässt er mich über den Spiegel nicht aus den Augen. Die unausgesprochene Frage in seinem Blick beantworte ich mit einem leichten Nicken.

Riley beißt sich auf die Unterlippe und umfasst meine Brust noch fester, gleichzeitig gleitet er mit einem Finger vorsichtig in mich. Dieses Mal kann ich nichts dagegen tun, dass ich mich kurz verkrampfe, aus Angst vor dem möglichen Schmerz.

Doch er bleibt aus, nichts als positive Empfindungen überschwemmen mich und ich winde mich keuchend, als er beim nächsten Eindringen einen zweiten dazu nimmt. Obwohl unsere Hände von meiner Hose verborgen werden, machen mich die eindeutigen Bewegungen, die ich im Wandspiegel sehen kann, so an, dass ich nicht anders kann, als immer wieder seinen Namen zu wimmern.

Jedes Mal, wenn ich Rileys Handballen gegen meine Perle presse, krampfen meine inneren Wände um seine Finger.

Ich bin so kurz davor, zu kommen.

»Bitte …«, flehe ich und dränge mich noch enger an seine Hand. Mein Körper befindet sich im Ausnahmezustand, ich bin überfordert mit den Empfindungen, die Riley sowie die Situation in mir auslösen, und gleichzeitig habe ich den Eindruck, einen weiteren Teil meines alten Selbst wieder zurückzubekommen.

»Lass los …«, murmelt er an meinem Ohr und das unverhüllte Begehren in diesen zwei Worten pusht mich über die Grenze.

Mich aufbäumend verliere ich endgültig die Kontrolle und werde von einem Orgasmus überwältigt, der mich für einen Moment lang Sterne sehen lässt.

Riley stimuliert mich fortwährend mit seinem Handballen, seine Finger tief in mir, bis mich die Spannung allmählich verlässt und ich zusammensacke. Ermattet lehne ich den Kopf gegen seine Schulter und schließe die Lider, während mein Körper immer wieder leicht zuckt. Irgendwann zieht er sich vorsichtig zurück, was meine Muskeln erneut krampfen und mich erschauern lässt.

»Verflucht, war das heiß …«, ertönt seine Stimme an meinem Ohr, kurz darauf spüre ich seine Lippen auf der Haut knapp darunter. »Ich korrigiere mich, verflucht, warst *du* heiß.«

Auflachend öffne ich die Augen, schaue nach oben und begegne seinem Blick. Atemlos beobachte ich, wie er seine feuchtglänzenden Finger ableckt. Mein Körper bebt und verrät ihm nur zu deutlich, was seine Handlung mit mir anstellt.

»Und verflucht, ich freue mich drauf, dich irgendwann hoffentlich ausgiebiger schmecken zu dürfen …«

Allmählich traue ich meiner Körperspannung wieder und so richte ich mich auf, drehe mich ein wenig umständlich um und krabbele rittlings auf seinen Schoß. Ich lege meine Hände an seine Wangen und sehe ihn eindringlich an, hoffe, dass er in meinen Augen lesen kann, wie es um mich bestellt ist.

Statt einer Antwort neige ich den Kopf und küsse ihn.

Riley steigt sofort auf den Kuss ein und wir knutschen, bis seine Playlist durchgelaufen ist.

In diesen Augenblicken bin ich so glücklich wie lange nicht mehr.

Kapitel 23

Riley

Bear verfolgt meine hektischen Bemühungen, in meiner Wohnung Ordnung zu schaffen, mit einem skeptischen Blick. Mit einem leicht resigniert klingenden Winseln lässt er sich schließlich in seinem Lieblingshundekorb im Wohnzimmer nieder und kaut auf dem Snack herum, den ich ihm vorhin gegeben habe.

Aria kommt heute das erste Mal zu mir und das macht mich nervös. Ich versuche, mein Appartement mit ihren Augen zu sehen und hoffe, dass sie sich hier wohlfühlen wird. In der Küche brutzelt ein Hackbraten im Ofen vor sich hin, dazu gibt es selbstgemachtes Kartoffelpüree sowie Erbsen und Möhren.

Zum Nachtisch habe ich die Mascarpone-Kirsch-Creme gemacht, die wir bei unserem allerersten Kochchaos zubereitet haben.

Angestrengt überlege ich, ob ich an alles gedacht habe.

Nachdem ich ungefähr hundertmal das Für und Wider abgewogen habe, habe ich mein Bett schließlich frisch bezogen.

Ich wollte nicht, dass Aria denkt, ich hätte es drauf angelegt, falls wir dort landen.

Doch ebenso wenig wollte ich, dass sie glaubt, es wäre mir egal.

Fuck, manchmal treibt mich dieser Eiertanz in den Irrsinn.

Nicht, weil sie es mir nicht wert ist.

Im Gegenteil.

Eben, weil sie mir so wichtig ist, möchte ich keinen beschissenen Fehler machen, der mich ihr Vertrauen kostet.

Mir ist klar, was für ein Riesenschritt für sie das war, was zwischen uns nach der letzten Trainingsstunde passiert ist.

Heilige, wenn ich bloß daran denke, werde ich wieder hart.

Wie sie meine Hände dirigiert und mir gezeigt hat, was und wie sie es will, war verteufelt scharf.

Und es kam so aus dem Nichts.

Sicher, ich habe bemerkt, wie nervös sie gewesen ist, doch niemals hätte ich gedacht, dass sie etwas Derartiges vorhat. Bis zu dem Augenblick, als sie mich gebeten hat, die Tür abzuschließen. Ab dem Punkt war ich neugierig und gespannt, ob sie sich trauen würde … und *wie* sie das getan hat.

Es klingelt an der Tür und Bear im Wohnzimmer bellt einmal.

Rasch haste ich zur Wohnungstür und betätige den Summer, um Aria ins Haus zu lassen. Es dauert einen Moment, dann taucht sie in meiner Etage auf und hält mit einem Strahlen in den Augen auf mich zu.

Lächelnd ziehe ich sie in den Arm und begrüße sie mit einem ausgiebigen, zärtlichen Kuss, während ich sie in mein Appartement dirigiere. Als sie sich von mir löst, entdeckt sie Bear, der seinen Platz mittlerweile verlassen hat und brav auf dem Hintern sitzend darauf wartet, dass sie sich ihm widmet.

»Gib's zu, du hast ihn nie zu mir mitgebracht, weil du befürchtet hast, ich lasse ihn dich nicht wieder mitnehmen! Oh mein Gott, ist der süß!«, ruft sie aus und mein Mischling legt den Kopf leicht schief, als wolle er ausdrücken, dass er das längst weiß. Mir ist zwar schleierhaft, wie Frauen bei einem Rüden seiner Größe und Statur von *süß* sprechen können, aber egal. Er war vom Welpenalter an ein Frauenmagnet und auch in seinem Alter von mittlerweile knapp sieben Jahren hat sich daran nichts geändert. »Hi Bear!« Sie hält ihm die Hand hin, die er begeistert beschnuppert, ehe er mit der Schnauze dagegen stupst. »Was für eine Rasse ist er?«

Auflachend zucke ich mit den Schultern. »Keine Ahnung, sicher wissen wir nur, dass da unter anderem Rottweiler, Labrador und Schäferhund mit drinstecken.« Sein Fell ist vorwiegend schwarz, lediglich am Bauch hat er ein paar hellere Stellen.

»Egal, er ist Zucker!«, verkündet sie und streichelt ihn zur Bestätigung über den Rücken. »Was riecht hier so fantastisch?«, wechselt sie danach das Thema und ich muss schmunzeln.

»Ich hoffe, du hast Appetit mitgebracht.« Augenbrauenwackelnd deute ich hinter mir in die Küche. »Der Hackbraten müsste gleich fertig sein.« Aria befreit sich von ihrer Jacke sowie den Schuhen und folgt mir dann in den Raum. »Was möchtest du trinken?«

»Hast du Wein da?«, stellt sie eine Gegenfrage und ich nicke.

Nachdem ich die Flasche entkorkt und ihr eingeschenkt habe, checke ich den Braten und hole ihn aus dem Ofen. Ich fülle das Kartoffelpüree und das Gemüse in Schüsseln um, ehe ich beides auf den Tisch stelle. Zu guter Letzt schneide ich mehrere Scheiben des Hackbratens ab, lege sie auf eine Fleischplatte und bitte Aria, die mich mit ihrem Weinglas in der Hand dabei beobachtet, sich an den ansonsten bereits gedeckten Küchentisch zu setzen.

»Lass es dir schmecken«, breche ich das kurzzeitige Schweigen zwischen uns und reiche ihr die Schale mit dem Püree.

Sie füllt sich eine großzügige Portion auf, nimmt gleich zwei Scheiben des Bratens und langt beim Gemüse ebenfalls kräftig zu.

»Wow, das schmeckt fantastisch!« Mit einem genießerischen Seufzen zieht sie die Gabel aus ihrem Mund fixiert mich mit ihrem Blick. »Das müssen wir das nächste Mal zusammen kochen … oder du gibst mir das Rezept.« Ihr Augenmerk fällt auf Bear, der es sich zu meinen Füßen auf dem Boden bequem gemacht hat, sie aber scharf beobachtet. »Er bettelt ja gar nicht.«

»Liegt daran, dass ich ihm vorhin noch eingetrichtert habe, dass sein sonstiges, vorwurfsvolles Angestarre gar nicht geht.« Den Umstand, dass er sich eigentlich immer irgendetwas erschnorrt, wenn er sich von mir unbeobachtet glaubt, verschweige ich ihr lieber.

Kichernd beugt sie sich zu ihm hinunter und tätschelt ihm den Kopf. »Das machst du gar nicht, hm? Dein Herrchen flunkert, richtig?« Bear winselt zustimmend und ich bekomme das dumpfe Gefühl, dass sich hier gerade zwei gegen mich verbünden. Mit ziemlicher Sicherheit werde ich künftig jedes Mal den Kürzeren ziehen, doch damit kann ich leben.

Wir quatschen über dieses und jenes, während wir zu Ende essen, anschließend entscheiden wir, den Nachtisch im Wohnzimmer einzunehmen.

»Vorher hätte ich aber gern eine kleine Wohnungsführung«, wendet Aria ein, als ich gerade den Kühlschrank öffnen will, um die Creme herauszuholen.

»Okay.« Ich greife nach ihrer Hand und zeige ihr zunächst das Wohnzimmer mit dem daran angrenzenden Balkon, danach das dritte Zimmer, das ich als eine Kombination aus Fitness-Raum und Gästezimmer nutze. Um noch etwas Zeit zu gewinnen, steuere ich erstmal das Bad an, ehe ich ein wenig unsicher die Tür zum Schlafzimmer aufstoße.

»Hand aufs Herz, das Bett ist normalerweise nicht gemacht, oder?« Als ich entgegen ihrer Erwartung nicke, macht sich Erstaunen auf ihrer Miene breit. »Ehrlich?«

»Ehrlich. Ich hasse es, abends in ein ungemachtes Bett gehen zu müssen. Den Tick habe ich von meiner Mom, die hat mich von klein auf dazu angehalten.

Deswegen ist mir das in Fleisch und Blut übergegangen. Habe ich es tatsächlich mal nicht geschafft, muss ich die Bettwäsche zumindest ordentlich aufschütteln, bevor ich erneut darin schlafe.«

Aria schlingt die Arme um meinen Hals und verschränkt die Hände in meinem Nacken. »Das ist zwar irgendwie zwanghaft, doch auch ziemlich niedlich«, neckt sie mich, stellt sich auf die Zehenspitzen und drückt ihre Lippen einen Moment auf meine.

»Behalte es für dich, ja? Ich möchte nicht, dass Ian, Cage und die Anderen mich ewig damit aufziehen.«

In ihren Augen blitzt es kurz auf, aber dann macht sie eine entsprechende Geste mit den Fingern über ihrem Mund. »Alles klar, ich sage es niemandem.« Sie küsst mich noch einmal, bevor sie mich an der Hand wieder in die Küche zurückzieht. »Du hast es wirklich schön hier.« Über die Schulter hinweg sieht Aria mich mit einem unergründlichen Gesichtsausdruck an. »Nachtisch?« Ihre Miene glättet sich und ich beschließe, sie vorerst nicht zu fragen, was das eben war.

Ich hole die Schüssel mit der Creme aus dem Kühlschrank, schnappe mir zwei kleinere Schalen sowie Löffel und wir gehen, gefolgt von Bear, hinüber in das Wohnzimmer. Statt es sich wieder in seinem Hundekorb bequem zu machen, springt er neben Aria auf das Sofa, rollt sich dort ein und legt den Kopf in ihren Schoß.

»Er scheint einen Narren an dir gefressen zu haben«, murmele ich, während ich denke, dass es ihm da ebenso geht wie mir. Um meinen Händen etwas zu tun zu geben, befülle ich unsere Schalen und reiche ihr eine nebst Löffel.

Sie lächelt, streichelt ihn kurz und widmet sich dann ihrem Nachtisch. Nachdem wir aufgegessen haben, hole ich ihr noch rasch ein neues Glas Wein und mir selbst ein Bier.

Als ich zurück ins Wohnzimmer komme, sieht sie mich wieder mit dem gleichen Ausdruck an wie vorhin. »Ich … ich würde … also ich … ich möchte über etwas mit dir reden … den Überfall«, stammelt sie. Ihre Wangen sowie ihr Hals werden von hektischen, roten Flecken überzogen, aber auch ohne das wüsste ich, wie schwer es gerade für sie ist.

Ihren Wein und meine Bierflasche stelle ich auf den Couchtisch, ehe ich Platz nehme und mich ihr zuwende. Aria knetet nervös ihre Hände, ihr gesamter Körper strahlt eine Anspannung aus, die Bear dazu bringt, den Kopf zu heben und ein leises Jaulen auszustoßen.

Vorsichtig greife ich nach ihrer Hand und verflechte unsere Finger miteinander. Ihre Handinnenfläche ist leicht feucht und ich wünschte, ich könnte ihr das alles abnehmen, ihr sagen, dass ich es vermutlich längst weiß, beziehungsweise ahne. Aber durch meine Mom ist mir klar, wie schlimm es mit ziemlicher Sicherheit für Aria wäre, wenn ich die Kontrolle übernehmen und den Verlauf dieses Gesprächs bestimme.

»Verdammt, ich habe nicht gedacht, dass es so schwierig werden würde.« Sie will mir ihre Finger entziehen, doch diesmal lasse ich sie nicht gewähren. »Ich habe solche Angst davor, was du danach über mich denkst. Mein Verstand sagt mir das Eine, aber mein Bauch sowie mein Herz spielen völlig verrückt und bringen mich dazu, meinem Instinkt nicht zu trauen. Gott, ich habe das so satt …« Ihre Stimme bricht weg und sie wischt sich mit der freien Hand kurz über das Gesicht. »Manchmal habe ich mich so satt.«

»Nichts, was du mir erzählen könntest, ändert irgendetwas für mich. Nichts, Aria.« Zur Bestätigung drücke ich ihre Finger sanft. »Vertrau mir … nein, vertrau *dir*.«

Tief durchatmend schließt sie für einen Augenblick die Lider. »Das, was ich dir über mich erzählt habe … der Überfall … du vermutest es sicher bereits, schließlich bist du ja nicht blöd …« Sie stockt und gibt ein schrill klingendes, nervöses Lachen von sich. »Obwohl ich dich am Anfang für einen ziemlichen Blödmann gehalten habe … o Gott, habe ich das gesagt?! Riley, es tut mir leid, ich …«

Einem spontanen Impuls nachgebend lege ich meine Hand an ihre Wange und beuge mich zu ihr. »Prinzessin«, raune ich und erreiche damit den gewünschten Effekt. Sie entspannt sich ein wenig und auf ihren Lippen zeigt sich ein kleines Lächeln.

»Du bist einfach unglaublich, weißt du das? Manchmal habe ich Angst, dass ich aufwache und feststelle, dass du nur ein Traum gewesen bist.« Aria lehnt ihre Stirn gegen meine und seufzt, als ich ihr mit den Fingerspitzen über das Gesicht streichele. »Ich weiß nicht, wie ich es sagen soll … vielleicht reiße ich das Pflaster am besten mit einem schnellen Ruck ab.« Ein weiteres Mal verstummt sie, ehe sie die Schultern strafft und sich ein wenig aufrichtet. »Das mit dem Überfall … eigentlich bin ich … ich bin vergewaltigt worden. Auf einer Verbindungsparty … von meinem Date.«

Obwohl ich seit einer geraumen Weile ahne, was ihr zugestoßen ist, trifft mich ihr Geständnis dennoch mit der Wucht eines Vorschlaghammers. Die bloße Vorstellung, dass man ihr derart wehgetan hat, bereitet mir selbst körperliche Schmerzen. Dass es auch noch ein Kerl war, dem sie offenbar vertraut hat, macht mich fertig. Schlimm genug, wäre es ein Fremder gewesen, aber durch meine Mom beziehungsweise ihre Selbsthilfegruppe weiß ich, wie furchtbar es für die Frauen ist, wenn es jemand war, den sie kannten.

»Riley?« Ihre Stimme holt mich in das Hier und Jetzt zurück.

»Darf ich dich in den Arm nehmen?« Eigentlich sind wir über dieses Stadium hinaus, doch mein Gefühl sagt mir, dass es nun besser ist, sie zu fragen.

Ihre Augen glänzen verdächtig, während sie nickt. Ich ziehe sie an mich und auf meinen Schoß, was Bear, dessen Kopf von ihren Oberschenkeln rutscht, ein ungehaltenes Brummen von sich geben lässt. Trotz des Ernstes der Situation müssen wir beide lachen. Aria kuschelt sich an mich und ich lehne mich mit ihr im Arm zurück. Dass sie die körperliche Nähe zwischen uns zulässt, beruhigt mich ein wenig, denn es zeigt meiner Meinung nach, welche Fortschritte sie gemacht hat, seit sie nach Toronto gekommen ist.

Zunächst stockend und dann zunehmend flüssiger erzählt sie mir, was genau geschehen ist. Mit jedem Satz, den sie spricht, bekommt die Flamme der Wut in mir neuen Brennstoff. Was dieses Schwein, nein, diese Schweine ihr angetan haben, frisst sich wie ätzende Säure durch meine Venen. Tränen rollen über ihre Wangen, die sie immer wieder fortzuwischen versucht. Irgendwann nehme ich ihr Gesicht in die Hände, um sie wegzuküssen, doch mein Hund kommt mir zuvor. Er drängt sich zwischen uns und schleckt ihr mit seiner Zunge über die Wange, was sie einen Quietschlaut und ein entrüstetes »Bear!« von sich geben lässt.

Ich will ihn gerade von der Couch scheuchen, als sie einen Arm um ihn schlingt und ihm über den Kopf streichelt. »Du bist wie dein Herrchen, der hat ebenfalls immer einen siebten Sinn für meine Stimmungen.« Ernst sieht sie mich an und lächelt trotz der Tränen, die ihre Augen nach wie vor feucht glänzen lassen. »Weißt du eigentlich auch nur ansatzweise, was du für mich getan hast? Und was mir das bedeutet?«

Verlegen kratze ich mich mit einer Hand im Nacken. »Das hätte jeder gemacht«, will ich ihre Worte herunterspielen, doch Aria lässt mich nicht.

»Nein, sicher nicht. Die wenigsten hätten so eine Engelsgeduld mit mir gehabt. Du hast mich nie bedrängt, du hast … du hast mich einfach so genommen, wie ich bin … so gebrochen, verängstigt und kaputt.« Mit einem energischen Nicken schlingt sie wieder beide Arme um meinen Hals. »Als ich dich das erste Mal gesehen habe, wollte ich es nicht wahrhaben. Körperlich hast du alles dargestellt, vor dem ich zu diesem Zeitpunkt Angst hatte … und dann … irgendwie hast du es geschafft, mir die Sicherheit zu geben, die ich brauchte. Riley, ich … ich … von Anfang an war da diese Anziehungskraft …«

»Ich weiß, ich habe sie auch gespürt …«, flüstere ich.

Aria drückt sich fester an mich und lehnt ihre Stirn wieder gegen meine. »Du gibst mir mich selbst zurück, Stück für Stück …« Plötzlich sind ihre Lippen auf meinen und sie küsst mich. Es ist ein sanfter, zärtlicher Kuss, nicht ausgerichtet auf mehr, und dennoch geht er mir tiefer unter die Haut als all die Küsse, die wir bisher getauscht haben.

Für eine kleine Weile sitzen wir einfach so da, bis ein Geräusch an mein Ohr dringt, das so gar nicht zu der Stimmung zwischen uns passt. Auch Aria scheint es wahrzunehmen, denn sie dreht quasi zeitgleich mit mir den Kopf.

»Bear!«, rufe ich aufgebracht und er sieht ertappt zu mir auf, die Schnauze völlig verschmiert von den Resten der Mascarpone-Kirsch-Creme aus der großen Schüssel vor sich. Mit eingezogenem Schwanz zieht er sich in seinen Korb zurück und tut, als könnte er kein Wässerchen trüben. »Ich fasse es nicht, das hat er echt noch nie gemacht!« Als ich zu Aria blicke, beißt sie sich auf die Unterlippe, kann dann aber nicht länger an sich halten und muss lachen.

»Er weiß eben einfach, was gut ist«, verteidigt sie den schuldbewusst zu uns hinüberschielenden Hund und kichert erneut.

Eigentlich sollte ich Bear anzählen, doch im Grunde bin ich froh, dass er auf diese Art und Weise die Stimmung aufgelockert hat.

»Darf ich heute Nacht bleiben? Also, ich meine, ich würde gern bei dir schlafen, nicht, um … o Gott, ich … kann ich mich bitte sofort in Luft auflösen?«, stottert sie und wird dabei rot.

»Natürlich«, erwidere ich bloß, nehme sie erneut in den Arm und halte sie davon ab, noch länger herum zu stammeln, indem ich sie küsse.

Aria die ganze Nacht neben mir zu haben, ohne sie anfassen zu dürfen, wird vermutlich die reinste Folter, aber die ertrage ich gern für den Vertrauensvorschuss, den sie mir ein weiteres Mal gibt.

Weiterhin gilt für mich, das Tempo bestimmt sie, nicht ich.

Und ich bin mir sicher, es lohnt sich, auf sie zu warten.

Kapitel 24

Aria

Riley zu erzählen, was mir zugestoßen ist, war ein weiterer Befreiungsschlag. Vermutlich wird das, was Floyd und seine Verbindungsbrüder mir angetan haben, niemals ganz verblassen. Doch mit jedem Teil meines Lebens, den ich mir zurückerobere, verlieren sie ein wenig mehr von ihrer Macht über mich.

Mein Freund ist gerade im Badezimmer und putzt sich die Zähne, während ich bereits in seinem Bett liege. Er hat mir eines seiner T-Shirts gegeben, das bei mir so lang ist, dass es mir fast bis zu den Knien geht. Darunter trage ich lediglich mein Höschen, ansonsten nichts. Bei der Vorstellung, heute Nacht neben ihm zu schlafen, kribbelt es in meinem Bauch. Obwohl wir neulich im Jugendzentrum einen deutlichen Schritt vorangemacht haben, ist das hier noch einmal etwas anderes.

Zwar sind wir seitdem bei jeder unserer Begegnungen auf Tuchfühlung gegangen, aber keinmal weiter als an jenem Trainingsabend. Grundsätzlich habe ich Riley gesagt, was ich mir wünsche, ich selbst bin bei ihm bislang eher passiv geblieben. Eigentlich möchte ich das gern ändern, ich weiß jedoch nicht so recht, wie. Außerdem habe ich ein wenig Angst, mich letztlich zu überfordern und damit wieder auf die Startlinie zurückgeworfen zu werden. Es frustriert mich, dass ich mich danach sehne, ihn ebenfalls zu berühren und mich gleichzeitig davor fürchte. Dawn meint, ich solle nicht so streng mit mir sein und mir Zeit geben, trotzdem bin ich irgendwie wütend auf mich selbst.

Bei dem Gedanken an meine beste Freundin greife ich rasch nach meinem Smartphone auf dem Nachttisch. Ich schreibe Dawn, dass ich Riley von der Vergewaltigung erzählt habe und bei ihm schlafen werde. Es dauert nur ein paar Sekunden, dann antwortet sie mir, wie stolz sie auf mich sei und dass sie sich für mich freut. Mit einem trotz meiner inneren Zerrissenheit, was alles rund um Petting und Sex angeht, glücklichen Lächeln lege ich das Handy zurück und lasse mich in die Kissen sinken, die nach Weichspüler riechen. Offenbar hat er das Bett extra frisch bezogen, was ich irgendwie süß finde.

Das Klacken von Pfoten verrät mir, dass Bear den Raum betreten hat, einen Augenblick später taucht auch schon sein großer Kopf neben mir auf. Er legt ihn auf den Rand der Matratze und brummt, als ich ihn hinter den Ohren kraule.

»Ins Bett kommst du nicht, mein Freund«, ertönt Rileys Stimme und ich wende den Blick zur Schlafzimmertür. Bei seinem Anblick stockt mir ein Moment lang der Atem. Er hat bloß eine knappe Pants an und die Wölbung hinter dem Stoff lässt mich hart schlucken. »Ab in deinen Korb, Bear«, befiehlt er dem Rüden, der winselt, sich anschließend jedoch in den Hundekorb auf der anderen Seite des Bettes zurückzieht.

»Darf er normalerweise bei dir schlafen?«, erkundige ich mich und lache, als Riley erst mit dem Kopf schüttelt und dann nickt.

»Manchmal bin ich da ein wenig inkonsequent«, gesteht er mit zerknirschter Miene. »Aber heute will ich dich ganz für mich haben.«

Seine Worte lassen mein Herz schneller schlagen und als er zu mir unter die Decke kommt, beschleunigt meine Atmung ebenfalls. Mit einem verschmitzten Lächeln rückt er so dicht auf, dass wir, als ich mich auf die Seite drehe, praktisch Nasenspitze an Nasenspitze liegen. Sein warmer Atem kitzelt mich im Gesicht, während die Hitze, die er ausstrahlt, ganz andere Dinge mit mir anstellt. Es wäre so leicht, die Hand nach ihm auszustrecken und meine Finger über seinen Körper wandern zu lassen, doch ich finde nicht den nötigen Mut.

»Ich hoffe, du schnarchst nicht, dann muss ich dich leider ins Gästezimmer schicken«, verkündet er plötzlich so ernst, dass ich ihn einen Moment lang verdattert anstarre. »Bear fliegt auch jedes Mal raus, sobald er anfängt, ganze Wälder abzusägen.«

Entrüstet schlage ich ihm auf den Brustkorb. »Natürlich schnarche ich nicht«, behaupte ich vollmundig, obwohl Dawn mir früher des Öfteren vorgeworfen hat, dass ich sie damit wachgehalten hätte, wenn wir beieinander übernachtet haben.

Riley gibt ein zweifelndes Geräusch von sich und lacht, als ich erneut nach ihm boxe. »Übernächstes

Wochenende steht ein Auswärtskampf an … würdest du vielleicht mitkommen?«

Erstaunt hebe ich eine Augenbraue, bislang war doch jeder Fight in Toronto. »Wo denn?«

»In einem kleinen Kaff zweieinhalb bis drei Stunden mit dem Auto entfernt, dessen Namen ich immer wieder vergesse. Calhoun organisiert das Ganze, Top-Fighter aus mehreren Städten treffen dort aufeinander, um ihre Kräfte zu messen. Es gibt ein richtig gutes Preisgeld, das mich meinem Traum, Miguels Boxstudio eines Tages zu übernehmen, ein ordentliches Stück näherbringen würde.« Er neigt sich noch ein wenig weiter zu mir und mustert mich mit einem verschwörerischen Gesichtsausdruck. »Sei mein Glücksbringer, Aria …«, raunt er so eindringlich, dass ich unwillkürlich zittere.

»Sicher, ich bringe dir bestimmt total Glück«, erwidere ich amüsiert, nicke dabei aber. »Okay, ich begleite dich.« Riley lächelt so strahlend, dass mir das Herz aufgeht.

»Ian und Claire sind ebenfalls mit von der Partie, Cage und Dawn wahrscheinlich auch, wir können uns für das Wochenende gemeinsam ein Haus mieten, dann müssen wir nicht in irgendein Hotel.«

»Das hört sich gut an«, pflichte ich ihm bei. »Und jetzt mach das Licht aus, damit wir schlafen können.« Schnell leistet er meiner Bitte Folge und dreht sich danach wieder zu mir.

Ich überbrücke die letzte Distanz zwischen uns und schmiege mich an seinen breiten Oberkörper. Meinen

Kopf bette ich auf seine muskulöse Brust und lausche den tiefen, ruhigen Atemzügen, die er nimmt. Die Wärme, die von seinem Körper ausgeht, macht mich unglaublich rasch schläfrig und mein vorletzter Gedanke ist der, dass ich es nie für möglich gehalten hätte, irgendwann wieder neben einem Mann zu schlafen.

Der letzte ist der, dass ich mir ebenso wenig hätte vorstellen können, dass ich meinerseits den Wunsch verspüren würde, Sex zu haben.

So sehr mich das alles ängstigt, da ist auch der Teil in mir, der Riley nahe sein möchte.

Auf jede erdenkliche Art und Weise.

Kapitel 25

Aria

Das Haus, das Riley, Cage und Ian für uns über das Wochenende angemietet haben, ist traumhaft. Die Schlafzimmer sind großzügig geschnitten, die jeweils angrenzenden Bäder haben einen Regenwasser-Duschkopf und ich freue mich schon jetzt darauf, später zu duschen.

Die Männer sind nochmal losgefahren, um ein paar Zutaten für das Abendessen zu kaufen, während wir Frauen es uns im Wohnzimmer auf der riesigen Couchlandschaft gemütlich gemacht haben.

»Nächste Woche lerne ich Rileys Mom kennen.«

Claire, die damit beschäftigt ist, eine Tüte Chips leer zu futtern, hält in der Bewegung inne, und auch Dawn erstarrt für einen Augenblick. »Wow! Ich wusste nicht, dass es bereits so ernst zwischen euch ist«, gibt Ians Freundin schließlich zurück, Dawn hingegen lächelt bloß. Claire möchte gerade noch etwas ergänzen, als ihr Telefon zu klingeln beginnt. »Entschuldigt, da muss ich rangehen, das ist einer meiner Tutoren.« Hastig nimmt sie das Gespräch an und verlässt das Wohnzimmer. Einen Moment lang schäme mich, weil mir das eigentlich ganz recht ist, denn ich muss etwas mit Dawn besprechen, was ich nur ungern vor Claire tun wollte.

»Wie sage ich Riley, dass ich mit ihm schlafen will?«, zischele ich und sehe über meine Schulter, als hätte ich

Angst, dass er mit einem Mal dort steht und alles mitbekommt. In den vergangenen vierzehn Tagen ist mein Verlangen nach ihm nur noch größer geworden, obwohl sich da auch wiederholt dieses verteufelte, skeptische Stimmchen in mir zu Wort gemeldet hat, das meint, ich solle nichts überstürzen.

»Wieso sagen? Show, don't tell«, kontert meine beste Freundin und kichert, als ich ein Kissen nach ihr werfe. Wieder ernst werdend greift sie nach ihrem Glas mit der Cola und trinkt einen Schluck, ehe sie weiterspricht. »Bist du dir sicher, dass du soweit bist?«

Zögerlich nicke ich. »So sicher, wie ich das in der Theorie eben sein kann.« Natürlich fürchte ich mich davor, dass mich im denkbar ungünstigsten Augenblick die Angst überrollt und mich der albtraumhafte Abend einholt, doch wenn ich nicht irgendwann springe, werde ich das nie herausfinden. »Riley ist weiterhin ein Gentleman, von sich aus würde er nichts versuchen … ich muss ihm das also irgendwie verklickern.«

Dawn macht ein nachdenkliches Gesicht. »Unter normalen Umständen hätte ich gesagt, verführ ihn morgen Nacht nach dem Fight, aber …«

»Aber was?«, frage ich nach, als sie nicht weiterspricht.

»Ich habe keine Ahnung, wie Riley da tickt, doch Cage steht nach einem Kampf ziemlich unter Strom. Der Sex mit ihm ist dann oft ein wenig rau und härter … nicht, dass ich glaube, Riley würde da keine

Rücksicht nehmen, trotzdem …« Sie lächelt verständnisvoll, als ich mir an die Kehle greife. »Mach es heute.«

Meine Augen weiten sich. »Heute?«, krächze ich. Plötzlich habe ich das Gefühl, dass das insgesamt eine totale Schnapsidee war. »Ach, vergiss es, ich bin bescheuert, mit so vielen Leuten unter dem gleichen Dach werde ich mich erst recht nicht entspannen können. Außerdem soll er vor einem Kampf doch sicher nicht sexuell aktiv sein, sondern seine Kräfte schonen und so.«

Dawn lacht amüsiert. »Sag das mal Cage, den interessiert das null. Ich glaube, in all der Zeit, die wir zusammen sind, hat er ein- oder zweimal auf Sex am Abend vor einem Fight verzichtet.«

»Hm, okay …« Nachdenklich kaue ich auf meiner Unterlippe herum. Die Vorstellung, dass Riley mich abblitzen lässt, wenn ich diesen Schritt wage, ist keine besonders angenehme. Ob er da ähnlich wie Cage tickt, kann ich nicht einschätzen, nehme aber an, dass er das Kämpfen allein schon wegen seiner Zukunftspläne ernster nimmt als Dawns Freund.

»Euer Schlafzimmer ist am entgegengesetzten Ende des Hauses, weit weg von unseren, wir hören euch also nicht, falls du dich deswegen sorgst.« Sie legt mir eine Hand auf den Arm und streicht sanft darüber. »Mein Rat wäre, mach dir nicht so einen Druck, es wird passieren, wenn es passieren soll. Wenn nicht hier, dann daheim in Toronto. Ihr müsst hier keinen Sex haben, bloß, weil du vielleicht annimmst, es sollte jetzt allmählich geschehen.«

Hastig schüttele ich mit dem Kopf. »Das ist es nicht … ich wünsche es mir … denke ich.« Frustriert greife ich nach Claires Tüte mit den Chips und nehme eine Handvoll heraus. »Du glaubst nicht, wie sehr ich diese Unsicherheit manchmal hasse. Früher hätte ich nicht lang gefackelt, sondern einfach Nägel mit Köpfen gemacht. Wobei … vermutlich müsste ich das gar nicht, weil Riley dann ganz anders mit mir umgehen würde.«

Für seine Geduld mit mir vergöttere ich ihn, daran gibt es keinen Zweifel, doch gleichzeitig stellt mir exakt das eben auch ein Bein. Seine Signale sind an sich schon eindeutig, er begehrt mich, dessen bin ich mir sicher. Aber ich muss den ersten Schritt machen … ach verdammt, ich werde noch wahnsinnig. Wahrscheinlich hat Dawn wirklich recht und ich sollte es auf mich zukommen lassen.

»Im entscheidenden Moment wirst du es wissen und dann ergibt sich alles von selbst.« Dawns aufmunternde Worte tun mir gut und ich beschließe, auf sie zu hören.

Vielleicht passiert es hier, vielleicht auch nicht.

Ehe ich etwas erwidern kann, kehrt Claire zurück zu uns. »Isst du etwa meine Chips?!«, fragt sie mich tadelnd, grinst dabei jedoch. »Was habe ich verpasst?«, wendet sie sich an meine beste Freundin.

»Nichts weiter, wir haben nur über die Fights morgen gequatscht und welche Chancen unsere Männer haben.« Dankbar für Dawns Reaktionsschnelligkeit lächele ich sie an. Ich mag Claire, aber ich kenne sie noch nicht so gut, dass ich mit ihr über derart intime Dinge reden mag. »Auf jeden Fall werde ich auf alle drei wetten. Grandpa hat mir ebenfalls Geld mitgegeben, damit ich auf Cage setze.«

Die beiden unterhalten sich über die Höhe ihrer Wetteinsätze, während ich in meinen Gedanken versinke und nur mit halbem Ohr hinhöre.

Sobald ich mir vorstelle, *es* mit Riley zu tun, versetzt mich das in eine Art Ausnahmezustand. Ich fühle mich, als würde Lava statt Blut durch meine Adern fließen. Dazu pocht mein Herz so rasend schnell, dass ich fürchte, es springt jeden Moment aus meiner Brust. Es ist, als würden Ameisen über meine Haut krabbeln und sie hochempfindlich machen.

Mein Körper gibt mir, ganz im Gegensatz zu meinem Verstand, ein eindeutiges Signal.

Kapitel 26

Riley

Es ist schon weit nach zehn Uhr abends, als Aria und ich uns in unser Schlafzimmer zurückziehen. Gemeinsam mit den anderen haben wir ein Kochchaos veranstaltet, das sämtliche vorangegangenen mit meiner Mom und auch die mit Aria in den Schatten gestellt hat. Danach haben wir uns noch lange im Wohnzimmer über Gott und die Welt unterhalten, bis meine Freundin mir zugeflüstert hat, dass sie müde wäre.

»Ich hüpfe kurz unter die Dusche, oder möchtest du zuerst?«, frage ich sie, doch sie verneint bloß mit einem Kopfschütteln. Während sie das Bett aufschlägt, gehe ich in das angrenzende Bad, drehe das Wasser schon einmal an und ziehe mich aus.

Irgendetwas ist mit Aria, aber ich habe keine Ahnung, was. Den gesamten Abend über wirkte sie irgendwie nervös und angespannt, allerdings hatte ich nicht die Gelegenheit, sie darauf anzusprechen. Es macht mich unruhig, dass ich nicht weiß, was los ist, und so beschließe ich, sie gleich zur Rede zu stellen.

Kaum, dass ich in die offene Dusche und unter den großzügigen Regenwasser-Duschkopf getreten bin und das warme Wasser auf mich hinunterprasselt, entspannen sich meine Muskeln. Ich recke den Kopf, lasse das wohltuende Nass noch ein wenig auf mich hinabrieseln und drehe mich schließlich mit geschlossenen Lidern um. Ein kühler Luftzug streift meine nackte, feuchte Haut, doch ich denke mir nichts dabei.

»Lass die Augen zu«, vernehme ich plötzlich Arias Stimme und fuck, das lässt mich mitten in der Bewegung erstarren und das Gegenteil von dem tun, was sie mir gesagt hat. Mit weit aufgerissenen Augen schaue ich auf sie hinunter und reibe mir mit der Hand über das Gesicht, aber das Bild vor mir bleibt das Gleiche. »Hey«, murmelt sie mit einem süßen Lächeln, stellt sich auf die Zehenspitzen und legt ihre Hände auf meine Schultern.

»Hey«, raune ich leicht überfordert. Aria nackt, wie Gott sie schuf, vor mir zu haben, verlangt mir einiges ab. Am liebsten möchte ich sie auf meine Hüften heben, doch die Sorge, dass ihr das zu viel ist, hält mich zurück.

»Riley … ich … ich will …« Sie stockt und seufzt. »Ob das mit dem Gestottere in deiner Gegenwart irgendwann auch einmal aufhört?«

Lachend neige ich den Kopf und stehle ihr einen kurzen, unschuldigen Kuss. »Was möchtest du?« Mein Blick verhakt sich mit ihrem und mit jedem Herzschlag kann ich deutlicher in ihm lesen. Shit, mein Körper reagiert augenblicklich auf das Verlangen in ihren Augen und pumpt sämtliches Blut in Richtung meines Schwanzes.

»Dich. Was ich sagen will, ich möchte mit dir schlafen«, flüstert sie und lässt dabei ihre Hand von meiner Schulter sinken. Sie fährt mit den Fingerspitzen über meinen Brustkorb, hinab zu meinem Bauch, umkreist dort den Bauchnabel und zeichnet dann die Haarlinie nach, die zu meinem Penis führt. »Auf gar keinen Fall möchte ich dich unter Druck setzen, aber ich würde gern neue, positive Erinnerungen schaffen … mit dir.« Ihre Finger auf meiner Haut zittern leicht, doch sie sieht mir unbeirrt in die Augen. »Riley, bitte …«

Es ist, als würden diese zwei Worte eine Art Startschuss fallen lassen. Ich fahre mit einer Hand in ihre Haare, beuge mich zu ihr hinunter und gebe ihr einen leidenschaftlichen, sinnlichen Kuss, bei dem ihr hoffentlich Sehen und Hören vergeht. Aria stöhnt unterdrückt und krallt sich an meine Schultern, während wir uns immer hemmungsloser und wilder küssen. Doch ich ermahne mich, nicht zu schnell und zu forsch vorzugehen, deswegen löse ich meine Lippen von ihren und drehe uns halb, bis sie mit dem Rücken an der Fliesenwand lehnt.

»Erinnerst du dich noch daran, wie ich dir gesagt habe, dass ich hoffe, dich irgendwann ausführlicher schmecken zu dürfen?« Provokant ziehe ich eine Augenbraue hoch und grinse in mich hinein, als Aria atemlos nickt. »Ich würde sagen, irgendwann ist heute, oder was denkst du?« Normalerweise hätte ich einfach getan, wonach mir der Sinn steht, aber nicht bei ihr. Ihr Vertrauen ist meiner Meinung nach noch zu zerbrechlich und ich will es nicht durch eine Fehleinschätzung meinerseits zerstören.

Wieder nickt sie und keucht rau, als ich mich mit meiner Körperlänge gegen sie presse und sie erneut küsse. Danach mache ich einen Schritt zurück und nehme mir die Zeit, Aria ausführlich zu betrachten. Es ist das erste Mal, dass ich sie vollkommen nackt sehe und nicht nur einen Teil ihres Körpers … ihre Brüste, die so perfekt in meine Hände passen. Die rosafarbenen Nippel, die sich mir bereits erwartungsvoll entgegenrecken. Ihre verteufelt sexy geschwungenen Hüften … das blonde Dreieck zwischen ihren Schenkeln.

»Du bist wunderschön und ich bin so verdammt scharf auf dich«, raune ich, gleichzeitig gehe ich langsam vor ihr auf die Knie.

Aria lässt ihren Kopf mit einem Seufzen in den Nacken fallen, als ich meine Lippen auf ihren Venushügel drücke und dann gemächlich tiefer wandere. »O Gott«, wimmert sie, kaum, dass ich das erste Mal mit der Zunge ihre Klit berühre.

Das Wasser prasselt auf uns hinunter, während ich die Hände an ihre Oberschenkel lege, von dort aus zu ihrem Hintern gleite und gleichzeitig mit der Zunge durch ihre Spalte fahre. Ihr Becken ruckt leicht nach vorn, als ich erneut über ihren Kitzler tanze, dieses Mal mit stärkerem Druck als zuvor. Sollten wir heute tatsächlich bis zum Äußersten gehen, möchte ich, dass sie so entspannt ist, wie irgend möglich.

Aria seufzt, bettelt und fleht, was Musik in meinen Ohren ist. Jedes Mal, wenn ich etwas mache, das sie offenbar besonders antörnt, drängt sie mir ihre Hüften entgegen und fordert mich nonverbal auf, es zu wiederholen. Irgendwann lege ich mir ihr linkes Bein über die

Schulter, um mir noch besseren Zugang zu verschaffen. Als ich zu ihr aufschaue, steht ihr Mund leicht offen und in ihren Augen brennt ein Feuer, das auch auf mich überzuspringen scheint. Als hätte ich alle Zeit der Welt, reibe ich mit zwei Fingern über ihre Pussy und wieder ruckt ihr Becken nach vorn. Ich erhöhe das Tempo meiner Zungenschläge und schiebe die Finger in ihre feuchte Enge. Sie krampft um mich herum, wie sie es seinerzeit im Jugendzentrum getan hat und Shit, das Gefühl reicht aus, um mich noch härter werden zu lassen.

»O bitte, ich möchte kommen«, jammert sie und stößt ein gutturales Stöhnen aus, als ich unvermittelt kräftig an ihrer Perle sauge. »O Gott, ja, das ist es … bitte …« Ihre Stimme verliert sich beim letzten Wort und nur Sekundenbruchteile später erreicht sie ihren Höhepunkt. Ihr gesamter Körper bebt und ihre inneren Muskeln ziehen sich so eng um meine Finger zusammen, dass ich mich automatisch frage, wie sich das erst um meinen Schwanz herum anfühlen muss. »Riley … Himmel …« Mit einem Mal schaut sie auf mich hinunter und lächelt so befreit, dass ich nicht anders kann, als es zu erwidern.

Nachdem ich meine Finger aus ihr zurückgezogen habe, richte ich mich auf, lege die Hand an ihre Wange und streiche ihr ein paar feuchte Haarsträhnen aus der Stirn. »Es ist völlig okay, wenn es bei dem hier bleibt.«

Ich will nicht, dass sie auch nur für eine Sekunde das Gefühl hat, sie müsste es bis zum Ende durchziehen.

Doch sie schüttelt entschieden mit dem Kopf. »Bring mich ins Bett.«

Kapitel 27

Aria

Riley fackelt nicht lang, er stellt das Wasser ab, hebt mich auf seine Hüften und trägt mich hinüber in das Schlafzimmer. Wir sind beide klitschnass, doch es könnte mir nicht gleichgültiger sein.

Als er mich auf die Matratze sinken lässt und sich über mich schieben will, halte ich ihn mit einer Hand auf seiner Brust auf. »Leg dich bitte hin«, wispere ich und augenblicklich tut er, was ich ihm gesagt habe.

So aufgeregt und nervös wie vermutlich noch nie zuvor in meinem Leben setze ich mich auf und begebe mich auf die Knie. Riley liegt neben mir und sieht mich offen an, wartet auf meinen nächsten Schritt. Seit ich ihn kenne, hat er mir so viel gegeben, dass ich nun den dringenden Wunsch verspüre, ihm ein wenig von mir zu schenken. Tief durchatmend schwinge ich ein Bein über seine Oberschenkel und komme rittlings auf ihnen zu sitzen. Schwer schluckend betrachte ich ihn, seine beeindruckende Erektion und beuge mich dann über ihn.

»Ich weiß, ich verlange wahnsinnig viel von dir, aber ich möchte, dass du die Hände über deinen Kopf legst und mich nicht berührst, bis ich etwas anderes sage.« Mein Mund ist so dicht an seinem, dass er ihn beim Sprechen immer wieder berührt hat.

»Alles, was du willst«, erwidert er mit einem hinreißenden Lächeln und reckt die Arme über den Kopf.

Mein Herz quillt beinahe über vor Emotionen, weil Riley ein weiteres Mal so selbstverständlich hinnimmt, was ich ihm auferlege. Mit den Lippen streiche ich über seine, ehe ich ihn küsse. In diesen Kuss lege ich all die Empfindungen für ihn, die Leidenschaft, das mich förmlich verbrennende Verlangen, die Sehnsucht … und die Liebe, von der ich ebenfalls gefürchtet habe, sie nie wieder fühlen zu können.

»Aria …« Rileys Stimme klingt hörbar belegt, als ich ihn freigebe und über sein Kinn, den Hals hinab bis zu seiner Brust gleite. Ich versehe jeden Zentimeter meines Weges mit zärtlichen Küssen, sauge schließlich seine Brustwarze zwischen meine Zähne und beiße vorsichtig zu, was ihn nach Luft schnappen lässt. »Fuck …«, keucht er, während ich fortfahre und mich seinem Oberkörper widme.

Das Spiel der Muskeln unter seiner Haut erzählt mir, wann ihm etwas besonders gut gefallen hat, und das macht mich zunehmend sicherer. Trotzdem kann ich nichts gegen das wilde Schlagen meines Herzens und die mich ergreifende Anspannung tun, als ich mich allmählich seiner Körpermitte nähere. Eigentlich hatte ich mir vorhin unter der Dusche vorgenommen, mich zu revanchieren und ihn ebenfalls mit dem Mund zu verwöhnen, aber jetzt verkrampfe ich bei der Vorstellung. Nicht, weil ich ihm keine Lust bereiten möchte, nein, es liegt daran, dass ich in Sachen Blowjob relativ unerfahren bin und Angst habe, mich zu blamieren. Mein erstes Mal nach dieser schrecklichen Nacht ist schon so aufregend genug.

Riley richtet sich auf, umfasst mein Gesicht mit den Händen und bringt mich dazu, ihn anzusehen. »Wir müssen doch nicht alles heute machen, Süße«, raunt er mir mit einem so verständnisvollen Unterton zu, dass mir gegen meinen Willen Tränen in die Augen schießen. Dass er wieder einmal ein derart exaktes Gespür für das hat, was in mir vorgeht, sollte mich nicht erstaunen.

»Ich wollte das aber für dich tun, ich …«, beginne ich, er hingegen verschließt meinen Mund mit seinem und küsst mich sanft.

»Aria, ich erwarte das nicht von dir, warum tust du es dann? Sicher, die Vorstellung deiner Lippen um meinen Schwanz ist heiß, das kann ich nicht leugnen, doch ich kann warten … ich werde immer auf dich warten, also nimm dir die Zeit, die du brauchst. Gibt es irgendeine Statistik, die sagt, du müssest das *jetzt* machen?« Forschend betrachtet er mich, bis ich mit dem Kopf schüttele und lächele. Plötzlich macht er ein bestürztes Gesicht und ich runzele verwirrt die Stirn. »Sorry, ich habe mich nicht an deine Ansage gehalten.«

Auflachend küsse ich ihn so stürmisch, dass er nach hinten in die Matratze sinkt und mich mit sich zieht. Ich liege mit meinem Oberkörper auf seinem und das Gefühl, wie meine Brüste sich gegen seinen Brustkorb drücken, ist fantastisch. Sein steinharter Schwanz presst sich gegen meine Mitte, doch wir küssen uns so verlangend und zügellos, dass der leichte Anflug von neuerlicher Panik sofort im Nichts verpufft.

»In diesem speziellen Fall sei dir verziehen«, wispere ich an seinen Lippen und schmunzele, als er mein Gesicht freigibt und erneut seine vorherige Position einnimmt. Mit einem Mal fällt mir ein, dass wir eine Sache überhaupt nicht geklärt haben … Mist. Als ob ich die Stimmung nicht schon genug gekillt habe … »Ich verhüte mit der Dreimonatsspritze und war gerade erst wieder zum Check-up, von meiner Seite aus können wir auf ein Gummi verzichten«, presse ich hervor und fühle, wie meine Wangen heiß werden.

»Auch auf die Gefahr hin, dass das berechnend wirkt, ich wollte vorbereitet sein … deswegen bin ich losgewesen, als das mit uns anfing …« Er stockt kurz. »Die Testergebnisse habe ich jetzt nicht mitgenommen, doch ich versichere dir, dass bei mir alles in Ordnung ist. Ansonsten habe ich aber Kondome mit dabei, falls du …«

Ich stoppe seinen Redeschwall, indem ich ihn erneut küsse. »Wie gesagt, ich brauche keins … ich vertraue dir«, murmele ich zwischen zwei Küssen und nehme dann meinen ganzen Mut zusammen.

Mein Becken leicht hebend fasse ich zwischen unsere Körper und umschließe seinen nach wie vor steifen Schwanz mit den Fingern. Er zuckt unter meiner Berührung und Riley stöhnt rau, als ich mehrmals und mit allmählich stärker werdendem Druck an ihm auf und ab gleite, um ihm Lust zu bereiten und ein Gefühl für das zu bekommen, was er mag. Als ich zu ihm aufsehe, hat er die Augen geschlossen und krallt sich mit den Händen in das Laken, als würde sein Leben davon abhängen.

Ich warte, bis er seine Lider öffnet und mich ansieht, dann atme ich ein letztes Mal tief durch und positioniere mich über seiner Erektion. Mein Herzschlag ist jenseits von Gut und Böse, aber Rileys Blick erdet mich und vertreibt auch die allerletzten Schatten meiner Furcht.

Langsam lasse ich mich auf seinen Schaft sinken und verspanne angesichts der Dehnung, nachdem er ein Stück weit in mich eingedrungen ist. Doch das, was ich in der Miene meines Freundes lese, lässt mich durchatmen und bringt mich dazu, ihn tiefer in mich aufzunehmen.

Die Stellung, in der wir es machen, ist perfekt für mich.

Ich bestimme, wie schnell er in mich kommt.

Aufkeuchend stütze ich mich auf seiner Brust ab, als er vollends in mir ist. Meine Pussy zuckt um seinen Schaft, als ich anfange, mich langsam auf und ab zu wiegen. Es ist so unglaublich, ihn in mir zu spüren, meine Emotionen geraten völlig außer Kontrolle und ich habe den Eindruck, mich überrollt binnen weniger Augenblicke die gesamte Gefühlspalette.

»Riley … komm zu mir«, stammele ich ein bisschen konfus und frage mich, ob er überhaupt weiß, was ich von ihm will.

Doch er versteht, setzt sich auf und schlingt die Arme um meine Taille. Er zieht mich eng an sich, gleitet mit einer Hand zu meinem Hintern und hilft mir, den perfekten Rhythmus zu finden. Die Art und Weise, in der er mich auf seinen Schwanz dirigiert, stellt etwas mit mir an, das ich nicht in Worte fassen kann.

Ich scheine alles viel intensiver zu empfinden.

Das Geräusch unserer aufeinanderklatschenden Körper, unser raues Stöhnen, die Kraft seiner Bewegungen, all das durchströmt mich mit einer mir bislang fremden Heftigkeit.

Jedes Mal, wenn er mich bis zu seiner Wurzel auf seinen Schaft hinunterdrückt, geht ein lustvolles Zittern durch mich hindurch und ich seufze seinen Namen.

Riley senkt den Kopf, saugt den Nippel meiner rechten Brust zwischen seine Zähne und stößt mir von unten leicht entgegen, was mich vor Lust schier verrückt macht.

In diesem Schlafzimmer sind nur wir.

Keine Geister aus jener albtraumhaften Nacht.

Nur wir, wie wir neue, positive Erinnerungen schaffen.

Aufstöhnend lasse ich mein Becken noch schneller kreisen, als er damit beginnt, meine Klit mit seinen Fingern zu stimulieren.

»Riley!«, keuche ich atemlos in der Sekunde, in der mein Höhepunkt über mich hinwegfegt und mich in ein vor Leidenschaft und Begierde zitterndes Bündel verwandelt. Ich ziehe mich um seinen Schwanz herum zusammen, so fest und eng, dass ich die letzten Stöße, bevor auch er kommt und sich tief in mir ergießt, überdeutlich spüre.

Wir klammern uns aneinander, küssen uns, als ob wir sonst ertrinken würden, und murmeln zwischendurch den Namen des anderen. Es dauert eine ganze Weile, bis wir wieder in der Gegenwart ankommen.

Riley streicht mir die Haare aus dem Gesicht und sieht mich voller Gefühl an. »Wow«, zitiert er mich nach jener Trainingsstunde und bringt mich so zum Lachen.

Ich liebe es, dass ich mit ihm lachen kann, auch in Situationen wie dieser.

»Gleichfalls«, gebe ich mit einem Augenzwinkern zurück und umschließe seine Wangen mit den Händen. »Diese Nacht … du … das bedeutet mir die Welt.« Es ist mir gleichgültig, ob ich mich zu sehr und zu früh aus meiner Sicherheitszone herauswage, er soll wissen, was ich für ihn empfinde. Obwohl ich nicht die klassischen drei Worte gewählt habe, denke ich, dass ihm klar ist, was ich ihm sagen möchte.

»Ich liebe dich, Aria.« Mein Herz vollführt bei seinem Geständnis Purzelbäume. Ernst betrachtet er mich und beugt sich dann vor, um mir einen Kuss auf die Nasenspitze zu geben. »Und verflucht, ich wusste, du bist jedes Warten wert.«

Lächelnd schlinge ich die Arme um seinen Hals und verberge den Kopf in seiner Halsbeuge. »Wir sollten jetzt schlafen, du musst für morgen Abend fit sein.«

Riley schnaubt empört. »Heißt das etwa, ich darf dich kein zweites Mal haben?«

Das Entsetzen in seiner Stimme lässt mich kichern. »Heute nicht, erst morgen nach dem Kampf.« Erneut schnaubt er, gibt sich aber letztlich geschlagen.

Nach einer neuerlichen, kurzen Dusche gehen wir wieder ins Bett und ich bin schon beinahe weg, als mein Kopf das Kissen berührt. Das Letzte, was ich bewusst wahrnehme, ist, wie Riley sich von hinten an mich schmiegt und seinen Arm um meine Taille legt. Mit dem Gefühl, mir mein Leben endgültig zurückerobert zu haben, sinke ich in einen tiefen, traumlosen Schlaf.

Kapitel 28

Aria

»Irgendjemand hat das ganze heiße Wasser verbraucht«, mault Cage am Frühstückstisch und ich fahre schuldbewusst zusammen.

»Ähm, ich fürchte, das waren Ian und ich«, gesteht Claire, deren Wangen augenblicklich eine zarte Röte überzieht.

»Egoisten«, schimpft Dawns Freund, schmunzelt dabei aber.

Riley, der gerade damit beschäftigt ist, Rührei mit Speck zu braten, dreht sich mit einem verschmitzten Grinsen auf den Lippen zu mir und zwinkert mir dann auch noch zu.

Dawn fängt seinen Blick auf und betrachtet mich mit einem fragenden Ausdruck, bis ich kaum merklich nicke. Sie macht das Victoryzeichen und ich verschlucke mich prompt an meinem Orangensaft. Ich huste mehrmals und winke ab, als Ian, der in diesem Moment in die Küche kommt, mir auf den Rücken klopfen will.

»Was hatte das denn zu bedeuten?«, hakt Claire verwirrt nach, die Dawns Geste offenbar mitbekommen hat.

»Gar nichts weiter, das war ein kleiner Insider zwischen Aria und mir«, antwortet meine beste Freundin schnell und lächelt entschuldigend in meine Richtung.

Gott sei Dank nimmt Claire ihre Antwort hin und bohrt nicht nach, denn obwohl ich deutlich entspannter bin, nachdem wir *es* getan haben, muss ich mein Liebesleben nicht mit vier anderen Menschen in Gegenwart meines Freundes erörtern.

»Emma hat mich heute Morgen übrigens angerufen und erzählt, dass sie endlich einen Termin für die Hochzeit festgelegt haben«, berichtet Ians Lebensgefährtin.

»Versucht Logan Davenport immer noch, sie zu einer großen Feier zu überreden?«, erkundigt Cage sich mit einem seltsam zweideutigen Blick in Dawns Richtung. »Wäre für dich ja die Gelegenheit, dein Teenie-Idol nochmal ungehindert anzuschmachten«, scherzt er und kassiert dafür einen Faustschlag.

»Manchmal glaube ich, du verbringst zu viel Zeit mit Grandpa, du entwickelst dich zu einem genauso nachtragenden Erbsenzähler wie er.« Dawns Großvater Iwan ist berühmt-berüchtigt für seine Art, einem kleinere und größere Verfehlungen auch noch Jahre später aufs Brot zu schmieren. »Dabei hätte ich eindeutig mehr Grund dazu, schließlich hast du mich damals vor Logan überhaupt erst so peinlich geoutet.«

»Die Geschichte kenne ich ja gar nicht«, klinke ich mich neugierig ein, Dawn schnauft jedoch bloß.

»Da gibt es auch nichts zu erzählen«, will sie mich abwiegeln, doch das Funkeln in Cages Augen verrät mir, dass er nicht eher Ruhe geben wird, bis er die Story vor uns allen zum Besten gegeben hat. »Claire, wann wollen Emma und Noah denn nu…« Weiter kommt sie nicht, weil Cage ihr den Mund zuhält und dann so schnell wie irgend möglich herunter rattert, was Dawn sich beim Tattoo-Termin des *Gravity*-Frontmanns im *Walker Ink* zu Beginn ihrer Beziehung geleistet hat.

Riley nimmt neben mir Platz und legt wie selbstverständlich einen Arm um meine Taille, während wir beide über Cages Ausführungen lachen müssen. Als er fertig ist, springt er rasch auf und flieht vor seiner aufgebrachten Freundin, die ihn mit wüsten Beschimpfungen durch das Haus jagt.

Ich kuschele mich an meinen Freund und drücke ihm einen Kuss auf den Mundwinkel.

Die Normalität unseres Starts in den Tag lässt mich lächeln, wie sehr mir auch das gefehlt hat, habe ich so richtig erst jetzt realisiert.

»Noah meinte übrigens, dass es hier relativ in der Nähe ein tolles Naturschutz- und Wandergebiet gibt, das wir uns ansehen sollten. Vielleicht können wir das ja morgen vor der Heimfahrt machen?«, schlägt Claire vor.

»Wir schauen mal, wie das Wetter ist, und entscheiden das spontan, okay?«, regt Ian an und wir drei nicken.

Nachdem wir zu Ende gefrühstückt haben, räumen wir gemeinsam den Tisch ab. Mittlerweile sind auch Cage und Dawn wieder zu uns gestoßen, die zwei ziehen sich jedoch ebenso wie Ian und Claire noch einmal in ihre Zimmer zurück.

»Und was stellen wir jetzt an?« Riley wackelt mit den Augenbrauen, als ich zu ihm schaue. »Da ich dich vor heute Nacht nicht wieder bekomme, scheidet das Schlafzimmer aus.«

Ehe ich darauf etwas entgegnen kann, fängt mein Smartphone in meiner Hosentasche zu vibrieren an. Rasch zupfe ich es hervor und nehme das Gespräch an, als ich sehe, dass meine Mutter mich erreichen möchte.

»Hey Mom, was gibt es?«, begrüße ich sie und laufe, gefolgt von Riley, hinüber in das großzügig geschnittene Wohnzimmer, wo ich mich auf die Couch fallen lasse. Er nimmt neben mir Platz und lächelt, als ich mich an ihn kuschele und den Kopf auf seiner Schulter bette.

»Es geht um den Geburtstag deines Dads in zwei Wochen … ich wollte dich fragen, ob du kommen kannst? Dein Vater möchte nicht feiern, aber ich dachte, dein Besuch bereitet ihm sicherlich eine Freude. Ich könnte uns was Nettes kochen … wenn du magst, bring doch deinen Freund mit.« Mom und ich telefonieren regelmäßig und ich habe ihr bei einem unserer letzten Gespräche erzählt, dass wir inzwischen zusammen sind.

»Ähm … ich bespreche das mit Riley, okay?« Als ich zu ihm aufschaue, betrachtet er mich fragend und macht eine auffordernde Handbewegung. »Er … er sitzt gerade neben mir, Moment …« In knappen Worten erkläre ich ihm, was meine Mutter vorgeschlagen hat, und er nickt. Eigentlich hatte ich ihm die Möglichkeit geben wollen, sich das in Ruhe zu überlegen. »In Ordnung, wir kommen.«

»Oh mein Schatz, das wird deinen Dad garantiert riesig freuen«, erwidert sie begeistert, während ich mir da nicht so sicher bin. Obwohl ich es nicht möchte, ergreift Traurigkeit Besitz von mir, wie jedes Mal, sobald ich an das mittlerweile so unterkühlte Verhältnis zu meinem Vater denke.

»Ich rufe dich die Tage noch einmal wegen der Einzelheiten an, ja? Wir sind dieses Wochenende mit Freunden unterwegs.« Weshalb wir auf einem Wochenendtrip sind, verschweige ich ihr vorsorglich besser, denn ich glaube nicht, dass sie illegale Käfigkämpfe gutheißen würde.

»Natürlich. Ich will euch auch gar nicht mehr länger stören, hab noch viel Spaß, mein Liebes, und grüß deinen Riley unbekannterweise.«

»Mache ich, Mom. Bis bald.«

Wir beenden das Gespräch und ich stopfe das Telefon nachdenklich wieder zurück in die Hosentasche. Riley drückt mir einen Kuss auf den Scheitel und lenkt so meine Aufmerksamkeit auf ihn.

»Alles in Ordnung?«, erkundigt er sich und ich schüttele mit dem Kopf.

Eigentlich habe ich nicht vorgehabt, unser Wochenende mit der Sorge, dass es zwischen meinem Dad und mir nie wieder so wie vor der Vergewaltigung wird, zu überschatten. Doch mir ist klar, dass Riley nicht lockerlassen wird, bis ich ihm gesagt habe, was mich beschäftigt, und so erzähle ich es ihm.

»Ich glaube, dein Dad fühlt sich schuldig, weil er sein kleines Mädchen nicht beschützen konnte«, sinniert er, nachdem ich geendet habe. »Jedenfalls würde es mir so gehen, wenn ich eine Tochter hätte, der etwas Derartiges zugestoßen ist. Dass er dich anders sieht oder gar die Verantwortung für das Geschehene bei dir sucht, kann ich mir nicht vorstellen. Nicht bei dem Verhältnis, das ihr vor dieser Nacht gehabt habt. Das soll keine Rechtfertigung sein und ihn nicht entschuldigen, aber ich denke, er ist einfach hilflos und weiß nicht mit dir umzugehen. Und Hilflosigkeit führt zu seltsamen Verhaltensweisen.«

Zögerlich nicke ich. »Es tut so weh, dass Floyd und seine Verbindungsbrüder mir auch noch das genommen haben. Dad und ich waren uns immer so nah, und das fehlt mir.«

Riley legt seine Finger unter mein Kinn, hebt meinen Kopf so sanft an und lächelt auf mich hinunter. »Sag ihm das, exakt so, wie du es bei mir gerade getan hast. Vielleicht braucht es einen ersten Schritt, ein allererstes Signal von dir, damit er sich aus dieser Starre löst. Ich habe dir schon einmal geraten, das Gespräch mit ihm zu suchen, als ich noch nicht die ganze Geschichte kannte … und ich tue es auch jetzt wieder. Du wirst um offene Worte nicht drum herum kommen.«

Ich lege einen Arm um seinen Hals und ziehe ihn zu einem Kuss zu mir hinunter. »Danke«, murmele ich und streiche mit den Lippen über seine. »Was ist eigentlich mit deinem Dad?«, erkundige ich mich und spüre, wie er sich verspannt.

»Der spielt keine Rolle in meinem Leben. Hat er noch nie und wird er nie«, antwortet er mit so viel Kälte in der Stimme, dass ich unwillkürlich erschaudere. »Mom und ich waren von Anfang an allein.«

Dass er keinen Kontakt zu seinem Vater hat, habe ich mir schon gedacht. Aber dass dieser sich offenbar nicht einmal für Riley interessiert und sich noch vor seiner Geburt aus dem Staub gemacht hat, tut mir leid für ihn. Da ich den Eindruck habe, dass er nicht weiter darüber reden möchte, beschließe ich, das Thema zu wechseln.

»Ist es eigentlich wirklich okay für dich, mich zu meinen Eltern zu begleiten? Ich kann ihnen sonst sagen, dass dir etwas dazwischen gekommen ist.«

Riley verneint mit einem entschiedenen Kopfschütteln. »Das ist in Ordnung, anderenfalls hätte ich nicht ja gesagt.« Plötzlich schleicht sich ein irgendwie unheilvolles, gleichzeitig aber auch amüsiertes Grinsen auf seine Lippen. »Außerdem steht dir das Gleiche bevor, denn meine Mom liegt mir schon seit einer Weile in den Ohren damit, dass sie dich kennenlernen möchte.«

Mit einem Lachen kuschele ich mich wieder an ihn. »Dann ist hiermit abgemacht, dass du mich deiner Mutter vorstellst und ich dich meinen Eltern.«

Er gibt lediglich ein zustimmendes Brummen von sich, ehe er sich in eine liegende Position begibt und mich mit sich zieht. Ich lande halb auf ihm und ein Schauer jagt mir über die Wirbelsäule, als er mit den Fingerspitzen über meinen Rücken streichelt. Mit ihm einfach bloß so dazuliegen, fühlt sich großartig an.

Kapitel 29

Riley

Leicht nervös steige ich aus dem Taxi und strecke Aria dann die Hand entgegen.

Zwar hatte ihre Mom angeboten, uns vom Flughafen abzuholen, aber wir haben gemeinsam entschieden, ihr diese Fahrt zu ersparen.

Beeindruckt betrachte ich das zweistöckige und modern wirkende Haus in einem der gehobeneren Stadtteile Vancouvers, in dem meine Süße aufgewachsen ist. Die vergangenen Wochen habe ich die Unterschiede zwischen uns verdrängt, doch nun werden sie mir mit aller Deutlichkeit vor Augen geführt.

Weite Teile meiner Kindheit habe ich in eindeutig ärmlicheren Verhältnissen gelebt und auch jetzt ist die Wohnung, die meine Mutter sich leisten kann, von eher bescheidener Natur. Ihr eigenes Geschäft schreibt zwar schwarze Zahlen, aber allzu große Sprünge kann sie nicht machen.

»Bist du bereit?«, dringt Arias Stimme in meine Gedanken und einen Moment lang verspanne ich.

Normalerweise ist es mir egal, was die Eltern einer Frau von mir halten. Um ehrlich zu sein, meist habe ich sie nicht einmal kennengelernt.

Bei ihr jedoch ist es mir wichtig, weil … weil *sie* mir wichtig ist … und ich mir wünsche, dass das mit uns was Ernstes wird. Im Grunde genommen ist es das für mich bereits und ich glaube, Aria geht es ganz ähnlich.

»Wie lange wollt ihr denn noch vor der Gartenpforte herumstehen?«, ertönt eine Frauenstimme und als ich in Richtung der Frontveranda sehe, entdecke ich eine Frau mittleren Alters, der Aria wie aus dem Gesicht geschnitten ist.

»Mom!«, ruft meine Freundin, öffnet das Tor und stürzt auf ihre Mutter zu, die ihrerseits die Treppen hinunter hastet.

Sie umarmen sich stürmisch, danach lehnt ihre Mom sich ein wenig zurück und betrachtet ihre Tochter. »Du siehst gut aus … so viel besser als bei deinem Umzug.« Mit einem Lächeln fokussiert sie sich auf mich und kommt mir entgegen. »Ich vermute mal ganz stark, dass du daran einen nicht unwesentlichen Anteil trägst, hm?« Arias Mutter reicht mir die Hand, die ich ergreife, nachdem ich unsere Taschen abgestellt habe. »Ich bin Margo.«

»Riley«, stelle ich mich ihr vor. »Es freut mich, dich … Sie … kennenzulernen.«

»Dich. Du bist der Freund meiner Tochter, natürlich duzen wir uns.« Ihre Herzlichkeit nimmt mir ein gutes Stück meiner Nervosität. Während des Fluges hierher habe ich mir Sorgen gemacht, wie sie auf mein nun einmal zunächst bedrohlich wirkendes Äußeres reagiert, doch das war offensichtlich unbegründet.

»Hey Dad«, begrüßt Aria den hochgewachsenen Mann, der in diesem Moment zu uns tritt. Steif reicht er ihr die Hand und Schmerz huscht über ihre Miene, bevor sie sie ergreift und schüttelt. »Alles Liebe zum Geburtstag«, setzt sie hinterher und ich sehe ihr an, wie gern sie ihn umarmen würde. »Ähm, das ist Riley.« Sie streckt den Arm aus und ich beeile mich, an ihre Seite zu treten. »Riley, das ist mein Vater.«

Mit leichter Skepsis im Gesicht gibt er mir ebenfalls die Hand. »Mein Name ist Walt.« Sein reservierter Tonfall verrät mir, was ich auch so schon weiß. Ihn zu knacken und für mich einzunehmen wird nicht ganz so einfach wie bei Arias Mom.

»Freut mich, Walt. Herzlichen Glückwunsch und vielen Dank für die Einladung.« Weil ich ahne, dass er sich selbst im Weg steht, was den Umgang mit seiner Tochter angeht, bemühe ich mich, freundlich zu ihm zu sein. Es ist offensichtlich, dass die beiden dringend miteinander reden müssen und er soll sich nicht auf mich fokussieren.

»Machen wir, dass wir hineinkommen. Da das Wetter so angenehm mild ist, haben wir uns überlegt, später den Grill anzuwerfen«, verkündet Margo.

»Das klingt super, Mom.« Aria sucht über ihre Schulter meinen Blick und ich lächele ihr beruhigend zu.

»Ich habe euch das Gästezimmer fertiggemacht und hoffe, dass das okay ist. Arias altes Zimmer hat nur ein schmales Bett, da hättet ihr euch ziemlich zusammenquetschen müssen, das andere hat immerhin Queensize.« Wir nicken beide rasch, als sie uns fragend ansieht. »In Ordnung, dann zeig Riley doch am besten erstmal, wo er euer Gepäck lassen kann. Nehmt euch so viel Zeit, wie ihr braucht, um euch frischzumachen,

Dad und ich kümmern uns inzwischen schon einmal um das Grillfleisch und die Salate.«

Margo scheucht Walt in Richtung Küche, während wir die Stufen nach oben nehmen und dort den Flur entlang bis zur letzten Tür auf der linken Seite gehen.

Kaum, dass wir den Raum betreten haben, stelle ich unsere Taschen ab und schließe Aria in die Arme. »Deine Eltern sind wirklich nett«, raune ich, als ich spüre, wie angespannt sie ist.

»Danke«, schnieft sie und ich drücke sie noch fester an mich. »Tut mir leid, ich weiß eigentlich gar nicht, warum ich jetzt weine.« Sie sieht zu mir auf und zwingt sich zu einem Lächeln, das jedoch reichlich schief gerät.

»Das hier ist nicht ohne, du bist das erste Mal seit Monaten wieder in Vancouver, die verfahrene Situation mit deinem Dad, die Erinnerungen, die dich darüber hinaus vermutlich überkommen …« Sanft wiege ich sie hin und her. »Sei nicht so streng mit dir.«

Aria lacht leise. »In einem anderen Zusammenhang hat Dawn mir das ebenfalls schonmal gesagt.« Sie schlingt die Arme um meine Hüften. »Ich bin froh, dass du bei mir bist. Durch dich ist es einfacher, hier zu sein.«

Einen Moment lang halte ich sie noch fest an mich gedrückt, dann gebe ich sie frei. »Wir sollten uns frischmachen und wieder hinuntergehen.«

Aria nickt, holt ihre Kulturtasche aus ihrer Reisetasche und geht hinüber in das an das Gästezimmer grenzende Bad, während ich mich auf das Bett fallen lasse. Nachdenklich hole ich mein Smartphone hervor und antworte meiner Mom auf ihre Nachfrage, ob wir gut angekommen seien. Erst jetzt wird mir so richtig bewusst, dass ich mich in der gleichen Stadt wie die Peiniger meiner Freundin befinde und für ein paar Sekunden überwältigt mich die in mir hochkochende Wut auf diese Schweine.

Unwillkürlich erinnere ich mich an ein Gespräch mit Ian vor einigen Monaten.

Darüber, dass ich seinen Wunsch nach Rache irgendwann verstehen würde.

Bis heute gab es da diesen Teil in mir, der das nicht nachvollziehen konnte.

Doch wenn ich die Zeit mit Aria Revue passieren lasse und darüber nachdenke, wie viel Floyd und die anderen beiden ihr genommen haben … dann kapiere ich es.

Dass sie mit dem, was sie getan haben, davongekommen sind, bringt mich innerlich zum Kochen.

Es weckt in mir das tiefe Verlangen, sie dafür büßen zu lassen und es wird beinahe sekündlich stärker.

Kapitel 30

Aria

Mit jeder Stunde im Hause meiner Eltern hat die Traurigkeit über den unterkühlten Umgang meines Vaters mit mir zugenommen. Oberflächlich gesehen haben wir vier uns gut unterhalten, sowohl Mom als auch Dad haben sich redlich Mühe gegeben, Riley besser kennenzulernen und ihm das Gefühl zu geben, Willkommen zu sein. Doch schaut man genauer hin, bemerkt man, wie verkrampft mein Vater ist und dass er es vermeidet, das Wort direkt an mich zu richten. Er pflichtet meiner Mutter bei, wann auch immer sie etwas Positives über mein Studium, meinen Ehrgeiz oder meine Noten sagt, aber ansonsten ist es, als würden er und ich uns auf völlig unterschiedlichen Umlaufbahnen bewegen.

Irgendwann habe ich das Gefühl, diese Scharade nicht länger ertragen zu können, und so springe ich erleichtert auf, um zu helfen, als meine Mom damit beginnt, das Geschirr abzuräumen und ins Haus zu tragen. In der Küche angekommen stelle ich die Teller mit einem Klirren auf die Arbeitsfläche und stütze mich dann auf ihr ab.

»Alles okay, mein Schatz?«, fragt meine Mutter mich mit einem mitfühlenden Unterton und legt mir dabei die Hand auf die Schulter.

»Nein. Dad … ich ertrage das nicht länger«, presse ich nach kurzem Zögern hervor und drehe mich anschließend zu ihr um.

Erschrocken sieht sie mich an. »Was meinst du? Ich verstehe nicht so recht …«

»Mom, ernsthaft?! Du willst mir doch nicht weismachen, dass dir nicht auffällt, wie er sich in meiner Gegenwart benimmt, oder?«, unterbreche ich sie mit einem vorwurfsvollen Unterton. »Du weißt, wie eng wir früher waren und jetzt … jetzt fühlt es sich an, als wären wir Fremde.«

Sie seufzt und lächelt anschließend mitfühlend. »Deinem Vater macht das traumatische Erlebnis, das du …«

»Ich wurde vergewaltigt, Mom!«, fahre ich sie laut an und registriere, wie sie zusammenzuckt. Der Anflug eines schlechten Gewissens breitet sich in mir aus, weil ich sie so angeblafft habe. »Es tut mir leid, aber du redest von dieser Tatsache immer, als wäre sie irgendetwas … Abstraktes, das mich gar nicht wirklich betrifft«, setze ich ein bisschen versöhnlicher hinterher. »Was Floyd und seine Freunde mir in jener Nacht angetan haben, hat mich traumatisiert, ja. Doch es hilft mir nicht, wenn du dich so aufführst, als dürfte ich die Dinge nicht beim Namen nennen.«

Wie viel sich in mir angestaut hat, merke ich erst jetzt so richtig. Es erschrickt mich selbst ein wenig, wie wütend ich gerade bin, und es tut mir weh, dass sich diese Wut gegen die beiden Menschen richtet, die mir sonst so nah stehen.

»Manchmal habe ich das Gefühl, dir wäre es am liebsten, wir würden diese ganze Sache totschweigen.

Und Dad … in seiner Gegenwart fühle ich mich ständig schuldig, weil mir das passiert ist.«

Von der Küchentür her ertönt ein entsetztes Luftschnappen und als ich herumfahre, entdecke ich meinen Vater und schräg hinter ihm Riley. Dad ist weiß wie eine Wand, während die Miene meines Freundes in erster Linie Besorgnis überzieht. Ein dicker Kloß bildet sich in meiner Kehle und ein Teil von mir wünscht sich, ich hätte einfach die Klappe gehalten – oder noch besser, ich wäre in Toronto geblieben.

»Es tut mir leid, ich hätte nichts sagen sollen … ich wollte dir deinen Geburtstag nicht verderben«, wispere ich an meinen Dad gerichtet.

Für einen kurzen Moment wird es totenstill in der Küche.

»Was hältst du davon, wenn wir das Geschirr deiner Mom und Riley überlassen, während wir uns in mein Arbeitszimmer zurückziehen und reden?«, schlägt mein Vater dann zu meiner Überraschung vor.

»Ähm, das klingt gut«, antworte ich überrumpelt.

Dad setzt sich in Bewegung und ich folge ihm. Bei Riley angekommen ergreife ich kurz seine Hand und drücke sie, damit er sich keine unnötigen Sorgen macht.

Im Arbeitszimmer angelangt nehme ich wie früher auch auf der gemütlichen Couch Platz. Entgegen meinen Erwartungen wählt er nicht wie sonst den Sessel ihr gegenüber, sondern kommt zu mir auf das Sofa.

Vor der Vergewaltigung haben wir unzählige Stunden hier verbracht und über alles Mögliche geredet. Dieser Raum gehört mit zu meinen liebsten im gesamten Haus meiner Eltern, einfach, weil ich mich Dad hier stets so nahe gefühlt habe.

»Das Letzte, was ich wollte, war, dir das Gefühl zu geben, schuld an dem zu sein, was dir passiert ist.« Seine Stimme ist belegt und seine Hautfarbe immer noch reichlich blass. »Aria, ich … ich fühle mich so hilflos und weiß nicht, wie ich mich dir gegenüber verhalten soll. Ich habe dich nicht beschützen können, als es darauf angekommen wäre.«

Fassungslos starre ich ihn an. »Dad, das ist total verdreht … also nicht, dass ich nicht verstehe, wie du zu diesen Gedankengängen kommst, aber … nein. Niemand hätte voraussehen können, was in dieser Nacht passiert. Mom nicht, du nicht, ich nicht … und was hättest du denn machen wollen? Mich als Anstandswauwau auf das Date und die Verbindungsparty begleiten?« Ich rücke ein wenig zu ihm auf und lächele ihn vorsichtig an, als er zu mir sieht.

»Das vielleicht nicht, doch du bist mein kleines Mädchen und ich hätte verdammt nochmal etwas tun sollen … aber nicht mal hinterher konnte ich dir eine Hilfe sein, ich …« Seine Stimme bricht und der Schmerz, der über sein Gesicht huscht, raubt mir für einen Moment den Atem.

»Deswegen wolltest du damals unbedingt, dass ich zur Polizei gehe?«, hake ich unsicher nach und er nickt. »Seinerzeit hatte ich das Gefühl, du nimmst mir übel, dass ich dagegen war. Für mich war nur noch wichtig, dass dieser Albtraum ein Ende findet und ich den Horror jener Nacht nicht immer wieder erzählen muss. Und Dad, wir beide wissen, wie gering die Chancen gewesen wären. Du kannst mir nicht weismachen, dass du wirklich geglaubt hast, wir würden dort ein anderes Ergebnis erreichen. Mich hätte es endgültig gebrochen, hätte ich mich dem aussetzen müssen.«

»Das verstehe ich … und letztlich liegst du vermutlich richtig, aber ich wollte alles tun, um doch noch so etwas wie Gerechtigkeit für dich zu erlangen. Dass die drei mit dieser lächerlichen Farce eines Disziplinarverfahrens durchgekommen sind … sie sollten in der Hölle schmoren für das, was sie dir angetan haben.« Geräuschvoll atmet er durch. »Aria, ich … ich habe einfach nicht mehr gewusst, wie ich mit dir umgehen soll. Ob ich dich überhaupt noch in den Arm nehmen darf, oder ob du das nicht erträgst … weil ich eben nicht nur dein Dad, sondern ebenfalls ein Mann bin. Vielleicht hätte ich dir exakt das sagen sollen, aber ich wollte dich nicht damit belasten.« Er knetet seine Hände, bis ich meine Finger auf seine lege und noch dichter an ihn heranrücke.

»Du bist mein Dad und ich hätte mir so gewünscht, dass du mich in die Arme nimmst«, flüstere ich mit zittriger Stimme. Als er zu mir sieht, glänzen seine Augen verdächtig. »Und bitte hör auf, dir Vorwürfe zu machen, weil du mich nicht beschützen konntest … du hast mich so oft beschützt und bist der beste Vater, den ich mir hätte wünschen können.«

Er räuspert sich sichtlich gerührt, hebt einen Arm und legt die Hand vorsichtig an meine Wange. »Meine Kleine, ich hab dich lieb.«

»Ich hab dich ebenfalls lieb, Dad.« Sekunden später liegen wir uns in den Armen und er drückt mich fest an sich, so wie früher. Seine Schultern beben und mir wird klar, dass er weint. Wir spenden uns gegenseitig Trost und ich denke, auch das hilft uns, uns einander wieder anzunähern. »Wie findest du Riley?«, frage ich irgendwann, als wir uns ein wenig beruhigt haben, weil mir sein Urteil wichtig ist.

Dad lacht auf, löst sich von mir und wischt sich energisch über das Gesicht. »Im ersten Moment war ich schon ein bisschen erschrocken, er ist ja ein ganz ordentlicher Berg von einem Mann … aber er ist gut zu dir und macht dich glücklich, oder?«

Ich nicke mit einem Lächeln. »Das tut er … er hilft mir, mich selbst wiederzufinden, allein dafür liebe ich ihn.«

Er schmunzelt. »Es erleichtert mich, das zu hören. Als du gesagt hast, du willst fort aus Vancouver und in Toronto weiter studieren, hatte ich Sorge, dass du dich dort völlig einigelst.«

»Das hätte Dawn nicht zugelassen«, widerspreche ich ihm und er stimmt mir mit einem Brummlaut zu. Danach erzähle ich ihm noch ein wenig von Riley und davon, wie wir uns zunächst eigentlich gar nicht leiden konnten.

»Im Grunde waren die Würfel schon gefallen, als ihr euch das erste Mal begegnet seid«, meint mein Vater und ich bejahe nach kurzem Nachdenken.

»Wollen wir Mom und ihn erlösen? Die beiden sterben in der Küche gerade wahrscheinlich tausend Tode.« Er nickt und so erheben wir uns.

Auf dem Weg zu meiner Mutter und meinem Freund legt er mir einen Arm um die Schulter und drückt mich an sich. Ich bin so froh, dass wir miteinander gesprochen und damit den ersten Schritt zurück zu unserem früheren Verhältnis gemacht haben. Es fühlt sich an, als sei ich endlich über den Berg und könne nach vorn schauen.

Kapitel 31

Riley

Seit wir in Vancouver waren, bin ich förmlich besessen von dem Gedanken, Floyd und diesen anderen beiden Pennern einen Besuch abzustatten und mit ihnen abzurechnen. Ich möchte ihnen klarmachen, was passiert, sollten sie auch nur noch ein einziges Mal einem Mädchen etwas Derartiges antun. Am liebsten hätte ich diese Aktion noch während unseres Aufenthalts bei Arias Eltern in die Tat umgesetzt, doch das wäre ein unüberlegter Schnellschuss gewesen. Als Jugendlicher habe ich mich mit meiner kopflosen Heißspornigkeit oft genug in Schwierigkeiten gebracht. Diese Sache muss ich sorgfältig planen und vorbereiten.

Außerdem stehen jetzt erst einmal ohnehin andere Dinge auf dem Programm.

Heute Abend trifft Aria meine Mom und morgen steht ein weiterer, bedeutsamer Fight an, der meine gesamte Aufmerksamkeit fordert. Das Preisgeld ist enorm und würde mich meinem Zukunftstraum erneut ein großes Stück näher bringen.

Für meine Rache an Floyd und seinen Verbindungsbrüdern wird der richtige Zeitpunkt kommen, mit meiner Ungeduld schieße ich mir möglicherweise sonst nur selbst ins Knie.

»Ich habe nichts anzuziehen«, jammert meine Freundin und holt mich so in das Hier und Jetzt zurück.

»Dein Wandschrank ist voll mit Klamotten«, widerspreche ich amüsiert.

»Aber da ist nichts Mom-Taugliches«, kontert sie und dreht sich mit einem tadelnden Ausdruck in den Augen zu mir um.

Sie trägt nichts außer hellgrauer Spitzenwäsche und fuck, ich muss mich zusammenreißen, um sie nicht zu einem Quickie zu verführen. Allerdings habe ich so gestresst, wie Aria gerade wirkt, ohnehin keine Chance. Darüber hinaus bestimmt sie nach wie vor die Regeln. Nicht, dass ich nicht auf meine Kosten komme, ganz im Gegenteil, bloß die Kontrolle gibt sie ungern aus der Hand. Am liebsten macht sie es in Positionen, in denen sie die Oberhand hat … was an sich ziemlich heiß ist, aber dennoch, ich kann nicht leugnen, dass ich mir wünsche, sie würde mir vollends vertrauen.

Doch ich weiß, dass sie das Warten in dieser Hinsicht ebenfalls wert sein wird.

Irgendwann wird sie auch die letzten Überreste ihrer Angst ablegen, davon bin ich überzeugt.

Es sei denn, sie nimmt dir deine Lüge übel, ertönt die ätzende, besserwisserische Stimme in meinem Kopf, die mich seit Wochen begleitet. *Vielleicht bist du sie dann ein für alle Mal los.* Verdammt, ich muss endlich mit ihr reden und ihr die ganze Wahrheit sagen. Die Furcht davor, wie sie darauf reagieren wird, lähmt mich jedoch jedes Mal wieder, wenn sich eine Gelegenheit bietet, mit ihr zu sprechen. Mom kann mir noch so oft zusichern, dass auch ich das Recht habe, mir die Zeit zu nehmen, die ich brauche. Trotzdem befürchte ich, dass ich möglicherweise zu lang gewartet habe.

Hätte ich es ihr erzählen müssen, bevor wir das erste Mal miteinander geschlafen haben? Als es ernster zwischen uns wurde?

Aber hätte sie mich dann überhaupt in ihr Leben gelassen?

Die Wahrscheinlichkeit, dass sie mich davongejagt und nie wieder mit mir gesprochen hätte, halte ich für deutlich größer.

Shit, ich werde noch wahnsinnig.

»Riley?« Aria schnippst mit den Fingern vor meinem Gesicht und ich zucke zusammen. »Wo warst du mit deinen Gedanken, hm?« Sie setzt sich auf meinen Schoß, nach wie vor bloß in dieser verteufelten Unterwäsche. »Machst du dir Sorgen wegen des Kampfs morgen?« Prüfend mustert sie mich, bis ich nicke, dankbar dafür, dass sie mir so einen leichten Ausweg bietet. »Du bist, soweit ich das beurteilen kann, in Höchstform.« Ihre Arme um meinen Hals legend drückt sie ihren Mund auf meinen und verwickelt mich in einen zunächst zärtlichen und dann zunehmend leidenschaftlicher werdenden Kuss.

»Du solltest dir langsam etwas anziehen, wenn wir rechtzeitig bei meiner Mom sein wollen«, gebe ich den Stimmungskiller, obwohl ich sie vorhin eigentlich noch verführen wollte.

Aria zieht einen Schmollmund, erhebt sich aber von meinen Oberschenkeln und geht erneut in ihrem Schrank wühlen. »Was hältst du davon?« Sie streckt mir ein auberginefarbenes V-Shirt entgegen. »Dazu eine Jeans und Stiefel?«

»Für mich siehst du in allem gut aus.«

»… sagte er und gab damit die klischeehafteste Antwort überhaupt«, neckt sie mich mit einem Kichern, ehe sie sich anzieht. »Ich hoffe, deine Mom wird mich mögen.«

»Aria, ich liebe dich, also wird sie dich lieben«, gebe ich mit einem Schulterzucken zurück.

»So einfach ist das nicht.«

»O doch, ist es.« Ich stehe auf und Bear, der es sich auf dem Fußboden vor Arias Bett bequem gemacht hat, hebt den Kopf. »Meine Mutter ist da total unkompliziert.«

»Das zu glauben, fällt mir irgendwie schwer, immerhin wolltest du mich damals zunächst nicht mit ihr zusammenbringen, weil sie seit Jahren darauf wartet, dass du eine potentielle Schwiegertochter anschleppst. So etwas in der Art hast du gesagt.« Sie stemmt die Hände in die Hüften, nachdem sie sich das Shirt übergezogen hat. »Übereifrig hast du sie genannt.«

Da ich weiß, wann ich mich geschlagen geben muss, nicke ich. »Sie wird dich schon nicht gleich mit einem Stapel Hochzeitsmagazine überfallen, aber ja, es könnte sein, dass sie dich fragt, wie ernst es dir mit mir ist. Ich entschuldige mich bereits jetzt dafür.«

Aria steigt in ihre Jeans, zerrt sie über ihre Oberschenkel und schließt Knopf und Reißverschluss, ehe sie zu mir kommt. »Auf die Frage habe ich eine ganz einfache Antwort.« Sie streckt sich, legt die Hände auf meine Schultern und gibt mir einen unschuldigen Kuss. »Mir ist es verdammt ernst mit Ihrem Sohn, Ms. Kane.«

Als ich sie kurzentschlossen auf meine Hüften hebe und gegen die nächstbeste Wand drücke, bekommt sie einen verlangenden Ausdruck. Dass sie bei dieser Art von Körperkontakt nicht mehr in Panik ausbricht oder sich unwohl fühlt, bedeutet mir so viel.

»Perfekte Antwort«, raune ich, bevor ich ihre Lippen mit meinen verschließe. Ich bin nicht in der Lage, den Kuss so unschuldig zu halten, wie ich es eigentlich vorhatte.

Binnen Sekundenbruchteilen tanzen unsere Zungen miteinander, liefern sich ein sinnlich-erotisches Duell, bei dem ich einen Ständer bekomme. Die Vorstellung, Aria gegen diese Wand zu ficken, ist so heiß, dass ich ein Stöhnen nicht unterdrücken kann.

Atemlos löse ich meinen Mund irgendwann von ihrem und lehne die Stirn an ihre. »Wir müssen allmählich los.« Aria seufzt frustriert, was mich zum Grinsen bringt. »Später darfst du mich nach allen Regeln der Kunst vernaschen.«

Auflachend lässt sie sich von meinen Hüften rutschen. »Ich nehme dich beim Wort.« Sie huscht in den Flur, zieht dort ihre Stiefel an, schnappt sich ihre

Jacke und ihre Handtasche. Ich folge ihr und auch Bear erhebt sich, um uns hinterherzukommen.

Gemeinsam verlassen wir ihre Wohnung und machen uns auf den Weg zu meiner Mom.

Kapitel 32

Aria

Riley hat nicht gelogen, mit seiner Mom war es wirklich total einfach.

Sie hat mich herzlich empfangen und das Eis zwischen uns war binnen weniger Minuten gebrochen. Zu dritt haben wir gekocht, dabei viel gelacht und über alles Mögliche geredet, um uns besser kennenzulernen. Seine Mutter ist warmherzig und ich erkenne in jeder Geste, in jedem Wort, wie nah sie sich sind.

Die zwei sind eine Einheit, das merkt man sofort, wenn man sie zusammen erlebt.

Es fällt mir schwer, mir vorzustellen, dass es zwischen den beiden tatsächlich irgendwann einmal andere Zeiten gegeben haben soll.

»Möchtest du noch etwas von dem Nachtisch?«, erkundigt Rita sich und lächelt, als ich ihr mit einem Nicken meine Schüssel hinhalte.

Bear macht sich mit einem Jaulen bemerkbar und Riley erhebt sich. »Seine abendliche Runde ist eigentlich bereits überfällig, ich kann euch doch kurz allein lassen, oder?«

»Natürlich kannst du das, ich werde deine Aria schon nicht ins Kreuzverhör nehmen.« Sie lacht, als ihr Sohn bloß mit einem vielsagenden Ausdruck eine Augenbraue hebt. »Gut, vielleicht frage ich sie nach ihren Zukunftsplänen, das kann ich nicht ausschließen, aber nur ganz allgemein.«

»Mom, ich warne dich.« Er wirft ihr einen letzten, bestimmenden Blick zu, ehe er zusammen mit seinem Hund die Wohnung verlässt.

»Ich weiß gar nicht, was er hat. *So* schlimm bin ich nun auch nicht«, verteidigt sie sich und reicht mir die Schale mit der Schokoladen-Vanille-Mousse zurück. »Wie läuft es denn mit euren Selbstverteidigungsstunden? Riley hat erzählt, dass ihr euch so im Grunde überhaupt näher kennengelernt habt?«

Nachdenklich überlege ich einen Augenblick und beschließe letztlich, sie direkt zu fragen. »Hat er dir gegenüber erwähnt, was mir zugestoßen ist?«

»Alles, was er mir verraten hat, ist, dass du überfallen und ausgeraubt worden bist, er aber vermutet, da würde mehr hinter stecken.«

Für einen Moment bin ich überrascht, dass er ihr scheinbar nicht gesagt hat, was er mittlerweile weiß. Doch dann wird mir klar, dass Riley mein Vertrauen niemals missbrauchen würde, nicht einmal gegenüber seiner Mom. Ich entscheide, ihr die ganze Wahrheit zu sagen, und erzähle ihr eine Kurzfassung meiner Geschichte. Keine Ahnung, wieso ich ihr gleich bei unserem ersten Aufeinandertreffen einen derartigen Vertrauensvorschuss entgegenbringe, aber es fühlt sich richtig an.

Sie nickt mitfühlend. »Bei mir ist es schon eine geraume Weile her … mir ist etwas Ähnliches zugestoßen.« Meine Augen weiten sich und ich keuche erschrocken, da ich damit nicht gerechnet habe, doch vielleicht habe ich unterbewusst etwas gespürt, da ich mich ihr anvertraut habe. »Es ist immer wieder schockierend, wie vielen Frauen es passiert, selbst für mich, obwohl ich quasi direkt an der Front arbeite.«

»Wie meinst du das?«, hake ich leicht verwirrt nach und sie erklärt mir, dass sie eine Selbsthilfegruppe für Vergewaltigungs- und Missbrauchsopfer leitet. Dass Riley das ebenfalls bislang mit keinem Wort erwähnt hat, wundert mich im ersten Moment. Aber wahrscheinlich wollte er umgekehrt die Privatsphäre seiner Mom nicht verletzen, was er mit diesem Hinweis getan hätte. »Wird es einfacher?«, stelle ich schließlich die Frage, die mir am meisten unter den Nägeln brennt.

»Lass es mich so sagen, es wird immer gute und schlechte Tage geben. Irgendwann überwiegen auf jeden Fall die guten. Zuerst habe ich alles verdrängt und versucht, so weiterzumachen wie vor der Vergewaltigung. Doch das funktioniert nur eine bedingte Zeit, bis es einen wieder einholt und verschlingt. In dieser Phase habe ich gedacht, es würde nie besser werden. Ich hatte ständig Albträume, Panikanfälle und habe alles vermieden, was mich in irgendeiner Form in Gefahr hätte bringen können«, antwortet Rileys Mom. »Wie ist es bei dir, wenn ich dich das fragen darf?«

Nachdenklich knete ich meine Finger. »Zuerst war es beinahe genauso wie bei dir. Deswegen habe ich mich dazu entschlossen, mein Studium in Toronto fortzusetzen und nicht länger in Vancouver zu bleiben. Als ich hier angekommen bin, war mein fester Vorsatz, alles hinter mir zu lassen und neu anzufangen. Du würdest es vermutlich als Phase der Verdrängung bezeichnen und ich denke inzwischen, genau darin habe ich auch gesteckt, als ich aus Vancouver geflohen bin. Ich wollte nur noch vergessen …« Tief durchatmend erinnere ich mich an die ersten Wochen hier zurück, die mir manchmal schon so weit weg vorkommen. »Riley hat mir zuerst eine Heidenangst eingejagt … aber da waren immer auch andere Emotionen … dein Sohn hat mir so viel gegeben und mir unglaublich geholfen. Was er mir in Sachen Selbstverteidigung gezeigt hat beziehungsweise zeigt, stärkt mein Sicherheitsgefühl, mein Selbstbewusstsein. Ganz zu schweigen von dem, was er privat als Mensch … als Mann für mich getan hat. Durch ihn habe ich wieder zu mir selbst gefunden und nicht länger permanent Angst. Albträume hatte ich schon ein paar Wochen keine mehr und auch die Panikanfälle sind deutlich weniger geworden.«

Rita lächelt mitfühlend. »Das klingt, als hättest du einen guten Schritt Richtung Verarbeitung gemacht und als wäre es für dich bereits etwas einfacher«, kommt sie auf meine eingangs gestellte Frage zurück.

»An sich ja, doch trotzdem ist die Vergewaltigung immer da … ein Teil von mir … weißt du, was ich meine?«

Rita nickt. »Ich kenne eigentlich keine Frau, die so etwas erlebt und die das nicht in irgendeiner Form verändert hat.« Sie legt eine Hand auf meine. »Das Ohnmachtsgefühl ist manchmal erdrückend, gar keine Frage, aber letztlich entscheiden wir, wie viel Macht wir dieser Tat über unser Leben geben wollen. Auch da, glaube ich, bist du auf dem für dich richtigen Weg. Es gibt nicht *den einen*, um damit umzugehen, jede von uns hat ihr eigenes Tempo und muss herausfinden, was für sie funktioniert. Ich kann dich gern einmal zu einem unserer nächsten Treffen mitnehmen. Vielleicht würde es dir guttun, dich mit Frauen auszutauschen, denen das Gleiche passiert ist.« Bisher habe ich mich dagegen gesträubt und auch jetzt kann ich nichts gegen das in mir aufsteigende, ablehnende Gefühl tun. »Wann immer du soweit bist«, ergänzt sie mit einem verständnisvollen Gesichtsausdruck.

»Eigentlich geht es mir derzeit ganz gut.« Ich habe den Eindruck, mein Leben wieder im Griff zu haben und möchte keine schlafenden Hunde wecken.

»Das glaube ich dir sogar … meiner Erfahrung nach ist es bei vielen Frauen so, dass sie nach der ersten Tiefphase und der darauffolgenden, beginnenden Verarbeitung anfangen, sich ihr Leben zurückzuerobern. Sie wiegen sich in diesem Zeitraum oft in der vermeintlichen Sicherheit, alles überstanden zu haben, nur, um schließlich doch erneut von ihrem Trauma eingeholt zu werden.« Rita erhebt sich, verschwindet kurz im Flur und kommt dann mit einer Visitenkarte wieder, die sie mir in die Hand drückt. »Unter dieser Telefonnummer erreichst du mich jederzeit, Tag und Nacht, egal, ob Wochenende oder nicht. Solltest du irgendwann jemanden brauchen und Riley vielleicht nicht zur Stelle sein können, ruf mich ruhig an.«

Mit einem dankbaren Lächeln nehme ich ihr die Karte ab und stecke sie in mein Portemonnaie. »Das mache ich.«

Danach wechseln wir das Thema und reden über mein Studium sowie ihr Geschäft, dass sie sich quasi aus dem Nichts heraus aufgebaut hat. Im Übrigen erzählt sie mir ein paar Anekdoten aus Rileys Jugend, über die ich herzlich lachen muss. Mein Freund scheint ihre Nerven als Teenager manchmal ganz schön strapaziert zu haben, doch die tiefe Mutterliebe, die sie für ihn empfindet, spüre ich in jedem Wort.

»Er hat es als Kind und Teenie in unserem alten Viertel ziemlich schwergehabt, deswegen habe ich ihm vermutlich mehr durchgehen lassen, als gut für ihn war. Aber ich bin so stolz auf ihn, weil er sich davon befreit und etwas aus seinem Leben gemacht hat … obwohl ich mir manchmal wünschte, er würde seinen Uni-Abschluss besser nutzen. Hat er dir erzählt, dass er einer der Besten seines Jahrgangs war?«

Ich schüttele mit dem Kopf, verstehe allerdings noch mehr als ohnehin schon, wieso er sich damals so angegriffen gefühlt hat, als ich wegen seines BWL-Studiums so reagiert habe. »Es ist gut, dass er das in der Hinterhand hat und ich denke, sein Wissen kommt ihm bei der Führung des Boxstudios später durchaus zugute. Riley geht seinen Weg und du bist zu Recht stolz auf ihn.« Da ich keine Ahnung habe, ob sie von den illegalen Käfigkämpfen weiß, mit denen er seinen Traum zumindest zu einem guten Teil finanzieren wird, sage ich davon nichts.

Nachdem ich auch die zweite Portion des Nachtisches aufgegessen habe, helfe ich Rita dabei, das Geschirr in die Spülmaschine zu räumen. Während wir noch damit beschäftigt sind, kehrt Riley mit Bear zurück. Er mustert mich fragend und wirkt beruhigt, als ich mit einem leichten Lächeln nicke.

Seine Mom quittiert unseren kleinen nonverbalen Austausch mit einem Lachen und einem Kopfschütteln. »Was hast du gedacht? Dass ich deine Freundin zerfleische, kaum, dass ich mit ihr allein bin?«

»Nein, ich hatte vielmehr die Befürchtung, dass du sie verhörst, wie ernst ihre Absichten sind, ob beziehungsweise wann sie mich heiraten möchte und wie viele Kinder sie später haben will«, kontert er augenzwinkernd und kassiert dafür einen wohlplatzierten Hieb auf seinen Oberarm mit dem Geschirrhandtuch.

»Du übertreibst mal wieder völlig, als ob ich Aria so etwas beim ersten Kennenlernen fragen würde!«

Riley schnappt lachend nach Luft und weicht ihrem nächsten Handtuchschlag aus. »Ach so, schon klar, beim zweiten oder dritten ist das dann aber okay, oder was willst du mir damit sagen?!«, neckt er seine Mom, die ihn daraufhin mit dem Handtuch in der Hand quasi aus der Küche scheucht.

Kichernd beobachte ich die beiden, Bear hingegen legt sich unter den Küchentisch und interessiert sich überhaupt nicht dafür.

»Du gehst auf die dreißig zu, mein Sohn, andere haben in deinem Alter schon längst Familie und ihre Mütter mit mindestens einem Enkelkind versorgt«, schimpft sie, doch ihre Mimik verrät mir, dass sie das nicht ganz ernst meint. »Aber ich will mich nicht beklagen, immerhin ist Aria das erste Mädchen seit einer Ewigkeit, das du mir vorstellst.«

Mein Herz setzt einen Schlag lang aus, um anschließend an Geschwindigkeit zuzulegen. Zwar hat Riley mir gegenüber erwähnt, dass seine Mom ihm deswegen in den Ohren läge, dennoch habe ich nicht gecheckt, dass er offenbar seit Jahren niemanden mit nach Hause gebracht hat.

Die beiden kabbeln sich noch ein paar Augenblicke, ehe wir uns verabschieden und Riley mich heimfährt.

»Deine Mom ist wirklich sehr nett«, breche ich die Stille zwischen uns und er lächelt mir kurz zu, bevor er seinen Wagen in eine Parklücke am Straßenrand lenkt.

»Ich bin froh, dass ihr euch gut verstanden habt und einander zu mögen scheint.« Er legt die Hand an seinen Anschnallgurt und hält dann inne. »Möchtest du überhaupt noch, dass ich mit raufkomme?«

Empört schaue ich ihn an. »Erinnerst du dich etwa nicht mehr an dein Versprechen, dass ich dich nach allen Regeln der Kunst vernaschen darf?!«

»Doch, durchaus, aber ich wollte nicht wirken, als würde ich das voraussetzen oder von dir erwarten.« Riley löst seinen Gurt und grinst verschmitzt. »Das werte ich dann mal als ein Ja.«

Wir steigen aus und er holt Bear aus seiner Box im Fond des Fahrzeugs. Händchenhaltend laufen wir auf das Gebäude zu, in dem sich meine Wohnung befindet.

Oben angekommen ziehe ich die Stiefel aus, hänge meine Jacke an die Garderobe und schicke Riley, der sich ebenfalls von seinen Boots und seiner Lederjacke befreit, schon einmal ins Wohnzimmer. Schnell hole ich uns aus der Küche etwas zu trinken, eine Cola für mich und ein gekühltes Bier für meinen Freund. Als ich den Raum betrete, sitzt er auf der Kante der Couch und sein Hund hat den Kopf auf sein Knie gelegt.

»Ich habe deiner Mom übrigens erzählt, was mir passiert ist. Sie hat mich wegen der Selbstverteidigungsstunden gefragt und es fühlte sich für mich falsch an, sie anzulügen«, erläutere ich ihm, während ich mich zu ihm auf das Sofa setze und ihm die bereits geöffnete Bierflasche reiche.

»Okay«, antwortet er gedehnt und seine Körperhaltung wirkt mit einem Mal so angespannt, dass ich leicht verwundert die Stirn runzele.

»Daraufhin hat sie mir verraten, dass ihr etwas Ähnliches passiert ist.«

Riley atmet tief durch, dazu verstärkt sich seine unentspannte Haltung noch. »Okay«, wiederholt er und macht mich damit allmählich unruhig.

»Passt dir das nicht? Ich dachte, es wäre in Ordnung, wenn ich mit ihr darüber rede … wäre es dir lieber gewesen, ich hätte dich vorher gefragt?«, hake ich vorsichtig nach, weil ich nicht so recht verstehe, womit er gerade ein Problem hat.

»Nein, um Gottes Willen, im Gegenteil. Aria, ich würde dir nie den Mund verbieten, ob nun bei diesem Thema oder einem anderen … du hast mich bloß kalt erwischt. Dass ihr gleich am ersten Abend über eure Gemeinsamkeit sprecht, habe ich nicht erwartet.« Er stellt die Bierflasche auf den Tisch und greift nach meiner Hand.

Ein wenig erschrocken darüber, wie kühl seine sonst so warmen Finger sind, zucke ich im ersten Augenblick zurück. Ehe er das missverstehen kann und glaubt, mir wäre seine Berührung unangenehm, lasse ich meine Finger zwischen seine gleiten.

»Hat sie dir gesagt, wann genau sie vergewaltigt worden ist?« Der monotone Klang seiner Worte lässt mich erschauern.

»Nein, nur, dass es vor einer geraumen Weile war … aber, das ist doch egal.« Ich hebe die Schultern, als er mich ansieht. »Mir ist bewusst, dass es für die Folgen einer solchen Tat keine Verjährungsfrist gibt und manche Opfer noch nach Jahren darunter leiden.«

»Oder Jahrzehnten«, murmelt Riley mit eindringlicher Miene.

»Sicher«, erwidere ich ein wenig ratlos, da meine letzte Intention ist, hier irgendwelche Regeln aufzustellen, wie lang man mit den Auswirkungen eines derartigen Übergriffs kämpfen darf.

»Aria, ich überlege seit Wochen, wie ich dir das sage, aber … Scheiße, ich …« Seine Stimme bricht und er will seine Hand aus meiner ziehen.

»Riley, was ist denn los? Langsam machst du mir Angst …« Als er mich erneut anschaut, ist da ein unglaublich trauriger Ausdruck in seinem Blick.

»Erinnerst du dich noch, wie ich dir erzählt habe, dass mein Vater keine Rolle in meinem Leben spielt und es noch nie getan hat?« Ich nicke zögerlich, gleichzeitig klopft im hintersten Winkel meines Verstandes etwas an. Doch jedes Mal, wenn ich kurz davor bin, es zu erhaschen, entwischt es mir wieder.

Bear winselt und lenkt unsere Aufmerksamkeit so für einen Moment auf ihn. Der Rüde jault, als Riley ihm über den Kopf streicht und einen beruhigenden Laut von sich gibt.

»Die Bezeichnung Vater hat er nicht verdient … aber nicht aus den Gründen, die du jetzt vielleicht vermutest. Mir geht es dabei nicht darum, dass er sich nicht um mich gekümmert hat oder ich ihm da irgendetwas nachtrage. Im Gegenteil, hätte er versucht, einen Platz in meinem Leben zu haben, wäre ich ausgeflippt …«

In meinem Kopf dröhnt es, da die Vorahnung, die ich vorhin kaum fassen konnte, nun stärker wird. Ganz automatisch drücke ich Rileys Hand ein wenig fester. In mir herrscht ein Durcheinander, das meinen Puls in schwindelerregende Höhen treibt. Was er da andeutet, legt eine eiserne Faust um meinen Magen und ich habe das Gefühl, immer tiefer zu fallen.

»Wie lang ist die geraume Weile her, von der deine Mom gesprochen hat?«, flüstere ich, als er keine Anstalten macht, weiterzusprechen. »Riley?«

Seine Kiefermuskeln zucken und er weicht meinem Blick aus. Er sieht stur geradeaus und streichelt geistesabwesend über Bears Kopf. Dann schließt er kurz die Lider, und als er sie wieder öffnet, schaut er zu mir. Das Grauen in seinem Ausdruck verrät mir, was er mir sagen wird, noch bevor er spricht.

»Ich bin das Ergebnis dieser … mein *Erzeuger* hat … er hat meine Mom vergewaltigt. Und ich bin daraus entstanden.«

Kapitel 33

Riley

Aria starrt mich mit weitaufgerissenen Augen an, Entsetzen huscht über ihre Miene, gleichzeitig greift sie sich mit der freien Hand an die Kehle. »O Gott, Riley!«

Nur drei Worte, doch plötzlich habe ich das Gefühl, dass diese Offenbarung zwischen uns steht und ein furchtbarer Fehler war.

Aber ihr noch länger vorzuenthalten, *was* ich bin, kam nicht infrage.

Dennoch … wie soll das mit uns weiter funktionieren?

Was für eine Basis haben wir überhaupt? Unsere Beziehung fußt auf einer Riesenlüge, das wird mir jetzt in voller Tragweite bewusst.

Was ich mit ihr gemacht habe … dieses Verschweigen meiner Zeugungsumstände … sie muss sich komplett verraten fühlen.

Wie soll sie mir je wieder uneingeschränkt vertrauen?

Wie soll sie nicht das Gefühl haben, dass ich sie manipuliere, ausnutze oder gar missbrauche?

Ich hätte ihr allerspätestens nach unserem ersten Kuss reinen Wein einschenken müssen. Stattdessen habe ich geschwiegen, immer weiter, weil ich sie nicht verlieren wollte.

Was ist es denn bitte auch für eine beschissene Wendung des Schicksals, dass ausgerechnet ich, das

Ergebnis einer Vergewaltigung, mich in ein Opfer einer solchen Tat verliebe?! Die Wahrscheinlichkeit, dass das passiert, ist vermutlich verschwindend gering.

»Es tut mir so leid«, sage ich zu Aria, die mich nach wie vor bloß erschüttert ansieht. Nach diesen Worten stehe ich so abrupt auf, dass Bears Kopf von meinem Oberschenkel rutscht. Ich fliehe buchstäblich vor ihr aus dem Wohnzimmer, dicht gefolgt von meinem Hund.

»Riley!«, ruft sie mir mit zittriger Stimme hinterher, aber ich stoppe nicht. Stattdessen ziehe ich rasch meine Boots an, greife mir meine Lederjacke und flüchte aus ihrer Wohnung, als wäre der Teufel hinter mir her.

Wie sehr ich es mit meinem Schweigen verkackt und welchen Eindruck ich ihr möglicherweise vermittelt habe, wird mir erst jetzt so richtig klar.

Viel zu spät.

Bei meinem Auto angekommen öffne ich den Fond und Bear springt hinein, um sich anschließend brav in seine Box zu legen. Hastig schlage ich die Kofferraumklappe zu und steige selbst ein. Mit quietschenden Reifen rase ich davon, während ich mich unablässig weiter dafür verfluche, dass ich Aria so lang belogen habe.

Was zur Hölle habe ich mir dabei gedacht?

Habe ich ernsthaft angenommen, dass sie mich mit anderen Augen als der Rest der Welt betrachten würde? Dass sie nicht das Monster in mir sehen würde, zu dem ich von Geburt an abgestempelt worden bin?

Kurzentschlossen schlage ich den Weg zu Miguels Boxstudio ein, ich kann jetzt nicht nach Hause. Ich muss dringend den Kopf freibekommen, mich abreagieren und Aria aus meinem System löschen. Zynisch auflachend donnere ich so heftig mit der Faust auf das Lenkrad, dass Bear hinten in seiner Box zweimal bellt.

Als ob ich sie jemals wieder aus meinem Verstand bekommen würde, geschweige denn, aus meinem Herzen.

»Fuck!«, brülle ich unbeherrscht und mein Hund winselt leise. »Sorry, Kumpel, es ist alles okay«, beruhige ich ihn, nachdem ich mir sicher bin, meine Stimme halbwegs unter Kontrolle zu haben.

Normalerweise würde ich ihn in einer Situation wie dieser erst in meine Wohnung bringen, doch im Moment ist er gefühlt das Einzige, was zwischen mir und einem völligen Zusammenbruch steht. Miguel stört es bestimmt nicht, wenn ich Bear mit in das Studio nehme, also werde ich heute eine Ausnahme machen.

Gute zwanzig Minuten später biege ich auf den Parkplatz des um diese Zeit bereits geschlossenen Boxstudios. Ich schreibe meinem Boss sicherheitshalber eine kurze Nachricht, dass ich noch ein wenig trainiere. Wir haben seit ein paar Monaten eine neue Alarmanlage, die leider immer mal wieder herumzickt, und ich will nicht, dass er glaubt, jemand würde einbrechen.

Im Inneren des Gebäudes angekommen ziehe ich mich zunächst um und begebe mich dann direkt zu den Boxsäcken.

Bear legt sich in einigen Metern Entfernung ab, den größeren Sicherheitsabstand kann ich ihm nicht einmal übelnehmen.

Ohne mich sonderlich warmzumachen, dresche ich sofort mit voller Kraft auf den Sandsack vor mir ein. Mit jedem Schlag werden der Selbsthass und die Wut in mir mächtiger. Es ist lange her, dass ich mich das letzte Mal dermaßen vor mir selbst geekelt habe. Ich fühle mich, als hätte ich Aria im Grunde genommen das Gleiche angetan wie ihre Peiniger.

Nein, eigentlich ist das, was ich gemacht habe, noch schlimmer.

Unter falschen Voraussetzungen habe ich mir ihr Vertrauen und ihre Zuneigung erschlichen, habe zugelassen, dass wir uns immer näherkommen, ohne ihr überhaupt die Wahl zu lassen.

Alles, was ich in den vergangenen Monaten getan habe, damit es Aria besser geht, kommt mir mit einem Mal komplett verkehrt vor. Die ätzende Stimme in meinem Inneren, die mich über weite Teile meiner Kindheit und Jugend begleitet hat, meldet sich nach einer langen Sendepause mit voller Wucht zurück.

Du bist wie er.

Sie haben recht, es liegt dir in den Genen.

Du bist ein Monster, das Ergebnis eines abscheulichen Verbrechens, das eigentlich überhaupt nicht existieren dürfte.

Mit einem Wutschrei schlage ich so kraftvoll auf den Boxsack ein, dass er beinahe aus der Verankerung reißt.

In diesen Sekunden wünschte ich mir, dass meine Mom mich doch zur Adoption freigegeben hätte.

Dass ich irgendwo ein unbeschwertes Leben hätte führen können.

Dass ich niemals erfahren hätte, wie ich entstanden bin.

Wieder erklingt die Stimme in mir.

Vielleicht wärst du dann schon deutlich eher wie er geworden.

Wie viele Frauen hättest du mit dem, was dir ins Blut gelegt worden ist, bereits auf dem Gewissen?

Erneut dresche ich völlig außer mir auf den Sandsack ein.

Eigentlich sehe ich ihn nicht einmal mehr, denn in diesem Augenblick verprügele ich keinen leblosen Gegenstand.

Nein, wenn ich zuschlage, schlage ich in mein eigenes Gesicht, denn ich selbst bin mein größter Feind und gleichzeitig der Einzige, dem ich nicht entkommen kann.

Kapitel 34

Aria

Noch Minuten, nachdem Riley buchstäblich die Flucht ergriffen hat, sitze ich bewegungsunfähig auf dem Sofa.

Was er mir offenbart hat, hämmert nonstop durch meinen Kopf.

Er ist das Produkt eines Sexualverbrechens. Himmel, ich fange schon an wie meine Mom, bei ihr ist es das *traumatische Erlebnis*, ich hingegen bezeichne eine Vergewaltigung seltsam distanziert als ein *Sexualverbrechen.*

Ich habe keine Ahnung, was ich denken soll. Ein Teil von mir sagt ganz klar, Riley ist nicht für die Taten seines Vaters verantwortlich. Es wäre unfair, ihn deswegen zu verurteilen.

Doch da ist auch der Part in mir, der zu zweifeln beginnt.

Was ist, wenn das mit mir für ihn nur eine schräge Form der Wiedergutmachung war, um praktisch für das zu büßen, was sein Erzeuger getan hat?

Was ist, wenn er lediglich Mitleid mit mir hatte?

Was ist, wenn er vielleicht bloß glaubt, mich zu lieben?

Ich werde noch verrückt! Hastig greife ich nach meinem Smartphone und schreibe Dawn, dass ich dringend mit ihr reden muss, in der Hoffnung, dass sie noch wach ist. Sekunden später klingelt mein Telefon und ihr Name leuchtet auf dem Display auf.

»Hey Süße, was ist denn los?«, erkundigt sie sich mit unüberhörbarer Besorgnis in der Stimme. »Seid ihr heute Abend nicht eigentlich bei Rileys Mom?«

»Du musst mir versprechen, dass du kein Wort zu Cage sagst. Soweit ich das einschätzen kann, weiß niemand etwas davon und ich möchte nicht, dass einer von ihnen Riley darauf anspricht. Gut gemeint ist nicht immer gut gemeint, du weißt schon.«

»Du nutzt die Phrase mal wieder falsch und sprichst generell gerade in Rätseln, aber natürlich behalte ich für mich, was du mir erzählst.«

Verständnislos nehme ich das Telefon einen Moment vom Ohr und starre auf es. »Man merkt eindeutig, mit wem du verwandt bist, so ein Klugscheißerspruch hätte auch von deinem Grandpa kommen können«, murre ich, nachdem ich das Smartphone erneut an meine Ohrmuschel halte. Sicher wollte sie mich nur ein wenig necken und damit aufmuntern, aber dafür bin ich gerade viel zu sehr durch den Wind. »Um auf den Grund meines Anrufs zurückzukommen, Riley hat mir etwas gestanden.« So knapp zusammengefasst wie möglich berichte ich ihr, was während des Besuchs bei seiner Mutter und danach passiert ist. Als ich fertig bin, höre ich, wie sie mehrmals tief durchatmet.

»Und er ist tatsächlich einfach abgehauen und hat dich alleingelassen, nachdem er dir gesagt hat, dass …«

»Dawn, ich glaube, er hat meine Reaktion komplett falsch gedeutet und nimmt nun an, dass ich ihn für sein Vorenthalten der Wahrheit hasse.«

Sie atmet erneut geräuschvoll durch. »Auch auf die Gefahr hin, dass du mir das vielleicht übelnimmst, hast du wirklich kein Problem damit? Du bist selbst das Opfer einer Vergewaltigung, niemanden würde es wundern, wenn du Schwierigkeiten hättest, mit seiner Eröffnung klarzukommen.«

Nachdenklich lasse ich mich nach hinten gegen die Sofalehne sinken. »Dann denkst du, es ist falsch, dass ich ihm das nicht nachtrage?«, hake ich verunsichert nach.

»Nein, um Gottes Willen! Uns beiden dürfte klar sein, warum er das getan hat, da missverstehst du mich. Alles, was ich wollte, war, zum Ausdruck zu bringen, dass es für die meisten nachvollziehbar wäre, wenn du nach diesem vermeintlichen Vertrauensmissbrauch nicht länger mit ihm zusammensein kannst. Und er wird genau damit rechnen. Ist es daneben, ihn für etwas bezahlen zu lassen, für das er absolut nichts kann und worum er nicht gebeten hat? Definitiv. Grundsätzlich würde ich immer sagen, dass eine Frau, die so denkt, schnellstmöglich Land gewinnen sollte. Aber bei dir sind die Umstände eben andere und ich könnte verstehen, wenn du dich hintergangen fühlst.«

Grübelnd zwirbele ich eine meiner Locken um meinen Zeigefinger. Bin ich sauer auf Riley, weil er mir das so lang vorenthalten hat? Zum Teil ja. Kann ich nachempfinden, warum er es getan hat? Ebenfalls ja.

»Hauptsächlich bin ich wütend, weil er sich verdrückt hat. Sicher, ich kann mir das damit erklären, dass ihn diese Unterhaltung überfordert hat, aber er hat sie ja nicht mal zu Ende geführt. Er hat mir überhaupt keine Chance gelassen, darauf zu reagieren, und das ist es, was mich so auf die Palme bringt. In mir herrscht das totale Chaos. Da ist die eine Hälfte, die denkt, er hätte es mir ganz am Anfang sagen sollen. Dagegen hält dann die andere, die weiß, ich hätte ihm niemals einen Platz in meinem Leben gegeben, wenn ich es sofort erfahren hätte … ich habe das Gefühl, gleich durchzudrehen, Dawn!«

Meine Kehle wird eng und meine Sicht verschwimmt, doch ich will jetzt nicht weinen. Entschlossen schlucke ich die Tränen hinunter, ignoriere das Kribbeln in meiner Nase und setze mich aufrecht hin.

»Riley war in den vergangenen Monaten so wundervoll zu mir, er hat mich aus meinem Schneckenhaus gelockt und ich liebe ihn wahnsinnig. Ich weigere mich, zu glauben, dass die Umstände seiner Zeugung daran irgendetwas ändern.«

Dawn gibt einen zustimmenden Laut von sich. »Mein Rat wäre, suche ihn auf, so schnell wie möglich, damit sich das gar nicht erst groß zwischen euch stellen kann. Lass ihm keine Zeit, sonst hat er sich in seinem Dickschädel vermutlich bereits tausend Gründe zurechtgelegt, wieso das mit euch keine gute Idee ist.«

Einen Moment lang bin ich versucht, sie zu fragen, ob wir noch von mir sprechen, oder ob sie gerade auf Cage und sein Verhalten zu Beginn ihrer Beziehung anspielt. Doch ich verkneife mir das und gebe lediglich einen zustimmenden Laut von mir.

»Danke Süße, ich mache mich dann mal auf die Suche nach ihm und fange mit seiner Wohnung an.«

»Warte mal kurz, ich kann bei Cage nachhaken, was Riley macht, wenn er Dampf ablassen muss.« Ich höre Türenklappen, Stimmengewirr und mit einem Mal ist Dawn wieder am Telefon. »Er meint, du solltest es im Boxstudio versuchen, falls er nicht in seinem Appartement ist. Und keine Sorge, ich habe ihm nur gesagt, dass ihr euch gestritten habt, mehr nicht.«

»Alles klar, richte ihm Grüße von mir aus.«

Wir beenden das Gespräch und ich gehe in den Flur, um mir Schuhe und Jacke anzuziehen, nachdem ich mir mit der App ein Uber bestellt habe.

Ich verlasse die Wohnung und haste die Stufen hinunter, während ich mir zurechtlege, was ich Riley sagen möchte.

Kaum, dass ich aus dem Gebäude getreten bin, taucht der Uber-Fahrer bereits auf. Zunächst nenne ich ihm die Adresse meines Freundes, frage ihn aber auch gleich, ob er mich noch woanders hinfahren kann.

Wie schon beinahe erwartet, ist er nicht in seinem Appartement, sodass ich mich zum Boxstudio bringen lasse.

Als wir dort auf den Parkplatz biegen, entdecke ich augenblicklich Rileys Pick-up.

»Soll ich noch kurz auf Sie warten?«, fragt der ältere Herr mich mit leichter Besorgnis und deutet auf das im Dunkeln liegende Studio. »Sieht nicht so aus, als wäre hier noch jemand.«

Mit einem Lächeln verneine ich und der Mann fährt davon, nachdem ich über die App bezahlt habe. Den Kragen hochschlagend laufe ich auf das Boxstudio zu, lege eine Hand auf die Türklinke und drücke sie probeweise hinunter. Zu meiner Überraschung ist die Tür nicht verschlossen, sondern geht problemlos auf. Rasch trete ich ein und lasse sie hinter mir wieder zufallen, ehe ich sicherheitshalber den Schließriegel einmal herumdrehe. Ich habe noch keine drei Schritte nach drinnen gemacht, da ertönt plötzlich ein ohrenbetäubender Lärm, der mich erschrocken aufschreien lässt.

Aus dem Inneren des Gebäudes vernehme ich aufgeregtes Hundegebell, Sekunden später taucht Riley in meinem Sichtfeld auf und sein Blick weitet sich, als er mich entdeckt.

»Aria?! Was machst du hier?!« Während er mich das fragt, schießt er an mir vorbei und macht sich an dem Panel der Alarmanlage an der Wand zu meiner Linken zu schaffen. »Fuck, dieses beschissene Teil!«, flucht er, hämmert auf die Tasten und seufzt erleichtert, als sie schließlich verstummt. »Warte einen Moment, ich muss Miguel eben Entwarnung geben, damit die Kavallerie hier nicht anrückt.«

Zögerlich folge ich ihm in den Hauptraum des Boxstudios und beobachte, wie er sein Smartphone von einer der Bänke nimmt und es sich nach einem kurzen Wischen über das Display ans Ohr hält.

»Miguel, sorry für den Fehlalarm, hier ist alles in Ordnung.« Sein Gesprächspartner erwidert etwas, danach beendet Riley das Gespräch, nicht, ohne sich noch einmal zu entschuldigen und zu bedanken. Langsam legt er das Telefon beiseite und fokussiert sich dann auf mich. Seine Miene spiegelt so viele Emotionen, dass ich für einen Moment vollkommen überfordert bin.

Als ich gerade etwas sagen will, drückt sich eine feuchte Hundenase gegen meine Hand und ich zucke kurz zusammen. »Hey Bear«, begrüße ich seinen Hund und streichele ihm über den Kopf, während ich Riley nicht aus den Augen lasse. »Um deine Frage zu beantworten, ich wollte mit dir reden. Du bist feige davon gerannt, ehe ich überhaupt die Chance hatte, zu reagieren.«

Mit einem schuldbewussten Ausdruck schließt er für einen Moment die Lider. »Es tut mir leid, Aria.«

»Das hast du mir schon gesagt«, spiele ich ein wenig spitz auf seine letzten Worte vor seiner überstürzten Flucht an, lächele dann allerdings vorsichtig. »Können wir uns vielleicht setzen und reden?«

Zögerlich zuckt er mit den Schultern. »Wenn du glaubst, dass das sinnvoll ist …«

»Du etwa nicht?«, stelle ich eine zugegebenermaßen etwas unfaire Gegenfrage, aber es macht mich wütend, dass er uns schon aufgegeben zu haben scheint.

»Doch … natürlich«, stammelt er und tritt ein wenig auf mich zu. »Kann ich vorher kurz duschen? Ich habe mich am Sandsack ziemlich verausgabt.«

»Solange du nicht über irgendeinen Hinterausgang fliehst und mich hier allein zurücklässt … aber ich habe ja noch Bear, ohne ihn wirst du sicher nicht gehen, oder?« Provokant ziehe ich eine Augenbraue hoch.

Es dauert ein paar Sekunden, dann schüttelt er mit dem Kopf. Er räuspert sich und wirkt, als wolle er noch etwas sagen, überlegt es sich schließlich offenbar anders. Ohne ein weiteres Wort wendet er sich ab und verschwindet nach hinten, während ich auf der nächstgelegenen Bank Platz nehme, um auf ihn zu warten.

Ich atme tief durch und freue mich über den winzigen Teilerfolg.

Kapitel 35

Riley

Als ich keine zehn Minuten später zu ihr zurückkehre, sitzt sie auf einer der Bänke und Bear liegt zu ihren Füßen. Dass sie hier aufgetaucht ist, hat mich völlig überrumpelt, nie und nimmer hätte ich damit gerechnet. Die Entschlossenheit in ihren Gesichtszügen verunsichert mich ein wenig, denn ich kann nicht deuten, in welche Richtung sie tendiert.

Hasst sie mich für das, was ich getan habe? Es wäre ihr gutes Recht.

Vorsichtig und mit ausreichend Abstand setze ich mich zu ihr, woraufhin Aria seufzt und näher aufrückt. Sie greift nach meiner Hand und lässt sich auch nicht davon beirren, dass ich versuche, sie ihr zu entziehen. Im Gegenteil, sie verflechtet ihre Finger mit meinen, was mich irgendwie vollkommen aus der Fassung bringt.

Mit allem hätte ich besser umgehen können, aber der Umstand, dass sie von sich aus meine Nähe sucht, zieht mir den Boden unter den Füßen weg. Ich hätte mir niemals vorstellen können, dass sie diese Art von Körperkontakt jetzt erträgt.

»Was hast du gedacht, wie ich reagiere?«, wispert sie und klingt erschüttert. »Wieso bist du davongelaufen, ohne mich überhaupt anzuhören?«

Mir wird in aller Deutlichkeit bewusst, welche Chance Aria mir hier gerade einräumt. Kneife ich nun vor diesem Gespräch, verliere ich sie vermutlich endgültig. Also atme ich mehrmals tief durch und stelle mich dem Albtraum, der mich schon mein gesamtes Leben lang begleitet und den ich am liebsten auslöschen würde.

»Shit, ich … als du mich so entsetzt und erschrocken angesehen hast, dachte ich, dass es das war. Mit einem Mal ist alles auf mich eingestürzt und ich habe jede meiner Entscheidungen in den vergangenen Monaten hinterfragt.« Fahrig gleite ich mit den Fingern durch meine Haare und tätschele Bear, der die Stimmung zwischen uns zu spüren scheint, zu mir kommt und seinen Kopf auf mein Knie legt, anschließend beruhigend den Rücken. »Aria, du bist nicht die erste Frau, mit der ich dieses Gespräch führe und ich weiß, wie selbst die ohne eine Vorgeschichte wie deine darauf reagieren.« Mir wird übel bei der Erinnerung daran, wie meine letzte Freundin damit umgegangen ist. »Ich hätte dir das schon viel eher sagen sollen, aber ich hatte … ich war feige, da ich befürchtet habe, dass du mich dann aus deinem Leben streichst und mir gar keine Chance gibst.«

»Erstmal, obwohl ich wirklich sauer auf dich bin, weil du einfach so abgehauen bist, kann ich dich auch verstehen. Keine Ahnung, ich … ich weiß nicht, wie ich es aufgenommen hätte, wenn du es mir gleich am Anfang gesagt hättest …« Sie stockt und legt danach ihre Hand an meine Wange. »Selbst, wenn ich es noch so sehr versuche, ich kann mir nicht vorstellen, wie es für dich ist, damit klarkommen zu müssen. Wie das für deine Mutter und dich gewesen sein muss …«

Statt einer Antwort schnaube ich zunächst nur. »Meine Mom hat während ihrer Schwangerschaft gehofft, dass der Doc sich geirrt hat und ich doch ein Mädchen werde. Zum einen, weil sie verständlicherweise eine Scheißangst davor hatte, dass ich wie *er* aussehe, zum anderen allerdings eben auch, da ihr klar war, was auf mich zukommen würde.«

Aria kräuselt die Nase und mustert mich betroffen, als sie begreift. »Du meinst, sie haben dir vorgeworfen, dass du wie dein Dad bist?«

»Oh, das haben sie, und wie sie das haben. Bei einem Mädchen wäre niemand auf die Idee gekommen, ihr anzudichten, dass sie wie ihr Vater wäre. Aber bei mir …« Mit Grauen denke ich an all die Demütigungen in meiner Kindheit und Jugend zurück. »Jeder in unserem alten Viertel wusste, wie ich entstanden war … der Prozess war damals ein Riesenthema in der Lokalpresse, Moms Schwangerschaft natürlich ebenso. Es gab kaum jemanden, der mir nicht mit einem Haufen Vorurteilen begegnet ist. Sie alle haben angenommen, dass ich früher oder später den gleichen Weg einschlagen würde.« Ein sarkastisches Lachen rutscht mir über die Lippen, das Aria zusammenfahren lässt. »Es liegt ihm in den Genen, passt auf eure Töchter auf … du hast keine Ahnung, wie oft ich diese Art von Getuschel gehört habe. Das ging schon los, bevor ich überhaupt in die Pubertät kam und Interesse am anderen Geschlecht zeigte.«

»O Gott, Riley«, stößt sie entsetzt hervor und rückt zu meiner Verwunderung noch näher zu mir auf. Dass sie so völlig gegensätzlich auf meine Offenbarung reagiert, erstaunt mich. Sie wäre vermutlich die Einzige, bei der ich irgendwie hätte verstehen können, wenn sie von sich gegeben hätte, was ich mir mein gesamtes Leben lang anhören musste.

»Im Kindergarten ging es, aber die Schule wurde für mich von der ersten Klasse an zu einer Art Spießrutenlauf. So gut wie niemand wollte seine Kinder mit mir spielen lassen, ich war schließlich der Sohn eines Vergewaltigers und damit selbst ein potentieller Triebtäter …« Meine Stimme kippt mir weg und ich muss mich mehrmals räuspern, ehe ich weitersprechen kann. »Die Mutter eines Jungen, mit dem ich in den Pausen gespielt habe, hat mich angebrüllt, dass ich mich von ihm fernhalten solle, ich sei eine Abscheulichkeit.«

Aria schnappt nach Luft und drückt meine Hand fester. »Es tut mir so leid, dass du das erleben musstest.«

Verdattert starre ich sie kurz an, ehe ich den Kopf wieder abwende. »Ehrlich gesagt, verstehe ich deine Reaktion nicht. Klar, ich sollte dankbar und glücklich darüber sein, dass du mich nicht mit meinem Erzeuger in einen Topf wirfst, aber dennoch …« Seufzend streichele ich Bear über den Rücken und ringe nach Worten. »Eigentlich habe ich damit gerechnet, dass du nie wieder etwas von mir hören willst.« Für einen

Moment ist es totenstill und ich traue mich nicht, zu ihr zu sehen.

»Riley, ich weiß gerade nicht, ob ich dir einen Schlag auf den Hinterkopf verpassen oder dich in den Arm nehmen soll.«

Ruckartig drehe ich den Kopf zu ihr und suche ihren Blick. »Wie bitte?!«, hake ich perplex nach in der Annahme, mich verhört zu haben.

»Du bist nicht für die Verbrechen deines Vaters verantwortlich und kannst nichts dafür, auf welche Art und Weise du gezeugt worden bist.« Sie lächelt und streicht mir dabei sanft über die Stirn. »Im ersten Augenblick war ich geschockt, keine Frage, und vielleicht bin ich noch sauer, weil du mir das solange vorenthalten hast, aber du bist nicht wie er. Ich bin überzeugt davon, dass du nicht einen Funken von ihm in dir trägst.«

Bear nimmt seinen Kopf von meinem Knie und trottet ein paar Meter von uns weg, um sich erneut hinzulegen. Aria nutzt diese Gelegenheit, krabbelt rittlings auf meinen Schoß und umfasst meine Wangen mit den Händen.

»Für mich ändert sich nichts. Du bist der Mann, der mich mit seiner Engelsgeduld, seiner Einfühlsamkeit und seinem Verständnis langsam wieder aus meinem Gefängnis befreit hat.« Aria küsst mich kurz zärtlich und lehnt sich dann ein wenig zurück. Sie beißt auf ihrer Unterlippe herum und wirkt, als würde sie noch etwas fragen wollen, sich aber nicht trauen.

»Was brennt dir unter den Nägeln?«, ermuntere ich sie, weil ich nicht möchte, dass diese Sache, egal auf welche Art und Weise, noch länger zwischen uns steht.

»War es deswegen nicht immer leicht zwischen deiner Mom und dir? Du hast das damals während unseres ersten Kochchaosabends angedeutet«, fragt sie schließlich zögerlich und über ihre Miene huscht ein schuldbewusster Ausdruck. »Wenn dir das zu weit geht, sag es mir einfach, okay?«

Ich nehme Aria in die Arme, als sie sich an mich kuschelt. Das Kinn auf ihren Scheitel gestützt überlege ich kurz, wie ich am besten anfange. »Meine Mom hat die Schwangerschaft so spät bemerkt, dass sie für eine Abtreibung, selbst unter den besonderen Umständen, schon zu fortgeschritten war. Sie hätte mich sonst vermutlich nicht bekommen.« Wie jedes Mal, wenn ich darüber nachdenke, spüre ich einen eisernen Ring um meinen Magen. »So musste sie sich in ihr Schicksal fügen, mich austragen und zur Welt bringen.«

Aria malt mit dem Zeigefinger verschiedene Muster auf meine Brust und gibt mir die Zeit, die ich brauche, um mich zu sammeln.

»Mich zur Adoption wegzugeben, kam für sie damals nicht infrage, allerdings war die Entscheidung nicht freiwillig. Sie hat noch unter dem Dach ihrer Eltern gelebt, die sie in dieser Hinsicht wohl ziemlich unter Druck gesetzt haben. Im Viertel wusste jeder, was ihr passiert und dass ich unterwegs war, sie wollten nicht in die Verlegenheit kommen, meine Abwesenheit nach der Geburt zu erklären.« Verstanden habe ich dieses Verhalten meiner Großeltern nie, obwohl ich ihnen eigentlich dafür dankbar sein muss. Dass sie Mom quasi gezwungen haben, mich zu behalten, hat schließlich dazu geführt, dass wir heute so eng sind und ein solches Vertrauensverhältnis haben. Auf der anderen Seite haben sie ihre Tochter mit dieser erzwungenen Entscheidung für mich zumindest die ersten Jahre nach meiner Geburt durch die Hölle geschickt.

»Mir fehlen ein wenig die Worte«, gesteht Aria leise und ich drücke einen Kuss auf ihren Kopf. »Wie ist es dann weitergegangen?«

»Die ersten zwei, drei Jahre hat meine Mutter massive Schwierigkeiten damit gehabt, sich um mich zu kümmern. Zu ihrem Leidwesen war das eingetreten, was sie befürchtet hat. Ich war meinem Erzeuger wie aus dem Gesicht geschnitten.« Dieser Umstand nagt bis heute nahezu jedes Mal an mir, wenn ich in den Spiegel sehe. »Sie hat mich laut ihren Erzählungen oft der Obhut meiner Großeltern überlassen, ist kalt und abweisend zu mir gewesen, wann auch immer ich als Kleinkind ihre Nähe gesucht habe.« Die Augen schließend halte ich erneut inne. Ich selbst habe an diese Zeit meines Lebens keine bewusste Erinnerung mehr und es fühlt sich jedes Mal seltsam an, über sie zu sprechen.

»O Riley, es tut mir so leid«, haucht sie betroffen. »Dass es mal so zwischen euch gewesen ist, kann ich mir gar nicht vorstellen.«

»Was genau sich geändert hat, kann ich nicht sagen. Ob es an der damaligen Selbsthilfegruppe lag, die sie besucht hat, oder ob sie unabhängig davon ihre

Mutterliebe für mich entdeckt hat, ich weiß es nicht. Bewusst erinnern kann ich mich an sie nur als die liebevolle Mom, die sie bis heute für mich ist. Als sie mir erzählen musste, wie ich entstanden bin, hat sie das beinahe umgebracht, glaube ich. Es war die Hölle für sie, mir schon im Vorschulalter erklären zu müssen, dass ich nicht wie die anderen Kinder gezeugt worden war. Aber sie wollte auch nicht das Risiko eingehen, dass ich es erstmals von einem Fremden hörte.«

»Das muss furchtbar gewesen sein«, murmelt Aria und schlingt ihre Arme noch fester um meinen Hals.

»Sie hat mir stets eingetrichtert, dass ich das Gerede, die fiesen Bemerkungen und Sprüche ignorieren und immer daran denken solle, wie sehr sie mich liebt. Dass ich ihr Junge sei und sie mich gegen nichts auf der Welt eintauschen würde.« Der Druck in meiner Brust ist so unvermittelt da, dass er mir für einen Moment die Luftzufuhr abschnürt. Wie jedes Mal, wenn ich mich an ihre damaligen Worte erinnere, kommt die Frage hoch, die mich bis weit in mein Erwachsenenleben trotz all ihrer Beteuerungen begleitet hat.

Wie kann man jemanden lieben, der einen tagtäglich an die schlimmsten Augenblicke seines Lebens erinnert?

Kapitel 36

Aria

Nachdem wir im Boxstudio geredet haben, sind wir wieder zu mir nach Hause gefahren.

Riley liegt neben mir im Bett und hält mich im Arm, aber dennoch fühle ich mich gerade, als könnte er nicht weiter weg von mir sein. Eigentlich hat diese Unterhaltung uns befreien und dafür sorgen sollen, dass wir uns einander annähern, doch es fühlt sich an, als würden wir auseinanderdriften.

Ich ermahne mich, dass ich überreagiere und zu viel zu schnell erwarte. Der Tag war extrem nervenaufreibend für uns beide, ich sollte uns ein wenig Zeit geben. Mein Freund hat mir einen Blick in seinen Abgrund gewährt, aber ich werde das Gefühl nicht los, dass das erst die Spitze des Eisbergs war. Es fällt mir schwer, mir auszumalen, wie es für ihn sein muss, quasi jeden Tag das Antlitz des Mannes, der seiner Mutter so viel Leid zugefügt hat, im Spiegel zu sehen.

Für mich sind Rileys Gesichtszüge untrennbar mit positiven Erinnerungen verknüpft, daran ändert das heute Erfahrene nichts.

Mit einem Seufzen schalte ich die kleine Nachttischlampe aus und kuschele mich enger in die Decke. Das Gedankenkarussell in meinem Kopf dreht sich unaufhörlich und ich habe keinen Schimmer, wie ich heute Nacht auch nur ein Auge zubekommen soll. Riley scheint es zunächst ähnlich zu gehen, er wälzt sich unruhig hin und her. Doch irgendwann ist er weggedriftet, das verrät mir sein ruhig und gleichmäßig gehender Atem.

Ich konzentriere mich auf diesen und lasse mich allmählich von ihm in den Schlaf lullen, den ich so dringend benötige.

»Sie wollte diesen Rape-Fick.«

»Aria hat förmlich drum gebettelt, dass wir es ihr auf diese Art und Weise besorgen.«

»Ich schwöre, sie hat uns gesagt, dass wir ja nicht aufhören sollen, egal, wie sehr sie vielleicht darum bittet. Das sei, was sie erst so richtig antörnen und auf Touren bringen würde.«

»Scheiße, sie hat mich angefleht, dass ich sie so hart wie irgend möglich vögeln soll. Ihre Pussy war klatschnass, sie hat es gewollt.«

Mit einem Aufschrei fahre ich hoch und auch Riley neben mir steht quasi senkrecht im Bett. Bear am Fußende bellt kurz, rollt sich dann aber wieder ein.

Mein Herzschlag spielt total verrückt und ein stechender Schmerz breitet sich in meinem Kopf aus, während ich noch zu verarbeiten versuche, dass das der erste Albtraum seit einer gefühlten Ewigkeit war. Dass er mich ausgerechnet heute heimsucht, ist die pure Ironie. Es ist, als wolle das Schicksal mich verhöhnen, weil ich mich in falscher Sicherheit gewogen habe.

Rileys Hand auf meinem Rücken lässt mich erschrocken zusammenfahren und einen neuerlichen Schrei ausstoßen. »Sorry, ich wollte dich nicht …«, beginnt er, hält jedoch inne, als ich mich in seine Arme werfe.

»Es tut mir leid, ich war noch gefangen in …« Meine Stimme verliert sich im Nichts, denn was soll ich ihm sagen? Dass ich ausgerechnet in der ersten Nacht, nachdem er mir die Wahrheit über sich gesagt hat, von meiner eigenen Vergewaltigung beziehungsweise dem Disziplinarverfahren geträumt habe? »Es war ein total bescheuerter Albtraum über das Spukhaus von Slaters Kumpel«, lüge ich und hoffe, dass Riley mir das abkauft. »Ich habe diese gruselige Frau gesehen, die uns entgegengekrochen kam.«

Er verspannt sich kurz, hinterfragt meine Aussage allerdings nicht. Stattdessen nimmt er mich fester in die Arme und lässt sich mit mir nach hinten auf die Matratze sinken.

In dieser Nacht findet keiner von uns mehr groß Schlaf.

Am anderen Morgen sitzen wir uns dementsprechend übermüdet am Frühstückstisch gegenüber. Riley hat uns Blaubeer-Pancakes gemacht, die ich eigentlich liebe, doch heute schmecken sie für mich pappig und fad. Lustlos nippe ich an meinem Kaffee und beobachte meinen Freund verstohlen dabei, wie er sein Frühstück hastig herunterschlingt. Er macht den Eindruck, als wäre er überall lieber als hier, was ich ihm schlecht vorwerfen kann, denn mir selbst geht es gerade ähnlich.

»Cage hat mir vorhin geschrieben und mich gefragt, ob ich ihm spontan im Jugendzentrum helfen kann, die eingetroffenen Sachspenden eines Sportartikelherstellers auszupacken«, bricht er das sich unangenehm anfühlende Schweigen zwischen uns. »Falls du mich brauchst, bleibe ich hier und sage ihm, dass es nicht passt.«

Ich schüttele rasch mit dem Kopf und fühle mich gleichzeitig mies. »Nein, schon gut, ich muss mich noch auf mehrere anstehende Klausuren vorbereiten und werde den gesamten Tag mit Lernen beschäftigt sein.« Um nicht ganz so abweisend zu wirken, greife ich über den Tisch hinweg nach seiner Hand. »Wir können uns heute Abend sehen, wenn du magst.« Dass ich ihm eine Hintertür öffne, mit der sich aus dieser Verabredung stehlen kann, lässt meinen Magen kurz krampfen. Wird er sie nutzen?

Riley lächelt, aber es erreicht seine Augen nicht. »Klar, bei mir? Kochchaos?«, schlägt er vor und ich nicke.

»Das klingt super. Soll ich noch etwas einkaufen?« Es ist erschreckend, wir klingen wie ein Ehepaar, das sich auseinandergelebt und einander nichts mehr zu sagen hat. Mit dem Unterschied, dass das bei uns über Nacht passiert ist und kein jahrelanger, schleichender Prozess war. Das macht mir eine Heidenangst, da kann ich mich noch so sehr damit zu beruhigen versuchen, dass wir nun bloß eine gewisse Verarbeitungsphase für die Geschehnisse brauchen werden.

»Nein, das erledige ich auf dem Heimweg. So gegen sieben, halb acht bei mir? Oder soll ich dich abholen?«

»Nein, ich rufe mir ein Uber.« Normalerweise hätte ich ja gesagt, weil ich gern so viel Zeit wie möglich mit Riley verbringe. Doch jetzt ist irgendwie alles anders und ich habe keinen Schimmer, wieso. Wie kann gegenseitige Offenheit und das Anvertrauen dunkelster Geheimnisse binnen Rekordzeit *das* aus uns machen?

Riley isst die Reste seiner Pancakes auf und stürzt anschließend den Kaffee hinunter. Danach erhebt er sich, pfeift Bear heran und verabschiedet sich mit einem Kuss auf meine Stirn von mir.

Er hat mich nicht mal auf den Mund geküsst.

Als die Wohnungstür hinter ihm zufällt, stoße ich meinen angehaltenen Atem aus und stehe ebenfalls auf.

Mit einem immer größer werdenden Eisklumpen in meinem Bauch räume ich unser Geschirr weg, während ich mich frage, ob das hier der Anfang vom Ende ist.

Kapitel 37

Riley

Mit einem Ächzen stelle ich den schweren Karton direkt vor dem Rolltor zu dem Raum ab, in dem sämtliches Sportequipment des Jugendzentrums aufbewahrt wird.

Cage tut es mir mit seinem gleich und wischt sich dann kurz über die Stirn. »Trainieren müssen wir beide heute wohl nicht mehr, diese elende Schlepperei sollte ausreichen.«

Nickend stimme ich ihm zu. »Warum machen wir den Scheiß eigentlich nur zu zweit? Wieso ist Ian nicht da, um uns zu helfen? Oder einer der anderen Ehrenamtlichen?« So recht verstehen kann ich das angesichts der Großlieferung, die Cage erhalten hat, nicht.

Er macht ein zerknirschtes Gesicht. »Weil ich insgeheim gehofft hatte, du redest mit mir über das, was zwischen Aria und dir los ist.« Für einen Moment lang haut mich sein Geständnis fast aus den Socken, gleichzeitig wird mir eiskalt.

Weiß er es?

Die Frage beantworte ich mir ein paar Sekunden später selbst gedanklich mit einem Nein. Aria hatte schließlich bislang keine große Gelegenheit … es sei denn, sie hat Dawn angerufen, kaum, dass ich gestern das erste Mal aus der Tür heraus war.

Fuck.

»Bevor du vollkommen abdrehst, ich habe nicht den blassesten Schimmer, was Sache ist. Aus Dawn war nichts herauszubekommen. Und sei nicht sauer auf deine Freundin … sie ist doch noch deine Freundin, oder?« Er zieht eine Augenbraue nach oben und sieht mich abwartend an.

»Natürlich ist sie noch meine Freundin!«, blaffe ich ihn aufgebracht an, dabei habe ich mir bis zu ihrem Auftauchen vergangene Nacht im Boxstudio selbst das Gegenteil gesagt.

»Schon gut, reg dich ab.« Cage hebt beschwichtigend die Hände. »Was ich vorhin sagen wollte, sei nicht sauer auf Aria, sie musste gestern offenbar mit jemandem reden. Dawn ist ihre beste Freundin und sie wird den Teufel tun, Dritten irgendetwas zu verraten. Sie sagt es ja nicht einmal mir, obwohl du und ich Freunde sind und ich vielleicht helfen könnte.«

Tief in mir ist mir klar, dass ich Aria das nicht übelnehmen kann. Was ich ihr offenbart habe, war ziemlich harter Tobak und ich kann verstehen, dass sie mit Dawn geredet hat. Immerhin habe ich mit meiner Mom auch über meine Vermutungen sie betreffend gesprochen, bevor sie sich mir anvertraut hat.

»Eigentlich will ich nicht darüber reden«, brumme ich und schnappe mir das Teppichmesser, um den Karton zu öffnen.

»Das entscheidende Wörtchen dabei ist *eigentlich*. Es sagt mir, dass du dich dringend jemandem anvertrauen solltest. Das muss nicht ich sein, wenn es dir bei jemand anderem wie zum Beispiel Slater leichter fällt, dann …«

»Du hältst Slater ernsthaft für kompetent genug?«, grätsche ich ihm dazwischen und grinse kurz schief. »Er ist an sich in Ordnung, doch eindeutig noch nicht in dem Abschnitt seines Lebens angekommen, in dem es um mehr als das Fighten, Partys und Frauen abschleppen geht.« Die Vorstellung, mit ihm zu reden, ist für mich so absurd, dass ich lachen muss.

»Ich persönlich glaube, dass das bloß eine Art Fassade ist, mit der er sich die meisten Leute vom Hals hält. Aber okay, dann nicht Slater. Eric? Ian?«, bohrt er weiter und mir wird klar, dass er mich nicht so einfach davonkommen lassen wird.

Neben Cage könnte ich mir noch am ehesten Ian als Gesprächspartner für diese Thematik vorstellen. Der Horror, den er hat durchleben müssen, dreht mir bis heute bei jedem Gedanken daran den Magen um. Obwohl meine eigene Vergangenheit auf eine andere Art und Weise nicht weniger schlimm ist, würde ich nicht mit ihm tauschen wollen. Cage und er haben ebenso Narben auf ihren Seelen, die sie für ihr restliches Leben geprägt haben. Darüber hinaus glaube ich nicht, dass sie mir mit denselben Vorurteilen begegnen werden, wie es die Menschen in meiner Kindheit und Jugend getan haben.

»Wie wäre es, wenn wir Ian doch noch zum Helfen herbestellen? Er könnte was zu Essen mitbringen und dabei könnten wir quatschen«, schlage ich deswegen vor.

Cage nickt, fischt sein Smartphone hervor und ruft ihn an. Sie sprechen vielleicht zwei Minuten miteinander, dann ist abgemacht, dass Ian in einer guten Stunde zu uns stößt und vorher einen Zwischenstopp bei einem Takeaway einlegt.

Die Zeit bis zu seinem Eintreffen überbrücken wir damit, dass wir das uns zur Verfügung gestellte Sportequipment zum Teil bereits in den Aufbewahrungsraum räumen. Die Spende ist so großzügig, dass nicht alles in ihm Platz findet, den Rest werden wir anderweitig verstauen müssen.

Irgendwann, ich habe mein Zeitgefühl längst verloren, geht die Tür zur Turnhalle und Ian betritt sie. »Hey, wir sollten erst rübergehen und essen, aufgewärmt schmeckt das Zeug nicht mehr wirklich.«

Wir lassen alles stehen und liegen und gehen gemeinsam mit ihm hinüber in die ehemalige Schule, wo wir uns in einem der Aufenthaltsräume zusammensetzen. Ian verteilt die Schachteln mit dem Essen sowie Besteck und ich öffne meine, obwohl ich keine Ahnung habe, wie ich überhaupt etwas hinunterbekommen soll. Schon beim Frühstück ging es mir so, ich hatte das Gefühl, dass die Blaubeer-Pancakes mir jeden Augenblick im Hals stecken bleiben würden.

»Was ist los?« Ians Blick schießt zwischen uns beiden hin und her. »Cage hat am Telefon angedeutet, dass du mit uns reden möchtest?« Dass er keinen Schimmer hat, worum es geht, beruhigt mich ein wenig. Offenbar hat Cage Recht und Dawn hält tatsächlich dicht. Einen Moment lang schäme ich mich, dass ich ihr das Gegenteil unterstellt habe, doch meine bisherigen Erfahrungen in dieser Hinsicht waren eben alles andere als positiv.

Geräuschvoll durchatmend schiebe ich die unangerührte Styroporschachtel weg und verschränke die Finger miteinander, ehe ich zu erzählen anfange. Was Arias Trauma angeht, gehe ich bezüglich der Details nicht in die Tiefe, sondern sage nur so viel, dass die zwei das Grundproblem verstehen können. Danach erkläre ich ihnen, wie ich entstanden bin, dass ich Aria diesen Umstand aber eben erst jetzt offenbart habe. Ich schließe damit, wie beschissen ich mich fühle und dass ich seit gestern all meine Entscheidungen der vergangenen Monate infrage stelle.

Ians und auch Cages Mimik ist undurchdringlich, ich kann null lesen, was sie gerade denken. Ob sie mich verurteilen, so wie ich es inzwischen tue? Glauben sie ebenfalls, dass ich Arias Vertrauen ausgenutzt habe und es ihr deutlich eher hätte sagen müssen?

»Sie hat mir versichert, dass sie mich liebt und sich für sie nichts geändert hat, aber wie kann es das? Und wie soll ich ihr abkaufen, dass es nicht bloß Dankbarkeit ist, die sie bei mir hält? Plus die Tatsache, dass ich ihr mit dem Selbstverteidigungsunterricht und der Zeitlupen-Annäherung zwischen uns genügend Raum gelassen habe, um allmählich wieder auf ihre Instinkte zu vertrauen?«

Mein Fragen-Bombardement lässt die beiden einen raschen Blick miteinander tauschen, eine Antwort bleiben sie mir allerdings schuldig. Dass sie offenbar nicht einmal wissen, was sie dazu sagen sollen, spricht meiner Meinung nach Bände.

»Ich fühle mich wie ein Schwein, das Arias Vertrauen zu seinem Vorteil ausgenutzt hat«, setze ich hinterher.

Ian atmet scharf ein. »Von dem Trichter solltest du ganz schnell wieder runter, Riley. Du hast das getan, was du für das Beste gehalten hast.«

Cage brummt zustimmend. »Es klingt logisch betrachtet vielleicht seltsam, aber eigentlich bist du der ideale Mann für eine Frau mit einem derartigen Trauma.«

»Schon klar, der Sohn eines Vergewaltigers ist der perfekte Freund für ein Vergewaltigungsopfer«, höhne ich mit einem zynischen Lachen. »Was prädestiniert mich denn deiner Meinung nach dafür?«

»Aktuell bist du noch viel zu sehr in einem Ausnahmezustand, als dass du das sachlich beurteilen kannst. Du legst es drauf an, mich falsch zu verstehen, doch das ist okay. Ich denke, so einige Kerle hätten nicht mal ansatzweise eine derartige Geduld aufgebracht, wie du sie mit Aria hattest.«

Seine Worte hören sich einleuchtend an, dennoch fühle ich mich, als würden wir mein Fehlverhalten damit bloß rechtfertigen.

»Du hast dein gesamtes Leben hautnah mit einem Opfer verbracht, du hast aus nächster Hand mitbekommen, was das mit deiner Mom gemacht hat. Ich glaube, nur eine Frau, die durchgemacht hat, was deine Mutter oder Aria erlebt haben, kann sie besser verstehen als du«, klinkt Ian sich ein. »Und ich denke, dass deine Freundin sehr wohl weiß, was sie an dir hat. Sicher, früher oder später wäre sie vielleicht auf einen Mann ohne eine entsprechende Vorgeschichte wie deine getroffen, der sie ebenfalls aus ihrem Kokon befreit hätte. Aber dass ausgerechnet ihr beide aufeinandergetroffen seid, war …«

»Schicksal?«, unterbreche ich ihn. »Es hat einen ziemlich abgefuckten Sinn für Humor, findet ihr nicht auch?« Erschöpft gleite ich mit den Fingern durch meine Haare und schließe kurz die Augen. »Ich weiß einfach nicht, ob wir das überstehen können. Wie sollen wir uns eine echte Basis schaffen, wenn die wichtigste Phase unserer Beziehung auf einer Lüge fußt?«

»Das siehst du meiner Meinung nach zu streng. Das war keine Lüge. Außerdem wird Aria sicherlich verstehen, *warum* du das getan hast«, widerspricht Cage mir. »Du hast es ja nicht gemacht, um ihr zu schaden oder sie auszunutzen.«

»Doch ist das nicht die Frage, die sie sich zwangsläufig früher oder später stellen wird? Die sie sich eigentlich stellen *muss*? Mir ist klar, ich wiederhole mich, aber wie soll sie auf ihre Gefühle vertrauen?«

Ian seufzt und reibt sich mit der Hand über das Gesicht. »Alter, du kannst eine Situation wie diese nicht binnen eines Tages lösen. In erster Linie braucht ihr beiden nun Zeit, um das alles zu verarbeiten und zusammenzuwachsen.«

»Macht Aria eigentlich eine Therapie?«, erkundigt sich Cage.

»Nein. Meine Mom hat ihr aber vorgeschlagen, die Selbsthilfegruppe zu besuchen, die sie leitet.«

»Hast *du* jemals eine gemacht? Um aufzuarbeiten, wie du entstanden bist und was für Auswirkungen das auf dein Leben hatte?«, bohrt nun Ian nach.

Ich verneine mit einem Kopfschütteln. Mom hat mich als Teenager während meiner schlimmsten Zeiten buchstäblich bekniet, mich darauf einzulassen, doch ich habe das stets abgelehnt.

»Vielleicht solltet ihr in Erwägung ziehen, gemeinsam eine zu machen«, schlägt Ian vor und ich runzele irritiert die Stirn.

»Was soll uns denn bitte eine Paartherapie bringen? Und nach einem Tag an einen Therapeuten zu denken, ist ein wenig überzogen, oder?«

Ian wiegt den Kopf leicht hin und her, und auch Cage macht ein abwägendes Gesicht.

»Das ist ja nichts, was ihr heute entscheiden müsst, nur so ein Gedanke, den ihr vielleicht im Hinterkopf behalten solltet. Für den Fall, dass ihr merkt, ihr kommt anders nicht mehr weiter«, tut Cage seine Meinung kund. »Früher war ich immer gegen eine Therapie, meiner felsenfesten Überzeugung nach brauchte ich keine, das war nur was für Loser. Nach dem Tod meiner Mom, der ganzen Sache mit meinem Dad und dem neuerlichen Rückfall ist mir jedoch klargeworden, dass sich etwas grundlegend ändern muss. Ich hatte das, was mir in meiner Kindheit und Jugend zugestoßen ist, nie richtig verarbeitet, ich bin eigentlich nur davongelaufen. Wir alle haben unsere Gründe für die illegalen Käfigkämpfe, innere Dämonen, die uns antreiben, aber du musst lernen, mit ihnen zu leben. Sonst holen sie dich früher oder später immer wieder ein und zwingen dich in die Knie.«

Zwar kenne ich Cage jetzt schon eine ganze Weile, doch ich glaube, das hier ist das erste Mal, dass ich ihn so viel Privates am Stück habe sagen hören.

»Denk wenigstens darüber nach«, bittet Ian mich. »Rede mit Aria und haltet es euch als Option offen. Der Typ, der für die Kids im Jugendzentrum da ist, kann euch gegebenenfalls garantiert einen guten Therapeuten vermitteln … vielleicht würde er sich ja sogar dazu anbieten.« Er lehnt sich vor und fixiert mich mit seinem Blick. »Das seid ihr sowohl euch selbst als auch einander schuldig.«

Zähneknirschend lenke ich ein, obwohl ich von dieser Paartherapie-Idee nicht wirklich überzeugt bin. »Ich behalte es im Hinterkopf.« Nach wie vor appetitlos ziehe ich die Schachtel mit dem mittlerweile sicherlich bestenfalls nur noch lauwarmen Essen zu mir heran und stochere mit der Gabel in ihm herum.

Cage und Ian meinen es gut und objektiv betrachtet sind ihre Ratschläge garantiert nicht schlecht.

Dennoch werde ich dieses ekelhafte Gefühl nicht los, dass ich eine derartige Chance gar nicht verdiene.

Wieso sollte Aria eine Beziehung mit einem Monster wie mir fortführen wollen?

Ich bin überzeugt, dass es nur eine Frage der Zeit ist, bis sie sich von mir trennen wird.

Und vermutlich wäre das auch das Beste für sie. Meine Mutter musste durch mich schon täglich an das schlimmste Erlebnis ihres Lebens erinnert werden. Aria soll nicht dasselbe Schicksal teilen.

Kapitel 38

Aria

Zögerlich betrete ich den Versammlungsraum einer in der Nähe von Ritas Wohnung gelegenen Kirche.

Wie Rileys Mom es geschafft hat, mich zu überzeugen, sie zu begleiten, weiß ich selbst nicht so recht.

Bei dem Gedanken an meinen Freund wird mein Herz schwer. Seit Wochen läuft es schlecht zwischen uns und er entfernt sich immer weiter von mir. Egal, was ich auch versuche, um ihm zu vermitteln, dass ich ihn liebe, es hilft nichts. In seinem Kopf hat sich festgesetzt, dass er mich nicht so hintergehen hätte dürfen. Er redet sich ein, dass er mir damit bloß geschadet hat.

All das Gute, was er in den vergangenen Monaten in mein Leben gebracht hat, sieht er gar nicht mehr.

Es ist, als wären all die wundervollen kleinen und großen Momente zwischen uns ausgelöscht.

»Möchtest du einen Kaffee?«, spricht seine Mom mich an und reißt mich so aus meinen Gedanken.

»Ähm, ja«, antworte ich und schaue ein wenig unbehaglich in Richtung des Stuhlkreises. Ein Teil der Stühle ist bereits mit Frauen unterschiedlichsten Alters besetzt. Die Erkenntnis, wie viele Leidensgenossinnen ich habe, lässt mich kurz frösteln.

»Milch oder Zucker?« Fragend sieht Rita mich an und lächelt, als ich verneine. »Alles klar, dann schwarz wie die Nacht … nimm doch schon einmal Platz, ich komme gleich zu dir.«

Mir ist bewusst, dass sie mich ein wenig ins kalte Wasser schubsen und dazu bringen möchte, mich vielleicht mit der ein oder anderen Gruppenteilnehmerin zu unterhalten. Ich setze mich auf den erstbesten freien Stuhl und lächele die Brünette zwei Sitzplätze weiter, die mir einen neugierigen Blick zuwirft, kurz an.

»Du bist neu hier, oder? Ich bin Tina«, stellt sie sich vor und streckt mir die Hand entgegen.

Nickend ergreife ich ihre Finger und schüttele sie. »Mein Name ist Aria. Rita hat mich mitgenommen«, erkläre ich und deute mit einer Kopfbewegung zu Rileys Mom.

»Verstehe. Sie ist toll und gibt uns allen hier so viel.«

Weil ich nicht so recht weiß, was ich darauf erwidern soll, lächele ich bloß zustimmend. Gott sei Dank kommt Rita in dieser Sekunde zu uns, reicht mir einen Pappbecher mit Kaffee und setzt sich dann zu meiner Linken.

Sie eröffnet die heutige Gruppenstunde und ich lehne mich in meinem Stuhl zurück. Im Vorfeld hat sie mir erklärt, dass ich nicht gezwungen bin, etwas zu sagen, ich könne auch einfach nur zuhören. Niemand würde von mir erwarten, dass ich mich gleich beim ersten Treffen einbringe. Jede der Teilnehmerinnen hätte ihr eigenes Tempo und man würde ihnen die nötige Zeit geben, die sie brauchen. Erleichtert darüber, dass ich erstmal die Gelegenheit habe, mich mit der Situation vertraut zu machen, lausche ich einer jungen Frau in meinem Alter, die jahrelang von ihrem Bruder missbraucht worden ist. Danach spricht Tina über die Fortschritte, die sie gemacht hat, seit sie sich aus ihrer toxischen Beziehung befreit hat. Ihr Exfreund hat sie regelmäßig vergewaltigt und auch geschlagen.

Beide Geschichten erschüttern mich, jede von uns trägt ein im Kern ähnliches Trauma mit sich herum, so unterschiedlich die jeweiligen Umstände zunächst sein mögen.

Und jede von ihnen hat ihren ganz eigenen Weg gefunden, damit umzugehen, beziehungsweise ist gerade dabei, ihn zu finden.

Weitere Frauen kommen zu Wort, sie sprechen sich gegenseitig Mut zu und so skeptisch ich im Vorfeld gewesen bin, begreife ich jetzt doch, dass das hier eine Chance für mich ist.

Eine Möglichkeit, herauszufinden, wie *mein* Weg aussehen wird.

Kurz vor Ende des Treffens wendet Rita sich mir zu. »Möchtest du dich vielleicht vorstellen?«, fragt sie mich behutsam, trotzdem verkrampfe ich für einen Moment. Dann jedoch fälle ich eine Entscheidung, ich bin lange genug ein Opfer gewesen. Außerdem befinde ich mich hier in einem geschützten Rahmen und ausschließlich unter Frauen, die dasselbe erlebt haben wie ich. Tief durchatmend straffe ich die Schultern.

»Mein Name ist Aria, ich habe bis vor wenigen Monaten in Vancouver gelebt und bin dort einige Zeit zuvor auf einer Studentenparty von meinem Date vergewaltigt worden.« Es überrascht mich ein bisschen, wie flüssig diese Worte über meine Lippen kommen. »Eigentlich ging es mir schon wieder ganz gut, woran nicht zuletzt …« Ich breche ab und suche in Ritas Augen nach der Bestätigung, dass es okay ist, hier über Riley zu sprechen. Sie nickt aufmunternd und so fahre ich fort. »… woran nicht zuletzt mein Freund einen großen Anteil trägt. Aber seit er mir offenbart hat, dass er selbst das Ergebnis einer Vergewaltigung ist, läuft irgendwie alles schief.«

Vermutlich weiß zumindest ein Teil der Frauen hier, dass ich von Ritas Sohn rede, ein paar sehen jedenfalls bei meinen letzten Worten zu ihr. Doch keine äußert sich dazu, stattdessen lächeln sie mich an und warten darauf, dass ich weiterrede.

»Seitdem zieht er sich von mir zurück, er kann mir scheinbar nicht glauben, dass das für mich nichts ändert. Er fühlt sich furchtbar schuldig und wirft sich selbst vor, dass er mein Vertrauen ausgenutzt hätte. Außerdem ist er überzeugt davon, dass ich nicht wissen kann, ob ich ihn wirklich liebe oder ob ich letztlich nur aus Dankbarkeit und Pflichtgefühl bei ihm bleibe.« In meinem Brustkorb breitet sich wieder dieses verdammte Engegefühl aus und ich spüre, wie mir gleichzeitig Tränen in die Augen steigen. »Ich liebe ihn und habe solche Angst, ihn deswegen zu verlieren«, presse ich hervor.

»Redet ihr darüber?« Diese Frage stellt Tina, die mich liebevoll anlächelt, als ich zu ihr schaue.

»Nicht wirklich. Anfangs ja, aber inzwischen blockt er jedes Mal ab und meint, ich würde mich unnötig verrückt machen, wir bräuchten einfach bloß Zeit. Dazu behauptet er, er wäre gar nicht distanziert. Das läge seiner Aussage nach nur daran, dass er höllisch viel um die Ohren habe und immer völlig kaputt sei, wenn er nach Hause kommt.« Energisch wische ich mir die Tränen, die sich nun doch aus meinen Augen gestohlen haben, von meinem Gesicht. »Freunde von ihm haben vorgeschlagen, dass wir über eine Paartherapie nachdenken sollten, aber das blockt er ebenfalls vollkommen ab.« Als ich das letzte Mal bei Dawn und Cage gewesen bin, hat ihr Freund mir grob angerissen von ihrem geführten Gespräch erzählt.

Rita zu meiner anderen Seite legt mir vorsichtig eine Hand auf das Bein. »Manche Männer sind Sturköpfe, da muss man hartnäckig bleiben.« Nach einem Blick auf die Wanduhr seufzt sie. »Es tut mir leid, doch wir müssen langsam zum Ende kommen, die Gruppe, die nach uns dran ist, scharrt vermutlich vor der Tür schon mit den Hufen.« Ihr entschuldigender Tonfall zeugt von ihrem schlechten Gewissen, dass sie mich mittendrin abwürgen muss, aber ich mache eine beschwichtigende Handbewegung und beruhige sie so.

Wir Frauen verabschieden uns voneinander und ich beschließe für mich, die Selbsthilfegruppe beim nächsten Treffen erneut aufzusuchen. Ich folge Rita nach draußen zu ihrem Wagen, denn sie hat mich mitgenommen und wird mich auch wieder bei meiner Wohnung absetzen. In Gedanken versunken steige ich ein und schnalle mich an. Erst mit einiger Verzögerung registriere ich, dass Rileys Mom zwar den Schlüssel in das Zündschloss gesteckt, den Motor jedoch nicht gestartet hat.

»Aria, ich bin der gleichen Meinung wie eure Freunde und denke, du solltest dich von meinem Sohn nicht so abwimmeln lassen, was diese Paartherapie angeht. Ihr braucht einen neutralen Dritten, der für euch übersetzt, wenn man so will. Riley trägt dieses Stigma mit sich herum, seit er ein kleines Kind war. Gott weiß, wie oft ich versucht habe, ihm auszureden, dass er ein Monster oder Ähnliches sei. Es gab in seinem Leben immer wieder Phasen, in denen es ihm gut ging und er den Eindruck vermittelte, dass er mit den Umständen seiner Zeugung klarkäme. Aber jedes Mal folgte der Rückschlag quasi auf dem Fuße, und so ist es jetzt auch … mit dem Unterschied, dass es diesmal noch schlimmer für ihn ist.«

Zaghaft nicke ich. »Ich werde versuchen, ihm das klarzumachen.«

Rita seufzt und schlägt die Hände vor das Gesicht. »An manchen Tagen hasse ich mich dafür, dass ich ihm all das zugemutet habe … zumuten *musste*. Dass ich ihn nicht davor beschützen und ihm keine unbeschwerte Jugend ermöglichen konnte. Ich hatte nicht einen Cent in der Tasche, keine abgeschlossene Ausbildung und war völlig neben der Spur, als er auf die Welt kam. Eigentlich hätte ich mit ihm seinerzeit nach seiner Geburt irgendwo hingehen müssen, wo uns niemand kennt, um ihm all dieses Leid zu ersparen, aber ich …« Die Stimme versagt ihr und sie wendet den Kopf zur Fahrertür.

Schnell beuge ich mich zu ihr hinüber und lege eine Hand auf ihre Schulter. »Du hast getan, was du im Rahmen deiner Möglichkeiten tun konntest«, murmele ich hilflos, weil ich nicht so recht weiß, was ich ihr Tröstliches sagen soll.

Rita dreht sich wieder zu mir und versucht sich an einem Lächeln. »Gib ihn nicht auf, ja?«, bittet sie mich so flehentlich, dass ich erschauere.

»Niemals«, verspreche ich ihr, ohne zu zögern. »Ich liebe deinen Sohn und werde verdammt nochmal dafür sorgen, dass er das in seinen sturen Betonschädel bekommt.«

Sie lacht auf und schließt mich dann in eine Umarmung. »Das klingt vielleicht ein wenig kitschig, aber ich glaube, ihr solltet euch finden.« Nach diesen Worten gibt sie mich frei, legt den Gurt an und startet den Motor.

Darauf erwidere ich nichts mehr, denke stattdessen nur stumm, dass ich das genauso sehe wie sie.

Jetzt muss ich das nur noch meinem Freund begreiflich machen.

Kapitel 39

Aria

Nach einer schlaflosen Nacht habe ich mich dazu entschieden, Riley spontan aufzusuchen und ihm keine Gelegenheit zu geben, sich auf unsere Unterhaltung vorzubereiten. Mit einer Tüte voller Bagels stehe ich vor dem Appartementkomplex, in dem er wohnt, und will gerade klingeln, als ich hinter mir Bears Bellen höre. Kaum, dass ich mich umgedreht habe, ist der Rüde auch schon bei mir, jault freudig und wedelt mit dem Schwanz. Auflachend beuge ich mich zu ihm hinunter und streichele ihn.

»Aria? Was machst du denn hier?« Erstaunen zeichnet sich auf Rileys Miene ab, während er auf uns zuhält und schließlich etwa einen halben Meter von mir entfernt stehenbleibt. »Waren wir verabredet?« Dass er mich nicht einmal zur Begrüßung in den Arm nimmt und küsst, fällt ihm offenbar gar nicht auf.

»Nein, ich dachte, ich überrasche dich und wir frühstücken zusammen … oder hast du schon etwas anderes vor?« Innerlich möchte ich mich selbst vors Schienbein treten, dass ich ihm eine Steilvorlage biete, um sich aus der Affäre zu ziehen.

»Ähm … nein, erst heute Nachmittag, da gebe ich einen Kurs im Jugendzentrum.« Er tritt näher und zieht mich nun doch in eine Umarmung. »Schön, dass du da bist«, murmelt er und gibt mich danach ohne einen Kuss wieder frei. Die fehlenden Zärtlichkeiten zwischen uns und die emotionale Distanz machen mich traurig, wie jedes Mal.

Gefolgt von Bear betreten wir das Haus und gehen die Stufen zu Rileys Wohnung hinauf. Drinnen angekommen nimmt er mir die Tüte mit den Bagels ab, nachdem er seine Schuhe und die Lederjacke ausgezogen hat. Ohne auf mich zu warten, geht er voraus in die Küche. Tief durchatmend hänge ich meine Jacke an die Garderobe, schlüpfe aus meinen Sneakers und begebe mich dann zu ihm.

»Ich möchte, dass wir eine Paartherapie machen«, falle ich buchstäblich mit der Tür ins Haus, obwohl ich mir vorher eigentlich eine andere Strategie zurechtgelegt habe. Doch jetzt habe ich den Eindruck, dass ich meinem Freund nur mit der Holzhammermethode beikomme. Mit vorsichtigem gutem Zureden bin ich in den vergangenen Wochen schließlich nicht weitergekommen.

Riley, der gerade die Kaffeemaschine in Gang setzt, dreht sich mit einem genervten Gesichtsausdruck zu mir um. »Das haben wir alles bereits durchgekaut, Aria. Meiner Meinung nach brauchen wir das nicht«, blockt er mich ab.

»*Meiner* Meinung nach aber schon. Und wann haben wir das denn bitte wirklich *durchgekaut,* um dich zu zitieren? Du machst jedes Mal dicht, sobald ich das Thema zur Sprache bringe. Ganz am Anfang nach deinem Geständnis haben wir drüber geredet, ja, doch danach?! Da hast du für dich beschlossen, dass du es besser weißt, völlig egal, was man dir sagt!«

Aufgebracht stemme ich die Hände in die Hüften. »Findest du das hier normal?! Unseren Umgang miteinander?«

»Keine Ahnung, worauf du hinauswillst.« Verständnislos hebt er die Schultern und macht mich damit rasend vor Wut und Enttäuschung. Dass er so stur ist und nicht begreift, dass er im Begriff ist, *uns* wegzuwerfen, lässt mich fassungslos mit dem Kopf schütteln.

»Riley Kane, wenn du nicht möchtest, dass ich tatsächlich auf dem Absatz kehrtmache, aus deiner Wohnung und deinem Leben verschwinde, hörst du jetzt sofort mit diesem Scheiß auf!« Meine Stimme zittert bei meinen Worten, aber gefühlt erhalte ich zum ersten Mal seit Wochen eine echte Reaktion.

Erschütterung macht sich auf Rileys Miene breit und er sackt etwas in sich zusammen.

Doch dieser Zustand hält nur kurz an, dann wendet er mir den Rücken zu und holt zwei Teller sowie Kaffeebecher aus einem der Küchenschränke. »Wie soll Quatschen mit einem Dritten uns helfen?«, nuschelt er in sich hinein, während er zum Tisch hinübergeht und das Geschirr abstellt. Dass er überhaupt fragt, gibt mir ein wenig Hoffnung.

»Du glaubst mir nicht, dass ich dich liebe. Nein, noch viel schlimmer, du hast *entschieden*, dass es nicht sein kann, dass ich dich liebe! Für dich steht fest, dass ich lediglich aus purer Dankbarkeit und Pflichtgefühl bei dir bleibe … weißt du eigentlich, was für ein beschissenes Gefühl du mir damit gibst? Vertraust du meinen Entscheidungen … meinen Empfindungen nach all den Monaten so wenig? Vertraust du *mir* so wenig? Bedeutet dir all das, was zwischen uns geschehen ist, denn gar nichts?« Kurz verschwimmt mir die Sicht vor Augen, doch ich schlucke die aufsteigenden Tränen energisch hinunter. Das Letzte, was ich jetzt will, ist, dass Riley den Eindruck bekommt, ich würde ihn so emotional erpressen wollen. »Du respektierst meine Liebe zu dir nicht, stattdessen trittst du sie seit Wochen mit Füßen und unterstellst mir fehlendes Urteilsvermögen. Was du mit mir machst, was das aus *uns* macht … du degradierst mich zu einem Opfer, vermittelst mir, dass ich deiner Überzeugung nach keine Ahnung habe, was ich für dich fühle!«

Riley schnappt entsetzt nach Luft und lässt den Aufschnitt sowie den Käse, den er gerade aus dem Kühlschrank geholt hat, beinahe fallen. »Das habe ich so nie gesagt!«, verteidigt er sich.

»Versteh mich nicht falsch, ich kann nachvollziehen, woher das alles kommt und wieso du dich so verhältst. Doch wenn wir nichts dagegen tun, wird es uns auffressen und zerstören! Anfangs habe ich mir vorgenommen, mit dir die gleiche Engelsgeduld zu haben, wie du sie mit mir gehabt hast, aber …« Ich stocke, weil ich merke, dass mir die Stimme wegzubrechen droht. »Riley, ich habe Angst, dass wir es nicht schaffen, wenn wir so weitermachen. Außerdem ertrage ich nicht mehr, mit anzusehen, wie schlecht es dir geht … wie fertig du dich wegen etwas machst, das ich dir nicht eine Sekunde lang zum

Vorwurf gemacht habe.« Vorsichtig trete ich zu meinem Freund, der gerade die Nuss-Nougat-Creme, auf die ich so abfahre, aus dem Schrank holt und lege von hinten die Arme um seine Hüften. »Du rührst mich nicht mehr an, du küsst mich kaum noch und …« Wieder halte ich inne, weil ich spüre, wie er sich verspannt. »Ich vermisse dich so unglaublich und möchte dich nicht verlieren.« Mich auf die Zehenspitzen stellend drücke ich meine Lippen auf die Haut unterhalb seines Haaransatzes.

»Aria …«, seufzt er, stellt das Glas mit der Schokoladencreme ab und greift stattdessen nach meinen Händen. Kurz überlege ich, ihn zu bitten, sich zu mir umzudrehen. Doch dann halte ich den Mund, weil ich den Eindruck habe, so ist es leichter für ihn, mit mir zu reden. »Du musst mir glauben, ich wollte ebenso wenig wie du, dass diese Sache sich in irgendeiner Weise zwischen uns schiebt. Damals bei unserem Gespräch in Miguels Boxstudio dachte ich, wir würden die Kurve bekommen. Eben, weil wir so schnell miteinander geredet haben. Aber ich … ich habe nicht damit gerechnet, dass ich …« Er spricht nicht weiter und verspannt sich noch mehr.

»Dass du was?«, hake ich nach.

»Die Vorstellung, dass du ebenso wie meine Mom jedes Mal, wenn du mich ansiehst, an die schlimmsten Augenblicke deines Lebens denkst, die macht mich fertig«, gesteht er mit so viel Verzweiflung in der Stimme, dass mein Herz schmerzt. »Sie hat Jahre gebraucht, um mich lieben zu können … ich glaube ihr, dass sie mich liebt, aber manchmal … manchmal frage ich mich selbst heute, wie sie es erträgt, mich anzusehen. Als Erwachsener muss ich meinem Erzeuger noch ähnlicher sein, als es in meiner Kindheit der Fall war. Wie hält sie das aus? Und wie erträgst du es, dass …«

»Stopp, Riley. Du vermischst da zwei Sachen«, unterbreche ich ihn. »Zum einen: Du hast mich nicht vergewaltigt. Und komm mir nun bitte nicht wieder mit dieser Vertrauensnummer, wir beide wissen, warum du nichts gesagt hast, und ich trage dir das nicht nach. Würde hier jetzt eine gute Fee auftauchen und mich mit dem Kenntnisstand von heute fragen, ob ich die vergangenen Monate mit dir auslöschen will, würde ich Nein sagen. Ohne auch nur eine Sekunde zu zögern. Zum anderen: Ich bin der festen Überzeugung, dass deine Mom schon sehr lange nicht mehr ihren Vergewaltiger sieht, wenn sie dich anschaut.«

Endlich dreht er sich zu mir um, aber der Zweifel auf seinem Gesicht ist nur zu deutlich wahrzunehmen. »Du vergisst, dass ich ganz nach diesem Schwein komme. Selbst, wenn sie sich bemüht, meine Optik arbeitet da nun mal gegen sie«, wendet er ein.

»Und du vergisst, dass du nichts von ihm hast, von deinem Aussehen mal abgesehen. Hat deine Mom in den ersten Jahren nach deiner Geburt aufgrund ihres eigenen Traumas Schwierigkeiten gehabt, dich anzunehmen? Ja. Doch hat sie dir danach nicht bis heute jeden Tag gezeigt, wie sehr sie dich liebt? Als ich euch das erste Mal zusammen erlebt habe, war einer meiner allerersten Gedanken, dass ihr eine Einheit seid.

Vielleicht bin ich nicht in der Lage, es hocheloquent zu formulieren, aber ich glaube, wenn deine Mutter dich betrachtet, sieht sie den einfühlsamen, wunderbaren Mann, zu dem sie dich erzogen hat. Nicht das Ungeheuer, das ihr Gewalt angetan hat.« Eine Hand in seinen Nacken legend ziehe ich seinen Kopf zu mir hinunter. »Du bist kein Monster, Riley.«

Der Laut, der sich nach meinen letzten Worten den Weg aus seiner Kehle bahnt, tut mir in der Seele weh. Er klammert sich an mich und vergräbt seinen Kopf in meiner Halsbeuge. So gern würde ich ihm den jahrzehntelang aufgestauten Schmerz nehmen, doch ich kann nicht. Dazu ist er zu tief verwurzelt und meiner Meinung nach braucht es einen Profi, der ihm … der uns hilft.

»Sowohl du als auch ich haben einiges aufzuarbeiten. Wir machen diese Paartherapie, keine Widerrede«, raune ich an seinem Ohr und küsse ihn danach sanft auf die Haut darunter.

»Okay …«, brummt er. »Ich will dich ebenfalls nicht verlieren«, setzt er leise hinterher. Mir ist klar, dass er nach wie vor nicht überzeugt davon ist, aber dass er sich endlich überhaupt darauf einlässt, erleichtert mich. Heute Abend habe ich einen kleinen Teilsieg errungen und fühle mich ihm viel näher, als es in den vergangenen Wochen der Fall war.

Kapitel 40

Riley

Erst war ich angepisst, weil Aria mir buchstäblich die Daumenschrauben angesetzt hat, was diese Paartherapie angeht.

Doch mittlerweile muss ich eingestehen, dass sie uns tatsächlich allmählich zu helfen scheint.

Wir haben heute unsere zehnte Sitzung und unser Therapeut hat es eindeutig enthusiastischer formuliert als ich. Er sprach zu Beginn der Therapiestunde davon, dass wir grandiose Fortschritte in erstaunlich kurzer Zeit gemacht hätten.

»Die Albträume sind also deutlich weniger geworden?«, hakt er bei Aria nach, woraufhin sie nickt. »Sehr gut, das dürfte auch Sie beruhigen, oder?«, wendet er sich an mich.

Ihre schlechten Träume waren einer der großen Streitpunkte in den ersten Therapiesitzungen. Während meine Freundin stets stur beteuert hat, dass ihr Wiederauftreten analog zu meinem Geständnis purer Zufall sei, habe ich auf das Gegenteil beharrt und mir die Schuld daran gegeben.

»Im Wesentlichen tut es das, ja.« Der Doc zieht eine Augenbraue hoch, eine Geste, die ich mittlerweile echt hasse. Das macht er jedes Mal, wenn er mir nicht abkauft, was ich ihm sage. »Hören Sie, ich brauche einfach noch etwas Zeit, um wirklich zu verinnerlichen, dass mein Background lediglich ein Auslöser, aber eben nicht ursächlich für Arias Albträume ist«, setze ich zähneknirschend hinterher und seine verfickte Braue sinkt zu meiner Erleichterung wieder nach unten. Der Doc hilft uns, keine Frage, aber in Momenten wie diesen habe ich manchmal den Eindruck, er hat sich gemeinsam mit meiner Freundin gegen mich verschworen.

»Haben Sie das Gefühl, allmählich einen Abschluss zu finden, was die Vergewaltigung angeht?« Er fokussiert sich erneut auf Aria, die daraufhin ihre Unterlippe zwischen die Zähne zieht und auf ihr herumkaut.

»Soweit ich das kann … ja. Ich meine, ich bin kein solches Muskelpaket wie Riley, sonst würde ich vermutlich Rache nehmen … wobei ich dank des Trainings mit ihm mittlerweile ein paar ganz gute Tricks draufhabe.« Sie lacht auf, als die Augenbrauen des Docs dieses Mal beide synchron hochzucken.

»Aria, Gewalt ist niemals eine Lösung oder ein Weg zur Konfliktbewältigung«, tadelt er sie mit ernster Stimme.

Meine Freundin erwidert darauf etwas, das ich jedoch nur noch halb mitbekomme, denn meine Gedanken sind längst auf Wanderschaft zu meinem eigentlich wieder verworfenen Plan, mir Floyd und die anderen beiden Typen zu greifen, um Aria zu rächen. Meinem eigenen Vater habe ich nie für das bezahlen lassen können, was er meiner Mom und letztlich auch mir angetan hat. Er ist nach seiner Entlassung aus dem Gefängnis und lang, bevor ich überhaupt rein körperlich soweit gewesen wäre, bei einem missglückten Überfall auf eine Tankstelle von einem Polizisten erschossen worden.

Doch hier liegen die Dinge anders.

Ich könnte wiedergutmachen, was ich durch die Art meiner Zeugung und das Bewahren dieses Geheimnisses angerichtet habe.

Darüber hinaus könnte ich Aria zumindest so etwas wie Gerechtigkeit verschaffen, die sie auf legalem Wege nie bekommen wird.

Stelle ich es richtig an, sorge ich dafür, dass diese Arschgesichter das niemals wieder auch nur einem Mädchen antun.

»… in sexueller Hinsicht, Riley?«

Leicht verdattert tauche ich aus meinen Gedankengängen auf und sehe zwischen Aria und dem Therapeuten hin und her. »Wir schlafen wieder miteinander, falls Sie darauf hinauswollen«, wage ich einen Schuss ins Blaue. »Nach Arias Regeln, doch das ist okay für mich.« Dass sie diesen Schutzrahmen braucht, verstehe ich, und sollte sich das nie ändern, komme ich auch damit klar. Natürlich wäre es schön für mich, wenn sie mir in dieser Hinsicht irgendwann ihr uneingeschränktes Vertrauen schenken und sich in meine Hände begeben würde. Letztlich bin ich jedoch froh, sie nicht verloren zu haben.

»Ich wünsche mir wirklich, mich komplett fallenlassen zu können, aber ich brauche dieses Sicherheitsnetz … noch«, murmelt sie und knetet ihre Hände so angespannt, dass ich schließlich nach ihnen greife und sie sanft drücke.

»Es ist in Ordnung, selbst, wenn es immer so bleibt«, versichere ich ihr.

»Ich denke, das ist ein ganz guter Schlusssatz für unsere heutige Sitzung.« Der Doc lächelt uns beiden zu, während ich mir auf die Zunge beiße, um nicht mit den Augen zu rollen. Der Kerl ist okay, wirklich, aber diese Worte fallen am Ende *jeder* Therapiestunde und gehen mir ebenso auf den Zeiger wie das Augenbrauen hochziehen. »Dann bis nächste Woche.«

Wir nicken synchron, erheben uns und verlassen sein Büro, welches sich in einem Gebäudekomplex mit unzähligen Firmen, Anwälten und Steuerberatern befindet. Am Fahrstuhl angekommen hakt Aria sich bei mir unter und gibt mir einen Kuss auf die Wange.

»Wofür war der denn?« Als ich auf sie hinunterschaue, hebt sie eine Augenbraue und fängt zu kichern an.

»Dafür, dass du das hier mitmachst, obwohl er dich manchmal nervt.«

Erneut will sie mir einen Kuss auf die Wange geben. Doch dieses Mal umfasse ich ihr Gesicht mit den Händen und hole mir einen richtigen Kuss. Mit einem unterdrückten Seufzen lehnt sie sich gegen mich und erwidert jeden meiner Zungenschläge mit einer Sehnsucht, die dafür sorgt, dass mein Schwanz sich in meiner Hose regt. Erst, als ich das *Pling* höre, das mir verrät, dass der Fahrstuhl auf unserer Etage angekommen ist, löse ich mich widerwillig von ihr.

»Es hilft uns, das ist alles, was zählt. Und wir alle haben doch irgendwelche komischen Marotten«, erkläre ich mit einem Schulterzucken. Händchenhaltend treten wir in die leere Kabine. »Er versteht was von seinem Job und gibt gute Ratschläge.« Dass er mich heute unbeabsichtigt auf einen Pfad zurückgeschubst hat, den ich eigentlich schon verlassen hatte, behalte ich für mich.

Bei dem Gedanken, dieses Mal wirklich handeln zu können, ergreift mich eine seltsame Aufregung.

Ob Ian sich so gefühlt hat, als er sich entschieden hat, seinen Weg der Rache zu gehen?

Kapitel 41

Riley

Im Schutz der Dunkelheit liege ich auf der Lauer und warte darauf, dass Floyd heimkehrt. Zu meinem Glück lebt das verwöhnte, reiche Söhnchen inzwischen nicht mehr im Haus seiner Verbindung, sondern in einem eigenen Stadthaus in einem noblen Viertel von Vancouver. Seine beschissene Alarmanlage nützt ihm jedoch leider nichts, die war selbst für mich mit meinen mittlerweile etwas eingerosteten Fähigkeiten in dieser Hinsicht leicht außer Betrieb zu nehmen.

Seinen beiden Komplizen habe ich vor wenigen Stunden einen Besuch abgestattet.

Nachdem ich mit ihnen fertig war, habe ich ihnen klargemacht, was passieren würde, wenn sie Floyd vorwarnen.

Sie haben bloß gewinselt, sich in die Hosen gemacht und auf ihre Mütter geschworen, dass sie nichts unternehmen würden.

Ian hat sich mir für meinen Rachefeldzug als Backup angeboten, doch das habe ich nicht gewollt.

Diese Sache muss ich allein machen.

Sie ist etwas, das mir auf eine verquere Ying-Yang-Weise inneren Frieden und einen Abschluss geben wird.

Als das Tor aufgeht und ein Auto auf die Einfahrt fährt, ducke ich mich noch ein wenig tiefer in den Schutz der Hecke. Ich erkenne Floyd auf dem

Fahrersitz, der gerade von dem allwöchentlichen Essen bei seiner Familie zurückkehrt und entsprechend genervt aussieht. Das Garagentor wird hochgefahren und er lenkt den SUV hinein, kaum, dass es weit genug oben ist.

Nach wie vor geduckt bewege ich mich auf die Garage zu und schlüpfe in das Innere, kurz, bevor sich das Tor wieder schließt.

Floyd ist gerade dabei, auszusteigen, und hat mich noch nicht bemerkt. Er ist von ähnlicher Statur wie ich, aber das macht mir keinen Schiss. Ich bin sicherlich besser im Training, was diverse Kampftechniken angeht. Als er sich umdreht, um in Richtung der Verbindungstür zum Haus zu gehen, erblickt er mich und fährt erschrocken zusammen. »Fuck! Wer sind Sie und wie sind Sie hier reingekommen?!«, blafft er mich an, während er langsam rückwärts geht, bis er gegen seinen Wagen stößt.

»Dein schlimmster Albtraum, Arschloch.« Mit bedächtigen Schritten bewege ich mich auf ihn zu und lache bloß, als er hektisch in seine Hosentasche greift. »Denk nicht mal dran. Die Alarmanlage ist ohnehin tot, dein Panikknopf bringt dir also gar nichts.« Ich verringere die Distanz zwischen uns weiter und balle die Hände zu Fäusten. »Du hast jemandem wehgetan, der mir sehr viel bedeutet.«

Unverständnis schleicht sich auf Floyds Miene. »Wer zur Hölle bist du?!«, fragt er noch einmal nach. »Und wem soll ich bitte wehgetan haben?! Ich glaube, du verwechselst mich.« Abwehrend hebt er die Hände, als ich mich ihm bis auf einen halben Meter nähere. »Ernsthaft, du bist hier falsch!«

Tadelnd schüttele ich mit dem Kopf. »Aria Coleman.«

Ungläubig weiten sich seine Augen. »Diese kleine Erstsemester-Schlampe, die auf Rape-Sex steht?!« Der erste Schlag trifft ihn völlig unvorbereitet und ohne jegliche Deckung. Er geht zu Boden wie ein nasser Sack, jault und rollt sich zusammen. Trotz seiner Körpermasse ist er eindeutig kein mir ebenbürtiger Gegner. »Scheiße, bist du vollkommen wahnsinnig?! Hat sie dich geschickt?! Diese Braut ist total irre!« Floyd stößt ein panisches Quieken aus, als ich ihn auf die Füße stelle und ihn gegen den SUV in seinem Rücken stoße. »Was auch immer sie dir dafür zahlt, ich verdoppele das Angebot.« Ein weiterer Schlag in die Magengrube und er krümmt sich erneut. »Ich verdreifache es!« Sein Versuch, sich aus dieser Sache herauszukaufen, widert mich an, insbesondere, weil mir bewusst ist, dass er nach der Vergewaltigung das Gleiche getan hat.

»Aria weiß nicht einmal, dass ich hier bin. Dein Scheißgeld interessiert mich nicht.« Ich packe ihn am Kragen und schüttele ihn. Danach warte ich, bis ich sicher bin, dass ich seine volle Aufmerksamkeit habe. »Du wirst nie wieder einem Mädchen antun, was du ihr angetan hast. Sollte mir je zu Ohren kommen, dass du dich nicht an unsere Abmachung hältst, endet mein nächster Besuch für dich nicht bloß mit ein paar gebrochenen Knochen, Prellungen, Schürfwunden und einem angeknacksten Ego.«

»Wie bitte?!« Angst kriecht ihm aus jeder Pore und es ekelt mich an, dass er so ein erbärmlicher Feigling ist.

»Dann kehre ich zurück und sorge dafür, dass du deinen verschissenen Schwanz nie wieder benutzen kannst. Ich mache dich zu einem verfickten Eunuchen.« Mit einem grausamen Lächeln lege ich meinen Kopf leicht schief. »Ein Teil von mir ist versucht, das schon jetzt zu tun, also reiz mich besser nicht unnötig.«

»Damit kommst du nicht durch! Sie werden dich …« Er schreit auf, als ich ihn mit einer besonders brutalen Schlag-Tritt-Kombination erneut zu Boden strecke. Irgendetwas knackt hässlich und ich vermute, dass zumindest ein oder zwei seiner Rippen was abbekommen haben. Floyd hustet und spuckt, während er irgendwie versucht, sich wieder aufzurappeln.

»Warte, ich helfe dir.« Unbarmherzig greife ich ihn am Kragen und nehme ihn in den Schwitzkasten. Ganz langsam schnüre ich ihm die Luft ab, registriere, wie er immer panischer nach Atem ringt. »Spürst du, wie einfach es für mich wäre, deinem erbärmlichen Leben hier und jetzt ein Ende zu setzen?«, raune ich dicht an seinem Ohr und lache, als er in meinem Klammergriff zappelt. »Nur ein paar weitere Sekunden und dir gehen die Lichter aus … drücke ich danach noch ein bisschen, sorge ich dafür, dass du die Augen nie wieder aufmachst …«

Floyd stößt einen Ton aus, der mich an ein panisches Tier im Todeskampf erinnert, kurz darauf verdreht er die Augen und wird bewusstlos.

Mit einem verächtlichen Schnauben sehe ich auf ihn hinunter, lehne mich dann gegen seinen Wagen und warte, dass seine Lichter erneut angehen. Es dauert ein, zwei Minuten, bis er das erste Stöhnen von sich gibt und noch eine weitere, ehe er die Lider panisch aufreißt und einen Angstschrei ausstößt, als er mich erblickt. Völlig außer sich rudert er mit den Armen, als ich ihn mir greife und auf seine Füße befördere.

Einen fiesen Kinnhaken und einen Faustschlag auf seine Nase später winselt er um Gnade und verhält sich dabei so armselig, dass ich nur mit dem Kopf schütteln kann.

Bedrohlich fasse ich an den Kragen seiner Jacke und schiebe mein Gesicht dicht vor seines. »Das hier war nur ein kleiner Vorgeschmack auf das, was dir blüht, solltest du jemals wieder auffällig werden. Wagst du es, Aria nach meinem Besuch zu belästigen, ihr zu drohen oder Schlimmeres, jage ich dich, bis ich dich zur Strecke gebracht habe.« Unvermittelt ziehe ich mein Knie hoch und ramme es ihm voll in die Weichteile.

Floyd kreischt hysterisch auf, langt in seinen Schritt und fällt wie ein Baum zu Boden. »Hör auf, bitte, hör auf«, fleht er mich an und mir wird übel bei der Vorstellung, wie Aria exakt das getan und er trotzdem weitergemacht hat. »Ich habe es verstanden …«

Hustend spuckt er Blut auf den Garagenboden und ich dränge den Heißsporn in mir zurück, der ihn am liebsten windelweich prügeln möchte, bis er keinen Mucks mehr von sich gibt.

Stattdessen gehe ich in die Knie, lange erneut an seinen Jackenkragen und bringe meinen Mund dicht an Floyds Ohr. »Benimmst du dich künftig wie ein Musterknabe, werden wir uns nie wiedersehen … wirst du wieder auffällig, weißt du, was dir blüht. Ich kann dir nur raten, wiege dich nicht in falscher Sicherheit, ich werde dich finden. Überall.« Nach diesem Versprechen stoße ich ihn zurück auf den Boden, wende mich ab und öffne das Garagentor von innen über den entsprechenden Knopf.

Ich verlasse sein Grundstück über den gleichen Weg, den ich gekommen bin und laufe sechs Blocks, ehe ich die Handschuhe ausziehe und sie in einem Papierkorb entsorge. Danach halte ich ein Taxi an und lasse mich zum Flughafen bringen. Mir ist klar, dass ich mich in dieser Hinsicht angreifbar mache, weil meine Reise nun einmal nachverfolgbar ist. Doch ich bin mir ziemlich sicher, dass weder Floyd noch seine Kumpels es nach heute wagen werden, mich anzuzeigen.

Sie wissen, dass ich mit großer Wahrscheinlichkeit eine Bewährungsstrafe bekomme oder lediglich für wenige Monate ins Gefängnis gehe. Ebenso klar dürfte ihnen sein, was ich in diesem Fall tun werde, sobald ich frei bin.

Das Risiko werden sie nicht eingehen.

Letztlich sind sie alle drei erbärmliche Feiglinge.

Ein Gefühl der Genugtuung durchströmt mich, weil ich zumindest Aria rächen und ihr eine gewisse Gerechtigkeit verschaffen konnte. Darüber hinaus konnte ich durch diese Aktion vielleicht verhindern, dass weitere Frauen Floyd und seinen Freunden zum Opfer fallen.

Und möglicherweise gelingt auch mir es so irgendwann, Frieden mit meiner eigenen Geschichte zu machen.

Kapitel 42

Aria

Als es an der Wohnungstür klingelt, ergreift Aufregung von mir Besitz. Riley war auf einem Auswärtskampf, zu dem ich ihn leider wegen anstehender Prüfungen nicht begleiten konnte. Rasch haste ich zur Tür, reiße sie auf und quietsche, weil er bereits vor ihr steht. Ich springe förmlich in seine Arme und er verwickelt mich in einen unglaublich sinnlichen und gleichzeitig zärtlichen Kuss.

»Herzlichen Glückwunsch zum Sieg«, murmele ich an seinen Lippen und küsse ihn danach erneut. »Schade, dass ich dir nicht dabei zusehen konnte.«

Riley lässt mich langsam hinunter und lacht amüsiert. »Als ob … du bist genauso schlimm wie Claire und Dawn, was das angeht.«

Empört stemme ich die Hände in die Hüften und recke mich, um ein wenig größer zu wirken. »Das stimmt so nicht, im Gegensatz zu den beiden verfolge ich weite Teile der Kämpfe ohne Hände vorm Gesicht. Nur, wenn dir jemand besonders hart zusetzt, kann ich nicht hingucken, aber da das ja Gott sei Dank eher selten der Fall ist …«

»Streichel mein Ego ruhig noch ein bisschen.« Er wirft sich in eine übertriebene, bodybuildingartige Pose und ich muss kichern.

Gleichzeitig durchfährt mich ein tiefes Glücksgefühl, weil die unbeschwerten Momente zwischen uns immer häufiger werden. Wir lachen wieder viel mehr miteinander und tanzen nicht ständig wie auf rohen Eiern um den anderen herum. Die Paartherapie hilft uns nach wie vor dabei, einander besser zu verstehen und unsere jeweilige Vergangenheit gemeinsam aufzuarbeiten.

Der Therapeut ist quasi unser Übersetzer für schwierige Themen, bei denen wir nicht die richtigen Worte finden.

Sie haben einander.

Dieser Satz des Docs ist zwischen uns zu einer Art geflügelten Weisheit geworden. Vielleicht ist es verrückt, dass das Schicksal ausgerechnet uns zueinander geführt hat. Möglicherweise würde der Eine oder Andere sagen, dass das niemals dauerhaft funktionieren wird. Aber ich bin überzeugt davon.

Riley ist mein Licht in der Dunkelheit und ich seins.

»Aria? Bist du noch hier bei mir?« Mein Freund mustert mich forschend, als ich mich wieder auf ihn konzentriere.

»Immer«, erwidere ich und greife nach seiner Hand. »Du hast doch sicher Hunger, oder?« Er nickt und so ziehe ich ihn hinter mir her. Als ich allerdings nicht die Küche ansteuere, hält er mich zurück. Aufregung ergreift Besitz von mir, kaum, dass ich mich zu ihm umgedreht habe und in seine leicht verwirrte Miene schaue. »Ich meinte eine andere Art von Hunger … den auf mich«, wispere ich und komme mir mit einem Mal vollkommen albern vor. »Aber wir können natürlich auch erst was essen, wenn du …« Abrupt verstumme ich, als er entschieden mit dem Kopf schüttelt.

Tief durchatmend führe ich ihn in mein Schlafzimmer und schließe die Tür hinter uns. Danach lehne ich mich dagegen, während Riley mich abwartend betrachtet. In der Theorie war das, was ich jetzt vorhabe, total einfach. Doch in der Praxis stehe ich mir gerade irgendwie selbst ein bisschen im Weg, weil ich Angst habe, eine Abfuhr zu kassieren. Vielleicht ist es leichter, es ihm zu zeigen.

Kurzentschlossen ziehe ich mir das Top über den Kopf und befreie mich von meinem BH. Danach drehe ich mich um, sodass ich mich mit dem Rücken zu ihm befinde. Mit hämmerndem Herzen strecke ich die Arme nach hinten und überkreuze sie. »Fessele mich …«, flüstere ich und frage mich, ob er mich überhaupt hören kann, so laut dröhnt mir gerade das Blut in den Ohren. Als ich über meine Schulter sehe, weil er nicht reagiert, wird mir jedoch klar, dass er mich sehr wohl verstanden hat. »Ich will, dass du mich fesselst, Riley.«

»Das werde ich sicherlich nicht.« Da ist ein merkwürdiger Unterton in seiner Stimme, den ich nicht einordnen kann. »Ich brauche keinen Fesselsex, der mir suggeriert, dass ich dich in meiner Gewalt habe.«

Verwirrt blicke ich über die Schulter zu ihm. »Wie bitte?!« Seine ganze Körperhaltung strahlt Anspannung aus und ich habe keine Ahnung, was ich falsch gemacht habe. Für den Augenblick bereue ich, mich obenherum ausgezogen zu haben, aber als ich das getan habe, habe ich nicht damit gerechnet, vorher noch ein großes Gespräch führen zu müssen. »Was ist denn los? Alles, was ich wollte, war, dir zu zeigen, dass ich dir uneingeschränkt vertraue. Außerdem finde ich die Vorstellung, dass du mich fesselst, zu meiner eigenen Überraschung durchaus heiß. Sie macht mir keine Angst, Riley, ich *will* das, weil ich mir sicher bin, dass das für uns beide eine aufregende Erfahrung sein kann.« Langsam drehe ich mich zu ihm um und verschränke die Arme vor meinen Brüsten. »Ich verstehe es nicht, was passiert hier gerade?«

»Sorry, ich … das … das triggert mich offenbar. Die letzte Frau, die etwas in der Richtung vorschlug, hat sich … sie wollte eine Vergewaltigungsfantasie ausleben. Dazu sollte ich sie unter anderem ans Bett fesseln.« Er schließt die Augen und hat einen so gequälten Gesichtsausdruck, dass es mir selbst in der Seele wehtut. »Als ich mich weigerte, meinte sie, es müsse mir eigentlich in den Genen liegen und mich erst so richtig auf Touren bringen.«

»O Gott!«, platzt es aus mir heraus. Ungeachtet der Tatsache, dass ich halbnackt bin, trete ich auf ihn zu und umarme ihn. »Was für eine blöde Kuh«, murmele ich, gebe ihm einen zarten Kuss und spüre, wie sich seine Lippen zu einem kleinen Lächeln verziehen.

»War das erste Mal, dass ich jemanden nackt vor die Tür bugsiert habe. Nicht sie, wohlgemerkt, sie durfte sich vorher ihr Kleid überziehen. Die Beziehung war danach beendet.«

»Sie war deine Freundin?!«

Riley nickt und seufzt, ehe er weiterspricht. »Aria, wir haben doch in der Therapie darüber gesprochen, wie wichtig es ist, dass du nichts mir zuliebe machst.« Er löst sich ein wenig von mir und sucht meinen Blick. »Es tut mir leid, dass ich gerade so überreagiert habe, mir ist klar, dass das, was du von mir willst, nicht das Gleiche ist wie das, was meine Ex wollte. Aber dennoch, ich bin mir einfach unsicher, ob du nicht glaubst, mir allmählich was beweisen zu müssen.«

»Das tue ich nicht! *Ich* will das, weil ich dir vertraue. Ohne Vorbehalte … und ich habe es satt, immer die Kontrolle zu haben … ich will, dass du mir die Hände fesselst und dann … dann …« Verdammt, wie bringe ich herüber, dass ich mir ausreichend Gedanken gemacht habe und das kein übereilter Schnellschuss ist? »Du würdest nie etwas mit mir machen, das ich nicht will. Dass ich jederzeit Stopp sagen kann, weiß ich. Aber was ich eben nicht weiß, ist, wie es sich anfühlt, mit meinem Freund zu schlafen, ohne dass der sich zurücknimmt oder mir die Führung überlässt.« Nach diesen Worten lasse ich Riley los, drehe mich wieder um und nehme meine ursprüngliche Position erneut ein.

Er tritt dichter an mich heran, streicht meine Haare zur Seite und drückt mir einen Kuss auf die Schulter. Anschließend nimmt er mich in die Arme und ganz automatisch lehne ich mich mit dem Rücken an seine Brust.

»Für deine Rücksichtnahme und dein Verständnis bin ich dir dankbar, aber hier und heute möchte ich, dass du mir vertraust … dass du auf *uns* vertraust, Riley.« Ich lege den Kopf leicht schief, sodass ich ihn anschauen kann. »Und erzähl mir jetzt nicht, dass da nichts existiert, was du mit mir machen willst, dich jedoch bislang wegen meines Traumas nicht getraut hast.« Herausfordernd hebe ich eine Augenbraue, bis er nach ein paar Sekunden seufzt. »Fessele mich …«, murmele ich erneut und er schließt die Augen.

Als er sie wieder öffnet, ist sein Blick klar, er wirkt ein wenig, als hätte er einen Schalter in seinem Inneren umgelegt. Riley umfasst mein Kinn und gibt mir einen harten, leidenschaftlichen Kuss, der mein Höschen feucht werden lässt. Immer zügelloser tanzen unsere Zungen miteinander und mein Puls steigt schwindelerregend schnell an. Atemlos klammere ich mich an seinen Unterarm und gerate leicht ins Taumeln, als er sich von mir löst und einen Schritt rückwärts macht.

Mit großen Augen beobachte ich, wie er seinen Gürtel aus den Laschen seiner Jeans zieht und dann wieder auf mich zutritt. Er drängt mich neben der Tür gegen die Wand und ist so nah bei mir, dass ich den Eindruck habe, von seiner Hitze eingehüllt zu werden. Seine Lippen wandern über meine Schulter meinen Oberarm hinab, danach wiederholt er das Spiel auf der anderen Seite. Die Berührungen sind nur hauchzart, doch sie elektrisieren mich und ich spüre sie in jedem Winkel meines Körpers.

Langsam zieht er meine Arme nach hinten und umwickelt sie mit dem Ledergürtel. Er zurrt ihn fest und ich stoße ein leises, erregtes Wimmern aus. Als ich zu ihm sehen möchte, drängt Riley sich gegen mich und keilt mich zwischen sich und der Mauer ein. Seine Hand fährt in meine Haare und dann übt er Zug auf meinen Kopf aus. Ihm gefühlt so ausgeliefert zu sein und gleichzeitig doch zu wissen, dass ich sicher bin, macht mich buchstäblich high.

»Ich stelle mir seit Monaten vor, dich von hinten gegen die Wand zu ficken.« Seine Stimme ist heiser und als er sich gegen meinen Hintern drückt, spüre ich seine beeindruckende Erektion. »Aber was ich mir ebenfalls wünsche, ist dein Mund um meinen Schwanz.« Ein heißer Schauer rieselt mir über die Wirbelsäule und meine Nippel werden hart. Riley schiebt seine Hand über meinen Bauch unter den Bund meiner Hose und dann direkt in meinen String. »Fuck, bist du nass.« Er keucht, während er mit den Fingern durch meine Spalte gleitet und als er meine Klit streift, rucken meine Hüften ihm entgegen. »Und so geil …«

An den Schultern dreht er mich zu sich herum und das Feuer in seinen Augen haut mich völlig um. In diesen Sekunden lerne ich tatsächlich neue Facetten meines Freundes kennen – und ich kann nicht genug davon bekommen. Dass Riley mir, von seinem anfänglichen Zögern mal abgesehen, ungefiltert zeigt und sagt, was er will, spricht für mich Bände. Es verrät mir, welche Entwicklung wir als Paar gemacht haben und wie tief unser Vertrauen in den jeweils anderen mittlerweile ist.

»Du musst mir helfen, auf die Knie zu kommen.« Sein Blick brennt sich in meinen, als er meiner

Aufforderung Folge leistet und mich erst loslässt, als er sicher ist, dass ich nicht das Gleichgewicht verliere.

Zu ihm aufschauend verfolge ich, wie er sich von seiner Kleidung befreit, bis er vollkommen nackt ist. Sein Schwanz ist bereits vollständig erigiert und auf der Eichel glänzt ein Lusttropfen. Er umfasst ihn mit der Hand, führt ihn an meine Lippen und stöhnt rau, als ich bereitwillig den Mund öffne und ihn in mich aufnehme. Mit der Zunge umspiele ich seine Spitze, lecke den Beweis seiner Lust von ihr und werde dafür mit einem weiteren Stöhnen belohnt.

Dass ich die Hände nicht benutzen kann, gibt diesem Blowjob für mich einen besonderen Reiz.

Riley schiebt sich tiefer in meine Mundhöhle und greift in mein Haar, um mich zu führen. Er nimmt keine großartige Rücksicht, sondern holt sich das, was er braucht. Als ich den Unterdruck erhöhe, verfestigt sich sein Griff an meinem Hinterkopf und er stößt noch ein wenig schneller zwischen meine Lippen. Ihm auf diese Weise Befriedigung zu verschaffen, gibt auch mir ein unglaubliches Gefühl von Zufriedenheit.

»O fuck, ist das gut …« Seine belegte Stimme klingt wie Musik in meinen Ohren. »So verflucht gut …« Stöhnend dringt er noch tiefer als zuvor und verharrt einen Moment, bevor er sich gänzlich zurückzieht. »Aber wenn ich jetzt nicht aufhöre, komme ich auf deiner Zunge und nicht in deiner heißen, engen Pussy.« Mit diesen Worten hilft er mir dabei, mich aufzurichten. Lächelnd streicht er mir mit dem Daumen über den Mund und neigt sich anschließend zu mir hinunter, um mich zu küssen. »Und ich will unbedingt tief in dir sein, wenn ich abspritze. Ich werde dich um den Verstand ficken, bis du nichts weiter außer meinem Namen weißt … ich möchte fühlen, wie deine feuchte Hitze sich um meinen Schwanz herum zusammenzieht, während du noch um mehr bettelst …«

Das Riley beim Sex so viel redet, ist ebenfalls neu für mich, aber sein Dirty Talk macht mich an und sorgt dafür, dass mein Unterleib zuckt.

»Dreh dich um.« Ich tue, was er mir befiehlt, kurz darauf spüre ich seine Finger am Bund meiner Hose, die er mir zusammen mit dem Slip auszieht.

Aufstöhnend reibe ich mich an seinem Schritt, als er sich der Körperlänge nach gegen mich presst. Riley dirigiert mich ein wenig ins Hohlkreuz und schiebt seine Hand von vorn zwischen meine Schenkel. Träge kreisen seine Finger auf meiner Klit, zu sacht, um mich wirklich auf Touren zu bringen, aber auch nicht so schwach, dass gar nichts passiert. Er spielt mit meinem Verlangen, gibt mir nur gerade so viel, um mich auf einem konstanten Level zwischen Frustration und Erregung zu halten.

»Riley!«, fauche ich irgendwann und keuche einen Moment später, da er mit der anderen Hand meine Brust umfasst und sie unsanft knetet. Gleichzeitig erhöht er den Druck auf meinem Kitzler und unwillkürlich wölbe ich mich ihm entgegen.

»Ich will dich hören …« Als er die Kraft erneut verringert, stoße ich einen verzweifelten Ton aus und bettele nach mehr.

Ein erleichtertes Seufzen entweicht mir, als er wieder ernst macht und meine Perle so heftig bearbeitet, dass ich innerhalb von Sekunden abhebe, der Orgasmus meinen Körper erfasst und mich beben lässt. Riley zieht an meinem Nippel, massiert mich in einem konstanten Rhythmus und verlangt mir alles ab. Ich verliere mich, finde mich wieder und fühle mich so befriedigt, wie es nur geht, obwohl wir noch gar nicht bis aufs Ganze gegangen sind.

Sein Schwanz an meinem Po steigert den Grad meiner Erregung noch mehr und vollkommen automatisch stelle ich die Beine weiter auseinander, um ihm leichter Zugang zu gewähren.

»Ich brauche dich«, bettele ich und keuche auf, als ich spüre, wie seine Eichel meine Schamlippen teilt.

Langsam schiebt er sich in mich, umfasst mit einer Hand meine nach wie vor von dem Ledergürtel zusammengehaltenen Handgelenke und stöhnt, als er bis zu seiner Wurzel in mir ist. Meine inneren Wände ziehen sich wiederholt zusammen und ich bin in einem Erregungszustand, in dem ich den Eindruck habe, binnen weniger Stöße erneut einen Höhepunkt erreichen zu können. Seinen beinahe vollständigen Rückzug quittiere ich mit einem Wimmern, nur um kurz darauf vor Wollust zu seufzen, weil er ein weiteres Mal mit einem harten Stoß in mich eindringt.

Riley hält mich unbarmherzig in Position, vögelt mich so rau und kraftvoll, dass ich jede seiner Hüftbewegungen überdeutlich spüre. Er fickt mich nicht bloß, er nimmt mich in Besitz, auf jede erdenkliche Art und Weise.

Meinen Verstand, meine Seele und mein Herz erobert er, während er sich immer wieder so tief wie irgend möglich in mich treibt. Unsere Körper klatschen geräuschvoll aufeinander, Schweiß bildet sich in kleinen Perlen auf meiner Stirn und rinnt mir das Dekolleté hinab. Ich genieße es, wie er mich mit seiner Hitze einhüllt, nehme seinen Geruch in mich auf und speichere jede Sekunde ab.

Als er mich nach oben und an seinen Brustkorb zerrt, verändert sich der Winkel seines Eindringens und ich explodiere förmlich. Riley stößt in einem zunehmend schnelleren Tempo in mich und presst mich dabei so fest gegen die Wand, dass ein Ausweichen mir unmöglich wäre.

Nicht, dass ich das wollen würde.

Nein, ich will ihn exakt so.

Ungezügelt und rau.

Die Wellen meines Orgasmus‘ schwappen durch meinen Körper, ich habe das Gefühl, gleichzeitig von innen heraus zu verbrennen, und keuche immer wieder seinen Namen. Nach einigen weiteren Stößen erstarrt Riley mit einem Grollen und ergießt sich tief in mir. Er lehnt sich gegen mich und drückt seine Lippen auf meine Schulter. Die Zärtlichkeit, mit der er das tut, steht in krassem Kontrast zu dem vorangegangenen Sex. Meine Pussy krampft noch minutenlang um seinen nach wie vor in mir steckenden Schwanz und meine Knie sind so weich, dass mich nur Rileys Körper auf den Beinen hält.

Irgendwann zieht er sich aus mir zurück und löst den Gürtel von meinen Handgelenken. Wacklig drehe ich mich zu ihm um und lasse mich bereitwillig von ihm auf seine Hüften heben. Während wir uns sanft küssen, trägt er mich hinüber ins Bad und dort in die Dusche. Nachdem er mich abgestellt hat, greift er mit einer Hand in mein Haar und lehnt seine Stirn gegen meine.

»Wir haben einander«, raunt er und mein Herz schlägt einen Salto.

»Wir haben einander«, wiederhole ich, fasse in seinen Nacken und küsse ihn.

Diese drei Worte bedeuten mir mehr, als jedes klassische *Ich liebe dich* von ihm.

Sie zeugen von der Schlacht, die wir gemeinsam geschlagen haben.

Von unseren inneren Dämonen, den Schatten unserer Vergangenheit, die wir zusammen besiegt haben.

So lange wir einander haben, haben wir alles, was wir brauchen.

Kapitel 43

Riley

Aria steht gemeinsam mit ihrer besten Freundin Dawn und Claire an der Bar, wo sie auf ihre Drinks warten. Die Kampfnacht ist in vollem Gange, ich selbst werde heute Abend jedoch nicht antreten. Bei einem meiner letzten Fights hat mein Gegner mir ein paar angebrochene Rippen beschert, deswegen schone ich mich noch.

Gerade kämpft Slater gegen irgendeinen hochgehandelten Typen, der extra aus Montreal eingeflogen ist. Zu meiner Überraschung ist Spencer Calhoun anwesend und verfolgt den Kampf der beiden mit Argusaugen. Ein ungutes Gefühl macht sich in meinem Inneren breit und ich bin einmal mehr froh, dass ich sein Angebot wegen der getürkten Fights letztlich abgelehnt habe. Zunächst hat mich das schnelle Geld geblendet, doch dann haben Cage und Ian, die bei diesem Gespräch auch dabei waren, mir ins Gewissen geredet. Insbesondere Ersterer hat mir aus eigener Erfahrung heraus eindringlich klargemacht, welches Risiko ich mit einer solchen Absprache eingehen würde.

Ian taucht zusammen mit Eric neben mir auf und reicht mir eine Bierflasche. Dankend nehme ich sie entgegen und trinke einen Schluck.

»Dein Kampf vorhin war großartig«, wende ich mich an Ian, der seinen Kontrahenten nach allen

Regeln der Kunst plattgemacht hat. »Wann steigst du mal wieder in den Ring?«, erkundige ich mich anschließend bei Eric, der in den vergangenen Wochen kaum hier zu sehen war.

»Sobald mich mein Privatleben lässt«, ist seine etwas wortkarge und so gar nicht zu ihm passende Antwort. Aber ich kenne ihn nicht gut genug, also bohre ich nicht weiter nach.

»Was macht Slater da für eine Scheiße? Seit wann sieht er solche Schläge nicht mehr kommen?«, ertönt Cages Stimme zu meiner Rechten. Mit einem Stirnrunzeln schaue ich zu ihm. »Und wieso ist Calhoun hier?«, folgt die gleiche Frage, die ich mir vorhin gedanklich gestellt habe. »Der Typ ist seit Ewigkeiten nicht hiergewesen, aber jetzt taucht er mit mal auf? Und ist auch noch ganz vorn mit dabei?«

Ian schüttelt mit dem Kopf. »Wäre Slater wirklich so dämlich, sich auf getürkte Fights einzulassen?«, wirft er in den Raum.

Cage und Eric tauschen einen kurzen Blick und nicken dann unisono.

»Dieser Idiot«, knurrt Cage, verschränkt die Arme vor der Brust und starrt Slater an, der gerade nach einem Fußtritt in die Magengegend beinahe zu Boden geht. »Ich nehme ihn mir nach diesem Kampf mal vor und rede mit ihm.«

»Das lass mal lieber mich machen«, klinkt Eric sich ein. »Glaub mir, ich habe derzeit einen besseren Draht zu ihm.«

Ehe Cage darauf noch etwas sagen kann, stoßen Ians bester Freund Dean und seine Freundin Avery zu uns. Die Stimmung zwischen ihnen wirkt irgendwie angespannt und ich überlege, ob er ihr wohl endlich *die* Frage gestellt hat. Eigentlich wollte er das schon vor Monaten tun, aber dann kam ihm Noah Walker mit seinem Heiratsantrag an Emma zuvor. Die beiden stecken mittlerweile mitten in den Planungen für ihre Hochzeit und Dean hat beschlossen, noch zu warten.

»Alles okay bei euch?«, hakt Ian nach, dem die seltsame Spannung offenbar ebenfalls auffällt.

»Ja«, kommt es von Dean, gleichzeitig antwortet Avery mit einem »Nein.«

»Was denn nun?« Ian grinst amüsiert. »Hatte Dean mal wieder Verbaldurchfall?«

»Arschloch, du tust gerade so, als hätte ich den ständig«, blafft dieser.

»Kann man so sagen, ja. Er hat mir vorgeschlagen, dass wir vielleicht ebenfalls heiraten sollten, um diverse finanzielle Vorteile in Anspruch nehmen zu können«, faucht Avery, woraufhin wir allesamt betretene Gesichter machen.

Ian hingegen verpasst seinem Kumpel einen Schlag auf den Hinterkopf. »Ernsthaft? Alter, das ist ja noch schlimmer als damals deine Anmachsprüche!«

»*So* habe ich das nicht gesagt!«, verteidigt Dean sich aufgebracht. »Zuallererst habe ich dir erzählt, wie sehr ich dich liebe und dass ich in unserer Beziehung gern in naher Zukunft den nächsten Schritt machen will. Erst, als du diesen panischen Gesichtsausdruck bekommen hast, habe ich gedacht, es wäre vielleicht klug, dich auf die finanziellen Vorteile hinzuweisen, die so eine Eheschließung eben auch mit sich bringt. Fuck, ich hatte Sorge, dass du wieder zum Roadrunner mutierst!«

»Dean Crawford, wie lange sind wir jetzt zusammen?! Meine Fluchttendenzen sind schon ewig vorüber!« Wie Ian zuvor schlägt Avery ihrem Freund auf den Hinterkopf.

»Heißt das, du heiratest mich?« Auf Deans Miene macht sich ein Ausdruck von Hoffnung breit und ich muss mir auf die Zunge beißen, um nicht zu lachen.

»Das heißt, du kannst mich in ein paar Wochen noch einmal und vernünftig fragen«, kontert Avery mit einem zuckersüßen Lächeln.

Dean wirkt zunächst ein wenig enttäuscht, aber offensichtlich begreift er, dass das hier und jetzt das Beste war, was er erreichen konnte. »Okay. Mache ich.«

Aria, Dawn und Claire haben endlich ihre Cocktails bekommen und halten auf uns zu. Als sich mein Blick mit dem meiner Freundin verhakt und sie dieses gewisse Funkeln in den Augen hat, grinse ich. Aktuell bin ich beim Sex aufgrund meiner nach drei Wochen noch nicht gänzlich verheilten Rippen ein wenig eingeschränkt. Aber das hindert uns nicht daran, derzeit gibt es dann eben wieder vermehrt Stellungen, bei denen sie die Führung hat und quasi die Arbeit macht.

Bei uns angekommen hakt sich Aria bei mir unter. »Haben wir was verpasst?« Sie deutet mit einer

Kopfbewegung auf den Käfig, wo Slater gerade ungewohnt viele Schläge einsteckt und damit den Verdacht, dass er sich auf diesen Dreck mit den getürkten Fights eingelassen hat, noch verstärkt.

»Nur Deans romantische Vorstellung eines Heiratsantrags«, erwidere ich lachend. »Noah war ja schon schräg, aber da konnte man wenigstens sagen, dass der Gedanke zählt«, setze ich meine Süße in Kenntnis, während Dean mir den Mittelfinger zeigt.

»Fuck!«, ruft Cage plötzlich und als ich in Richtung Käfig sehe, liegt der Kämpfer von auswärts am Boden, Slater hingegen guckt fassungslos zwischen seinem Gegner und Calhoun hin und her. Mein Magen krampft, als ich registriere, wie der Promoter mit dem Zeigefinger einmal seine Kehle entlangfährt und Slater daraufhin blass wird. Damit haben wir die endgültige Bestätigung für unseren Verdacht. »Dieser verfluchte Vollidiot!«

Ian schüttelt ebenfalls mit dem Kopf und folgt Cage, der bereits mit Eric im Schlepptau auf dem Weg zu Calhoun ist. Als Dawn sich ihnen anschließen will, halte ich sie zurück.

»Lass sie das allein regeln. Cage würde nicht wollen, dass du dich da mit einmischst.« Persönlich bezweifele ich, dass sie viel werden bewirken können, aber das behalte ich lieber für mich, um die Frauen nicht noch mehr zu beunruhigen.

Claire und Aria nehmen Dawn in ihre Mitte und lenken sie ab. Alle drei bewegen sich lang genug in der Fighterszene, sie wissen um die enorme Kohle, die mit abgesprochenen Wetten und Kämpfen gemacht wird. Genauso ist ihnen klar, was es bedeutet, wenn ein Fighter sich nicht an die getroffene Vereinbarung hält. Bestenfalls wird Slater den finanziellen Verlust in weiteren, getürkten Fights abarbeiten müssen, schlimmstenfalls … darüber will ich gar nicht erst nachdenken.

Epilog

Aria

Seufzend schlage ich meine Lehrbücher zu und Bear neben mir auf der riesigen Couchlandschaft winselt leise im Schlaf. Seit einem knappen Monat leben Riley und ich zusammen in einer Wohnung in Downtown Toronto. Sowohl er als auch ich haben unsere alten Appartements aufgegeben und uns gemeinsam etwas Neues gesucht. Unser aktuelles Zuhause hat drei Zimmer und eine großzügige Dachterrasse, die für uns beide ausschlaggebendes Kriterium war.

Riley kommt ins Wohnzimmer und setzt sich zu mir auf das Sofa. »Bereit für unser Kochchaos?«, fragt er mich und ich nicke mit einem Schmunzeln. Er greift nach meiner Hand, zieht mich hoch und mit sich Richtung Küche.

Mindestens einmal die Woche stürzen wir uns in dieses Ritual und fabrizieren mal mehr, mal weniger gelungene Gerichte. Aber die Hauptsache ist, dass wir Spaß daran haben. Ab und zu schließen unsere Freunde oder Rileys Mom sich uns an. Zweimal im Monat begleite ich ihn darüber hinaus zu den Koch-Events mit Rita, die anderen zwei Male haben sie ihre regulären Mutter-Sohn-Kochchaos-Abende.

»Meine Mutter hat mich heute Nachmittag angerufen«, ergreife ich das Wort und Riley, der gerade mit dem Kopf im Kühlschrank steckt, sieht über seine Schulter zu mir. »Sie hat eine alte Freundin, die an meiner ehemaligen Uni unterrichtet, getroffen und die hat ihr etwas Interessantes erzählt.« Lange habe ich überlegt, ob ich ihn darauf anspreche, mich aber letztlich dafür entschieden.

»Okay, und was?«, hakt er leicht gedehnt nach, während er die Zutaten für unser Abendessen auf die Küchenzeile räumt.

»Dass sowohl mein Vergewaltiger Floyd als auch die anderen beiden beteiligten Typen vor einiger Zeit ziemlich übel zugerichtet in ihrem Kurs gesessen haben.« Aufmerksam betrachte ich ihn, aber außer einem kurzen Zucken seiner Kiefermuskeln kann ich keine Reaktion wahrnehmen. »Zunächst habe ich das als Zufall abgetan, bis Mom mir gesagt hat, wann genau das gewesen ist. Damals hast du mir erzählt, du würdest einen Wochenendtrip machen und einen alten Kumpel besuchen.« Fragend hebe ich eine Augenbraue. »Und dann habe ich mich daran erinnert, wie ich in einer unserer Sitzungen nicht lang davor diesen schlechten Scherz über das Rache nehmen und dass ich nicht du sei gemacht habe.«

Langsam macht er die Kühlschranktür zu, dreht mir den Rücken zu und konzentriert sich auf die Lebensmittel vor ihm. Ohne zu zögern, trete ich zu ihm, schlinge von hinten die Arme um seine Hüften und schmiege mich an ihn.

»Du musst mir nicht antworten, wenn du nicht willst, doch missverstehe meine Fragen bitte nicht. Sollte es so sein, verstehe ich, warum du es getan hast.« Riley entspannt sich ein wenig und legt eine Hand auf meine an seinem Bauch. »Hätte ich die physischen Voraussetzungen, hätte ich es selbst gemacht. Moralisch mag das fragwürdig sein, aber hier greift für mich Auge um Auge und Zahn um Zahn. Sie haben mir wehgetan und sich anschließend mit ihren Lügen und ihren Geldsäcken von Eltern im Background freigekauft.«

Mein Freund wendet sich mir zu und schließt mich seinerseits in die Arme. »Ich konnte nicht mit dem Umstand leben, dass sie überhaupt nicht bestraft worden sind. Also bin ich nach Vancouver geflogen, habe allen Dreien einen Besuch abgestattet und ihnen klargemacht, was passiert, sollten sie dir oder einer anderen Frau jemals wieder auf diese Art und Weise zu nahe treten.« Mit einem zerknirschten Gesichtsausdruck sieht er auf mich hinunter. »Aria, ich wollte damit wiedergutmachen, dass ich mein Geheimnis …«

Ich unterbreche ihn, indem ich den Kopf recke und meine Lippen auf seine presse. »Wie gesagt, ich verstehe es, du musst dich nicht erklären.« Sanft streiche ich ihm mit den Fingerspitzen über seine angespannte Kieferlinie. »Das hier ist das letzte Mal, das wir zurückblicken«, beschließe ich dann. »Sie gehören in die Vergangenheit und haben keinen Platz in unserer Zukunft.« Rileys leicht zweifelnde Miene bringt mich dazu, ihn ein weiteres Mal und inniger als zuvor zu küssen. »Hör auf, dir Sorgen zu machen«, befehle ich ihm und will mich gerade von ihm lösen, als er mich zurückhält.

»Wir haben einander?«, fragt er mich und der unsichere Klang seiner Stimme animiert mich, erneut die Arme um seine Hüften zu legen und mich an ihn zu kuscheln.

»Wir haben einander.«

Unser ganz persönliches Liebesgeständnis lässt ihn tief durchatmen und einen Kuss auf meinen Scheitel platzieren.

Minutenlang stehen wir einfach nur so da, geben uns gegenseitig Halt und versichern uns nonverbal, dass sich nichts geändert hat.

Dafür, dass Riley die Initiative ergriffen und mich gerächt hat, kann ich ihn nicht verurteilen.

Auch, dass er es mir nicht gesagt hat, kann ich ihm nicht nachtragen.

Wer, wenn nicht ich, versteht das *Warum* dahinter?

Das Klacken von Pfoten kündigt Bears Erscheinen in der Küche an und ich kann nicht anders, als zu kichern. »Wir sollten loslegen, der Hund drängelt«, murmele ich, als der Rüde sich neben uns auf seinen Hintern setzt und erwartungsvoll zu uns aufschaut. »Vielleicht sollte ich ihn schon einmal fotografieren, damit er nicht allzu enttäuscht ist, falls unser Essen ihm nicht zusagt?«

Riley lacht auf und gibt mich frei. »Fotografieren?« Er hebt amüsiert eine Augenbraue.

»Ja?«, frage ich verständnislos zurück, bis in mein Bewusstsein sickert, was ich da gerade von mir gegeben habe. »Ach komm schon, du weißt, was ich meine!«

»Fisch die Fütter«, zieht er mich in Anspielung auf einen uralten Versprecher im Kindesalter auf, den meine Mom ihm neulich gesteckt hat.

»Riley Kane, solltest du heute noch dein spezielles Dessert haben wollen, wäre ich an deiner Stelle jetzt extrem vorsichtig«, tadele ich ihn schmunzelnd.

»Dann fotografier du mal den Hund«, hört er nicht auf, mich zu foppen und verwuschelt mir die Haare.

»Blödmann!«, grummele ich und will ihm ausweichen, als er nach mir greift. Doch vergebens, Riley bekommt mein Handgelenk zu packen und zieht mich mit einem Ruck an sich.

»Süße, ich liebe dich für deine verrückten Versprecher und deine falsch genutzten Phrasen.« Er gibt mir keine Gelegenheit für einen Konter, stattdessen küsst er mich so leidenschaftlich, dass ich zu Wachs in seinen Händen werde.

Es sind kleine Momente wie dieser, die mir bewusst machen, wie glücklich ich bin.

Was Floyd und seine Freunde mir angetan haben, hat Narben auf meiner Seele hinterlassen, ebenso, wie es Rileys Vergangenheit bei ihm getan hat.

Doch gemeinsam haben wir es letztlich geschafft, das zu verarbeiten und einen Abschluss zu finden.

Toronto ist mein Neuanfang und Riley die große Liebe meines Lebens.

- Ende -

Printed in Poland
by Amazon Fulfillment
Poland Sp. z o.o., Wrocław

71143554R00188